絕對合格 分類

考試分數大躍進
累積實力
百萬考生見證
應考秘訣
2
根據日本國際交流基金考試相關概要

日檢單字
測驗問題集

N2

吉松由美・田中陽子・西村惠子・
千田晴夫・山田社日檢題庫小組 ◎合著

U0080258

山田社

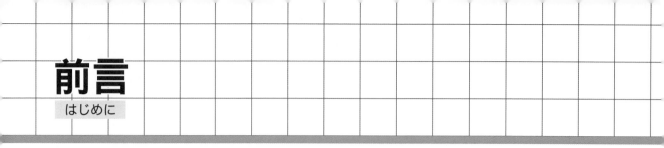

宅在家，不出門，一樣自學考上 N2，
本書用，
情境分類，
打鐵趁熱，回想練習，
讓您記得快又牢！

★快又牢 1：「情境分類，單字速記 No.1」★

配合 N2 內容要求，情境包羅萬象，學習零疏漏，速記 No.1！

★快又牢 2：「想像使用場合，史上最聰明學習法」★

針對新制重視「活用在交流上」，從「單字→情境串連」，學習什麼話題，用什麼字，什麼時候使用，效果最驚人！

★快又牢 3：「打鐵趁熱，回想練習記憶法」★

背完後，打鐵趁熱緊跟著「回想練習」，以「背誦→測驗」的學習步驟，讓單字快速植入腦中！

★快又牢 4：「一次弄懂相近詞，類義詞記憶法」★

由一個主題，衍伸出好幾個相關的單字，比較彼此的關聯性及差異性，同時記住一整系列。

★快又牢 5：「查閱利器，50 音順金鑰索引」★

貼心設計 50 音順金鑰索引，隨查隨複習，發揮強大學習功能！

★快又牢 6：「利用光碟大量接觸單字，聽覺記憶法」★

新日檢強調能看更要能聽。利用光碟反覆聆聽，單字自然烙印腦海，再忙也不怕學不會！

本書五大特色：

◆清楚單字分類，完全掌握相近詞彙！

本書依使用情境分類單字，並配合 N2 考試內容，提供豐富的情境主題從時間、人物到政治、經濟等等。讀者不僅能一目了然的快速掌握重點，相關單字串連在一起也能幫助加深記憶。並藉由比較相近詞彙的關聯及差異，保證一次弄懂，不再混淆。同時，不論是考題還是生活應用中都能啟動連鎖記憶，遇到分類主題立刻喚醒整串相關詞彙，給您強大的單字後援，累積豐厚實戰力。

◆**讀完即測驗，自學必備的自我考驗！**

本書的每個章節皆精心設計當回單字填空題，讓讀者可以趁著記憶猶新時做回憶練習，邊背邊練，記憶自然深植腦海！此外，每個句子都標上日文假名，做題目的同時，能延伸學習更多單字。且從前後句意推敲單字的題型，也有助於訓練閱讀能力。更能避免每日勤奮學習，卻不知是否真的學會了，藉由做題目檢視自己的學習成果，給您最踏實的學習成就感。

◆**針對日檢題型，知己知彼絕對合格！**

日檢 N2 單字共有 6 大題，而本書的題型主要針對第 4 大題，實際則可活用於單字第 3 到第 6 大題。為了將數個相近詞彙填入適當的例句中，必須要清楚理解單字的意義，並認識相似詞彙，同時還要有讀懂句意的閱讀能力。本書將會幫助您大量且反覆的訓練這三項技能，日檢單字自然就能迎刃而解。

◆**貼心 50 音排序索引，隨時化身萬用字典！**

本書單字皆以 50 音順排序，並於書末附上單字索引表。每當遇到不會的單字或是突然想要查找，本書就像字典一樣查詢精準，且由於單字皆以情境編排，查一個單字還能一併複習相似辭彙。當單字變得輕鬆好找，學習也就更加省時、省力！

◆**聽日文標準發音，養成日文語感、加深記憶！**

所有單字皆由日籍教師親自配音，反覆聆聽單字便自然烙印在腦海，聽久了還能自然提升日文語感以及聽力。不只日檢合格，還能聽得懂、說得出口！且每篇只需半分鐘，讓您利用早晨、通勤、睡前等黃金時間，再忙也不怕學不會！

自學以及考前衝刺都適用，本書將會是您迅速又精準的考試軍師。充分閱讀、練習、反覆加深記憶，並確實擊破學習盲點，從此將單字變成您的得高分利器！迎戰日檢，絕對合格！

目錄
もくじ

日檢分類單字

N 2

測驗問題集

1 時間 (1)
じかん

時間 (1)

◆ 時、時間、時刻　時候、時間、時刻
とき じかん じこく

明くる あ	(連體) 次，翌，明，第二	**瞬間** しゅんかん	(名) 瞬間，剎那間，剎那；當時，…的同時
一瞬 いっしゅん	(名) 一瞬間，一剎那	**少々** しょうしょう	(名・副) 少許，一點，稍稍，片刻
一旦 いったん	(副) 一旦，既然；暫且，姑且	**正味** しょうみ	(名) 實質，內容，淨剩部分；淨重；實數；實價，不折不扣的價格，批發價
何時でも いつ	(副) 無論什麼時候，隨時，經常，總是		
今に いま	(副) 就要，即將，馬上；至今，直到現在	**ずらす**	(他五) 挪開，錯開，岔開
今にも いま	(副) 馬上，不久，眼看就要	**ずれる**	(自下一) (從原來或正確的位置) 錯位，移動；離題，背離 (主題、正路等)
愈々 いよいよ	(副) 愈發；果真；終於；即將要；緊要關頭	**そのころ**	(接) 當時，那時
永遠 えいえん	(名) 永遠，永恆，永久	**直ちに** ただ	(副) 立即，立刻；直接，親自
永久 えいきゅう	(名) 永遠，永久	**たちまち**	(副) 轉眼間，一瞬間，很快，立刻；忽然，突然
終える お	(他下一・自下一) 做完，完成，結束	**たった今** いま	(副) 剛才；馬上
終わる お	(自五・他五) 完畢，結束，告終；做完，完結；(接於其他動詞連用形下) …完	**偶** たま	(名) 偶爾，偶然；難得，少有
機 き	(名・接尾・漢造) 時機；飛機；(助數詞用法) 架；機器	**足らず** た	(接尾) 不足…
起床 きしょう	(名・自サ) 起床	**近頃** ちかごろ	(名・副) 最近，近來，這些日子以來；萬分，非常
旧 きゅう	(名・漢造) 陳舊；往昔，舊日；舊曆，農曆；前任者	**近々** ちかぢか	(副) 不久，近日，過幾天；靠得很近
時期 じき	(名) 時期，時候；期間；季節	**潰す** つぶ	(他五) 毀壞，弄碎；熔毀，熔化；消磨，消耗；宰殺；堵死，填滿
時刻 じこく	(名) 時刻，時候，時間	**同時** どうじ	(名・副・接) 同時，時間相同；同時代；立刻；也，又，並且
指定 してい	(名・他サ) 指定	**時** とき	(名) 時間；(某個) 時候；時期，時節，季節；情況；時機，機會
縛る しば	(他五) 綁，捆，縛；拘束，限制；逮捕	**途端** とたん	(名・他サ・自サ) 正當…的時候；剛…的時候，一…就…

とっくに	(他サ・自サ) 早就，好久以前	普段 ふだん	(名・副) 平常，平日
永い なが	(形)（時間）長，長久	間 ま	(名・接尾) 間隔，空隙；間歇；機會，時機；（音樂）節拍間歇；房間；（數量）間
長引く なが び	(自五) 拖長，延長		
延び延び の の	(名) 拖延，延緩	真っ先 ま さき	(名) 最前面，首先，最先
発 はつ	(名・接尾)（交通工具等）開出，出發；（信、電報等）發出；（助數詞用法，計算子彈數量）發，顆	間も無く ま な	(副) 馬上，一會兒，不久
		やがて	(副) 不久，馬上；幾乎，大約；歸根究柢，亦即，就是
不規則 ふ き そく	(名・形動) 不規則，無規律；不整齊，凌亂		
無沙汰 ぶ さ た	(名・自サ) 久未通信，久違，久疏問候		

時間(1)

練習

I [a～e]の中から適当な言葉を選んで、（　　）に入れなさい。（必要なら形を変えてください。）

a. 一瞬 いっしゅん	b. 時期 じ き	c. 永遠 えいえん	d. 同時 どう じ	e. 近頃 ちかごろ

❶ 彼女といると楽しくて、この時間が（　　　　　　　）に続いてほしいと思う。

❷ 彼女はあいさつもしないで、（　　　　　　　）でいなくなった。

❸ 12月はまだ、いちごが高い（　　　　　　　）なので、もう少し待ってから買おう。

❹ （　　　　　　　）隣の家の猫を見かけないけど、どうしたのだろう。

❺ 映画を見ていた恋人同士は、ほとんど（　　　　　　　）に笑い声をあげた。

II [a～e]の中から適当な言葉を選んで、（　　）に入れなさい。（必要なら形を変えてください。）

a. いよいよ	b. まもなく	c. 直ちに ただ	d. 近々 ちかちか	e. いつでも

❶ （　　　　　　　）明日から夏休みだ。アルバイトを頑張ろう。

❷ 何か困ったことがあったら、（　　　　　　　）相談してください。

❸ （　　　　　　　）車の免許を取るので、新しい車を買ってドライブしたい。

❹ 事故を目撃した人は、（　　　　　　　）警察にご連絡ください。

❺ （　　　　　　　）東京駅に到着します。お忘れ物のないようにお願いします。

2 時間(2) 時間(2)

◆ 季節、年、月、週、日 季節、年、月、週、日

お昼（ひる）	名 白天；中飯，午餐	**日中**（にっちゅう）	名 白天，畫間（指上午十點到下午三、四點間）；日本與中國
日（か）	漢造 表示日期或天數	**日程**（にってい）	名（旅行、會議的）日程；每天的計畫（安排）
元日（がんじつ）	名 元旦	**年間**（ねんかん）	名・漢造 一年間；（年號使用）期間，年間
元旦（がんたん）	名 元旦	**年月**（ねんげつ）	名 年月，光陰，時間
一昨昨日（さきおととい）	名 大前天，三天前	**年中**（ねんじゅう）	名・副 全年，整年；一年到頭，總是，始終
しあさって	名 大後天	**年代**（ねんだい）	名 年代；年齡層；時代
四季（しき）	名 四季	**年度**（ねんど）	名（工作或學業）年度
週（しゅう）	名・漢造 星期；一圈	**早起き**（はやおき）	名 早起
中（じゅう）	名・接尾（舊）期間；表示整個期間或區域	**半月**（はんつき）	名 半個月；半月形；上（下）弦月
初旬（しょじゅん）	名 初旬，上旬	**半日**（はんにち）	名 半天
新年（しんねん）	名 新年	**日帰り**（ひがえり）	名・自サ 當天來回
西暦（せいれき）	名 西暦，西元	**日付**（ひづけ）	名（報紙、新聞上的）日期
先々月（せんせんげつ）	接頭 上上個月，前兩個月	**日にち**（ひにち）	名 日子，時日；日期
先々週（せんせんしゅう）	接頭 上上週	**昼過ぎ**（ひるすぎ）	名 過午
月日（つきひ）	名 太陽與月亮；歲月，時光；日暦上的日月，日期	**昼前**（ひるまえ）	名 上午；接近中午時分
当日（とうじつ）	名・副 當天，當日，那一天	**平成**（へいせい）	名 平成（日本年號）
年月（としつき）	名 年和月，歲月，光陰；長期，長年累月；多年來	**真冬**（まふゆ）	名 隆冬，正冬天
日時（にちじ）	名（集會和出發的）日期時間	**夜**（よ）	名 夜，晚上，夜間
日常（にちじょう）	名 日常，平常	**夜明け**（よあけ）	名 拂曉，黎明
日夜（にちや）	名・副 日夜；總是，經常不斷地	**夜中**（よなか）	名 半夜，深夜，午夜

練 習

Ⅰ [a～e]の中から適当な言葉を選んで、（　　　）に入れなさい。（必要なら形を変えてください。）

a. 年代	b. 初旬	c. 年月	d. 日付	e. 年間

❶ 見積書の（　　　　　　　）が古いので、本日の（　　　　　　　）で見積をもう一度作成した。

❷ 日本では、（　　　　　　　）の新生児の数が 90 万人を割ってしまった。

❸ 東京では 3 月の終わりから 4 月の（　　　　　　　）にかけて桜が咲きます。

❹ 結婚して以来、30 年の（　　　　　　　）を夫とともに過ごした。

❺ 周りは年下の女性ばかりで、性別や（　　　　　　　）の差を感じる。

Ⅱ [a～e]の中から適当な言葉を選んで、（　　　）に入れなさい。（必要なら形を変えてください。）

a. 日中	b. 日常	c. 日程	d. 日夜	e. 日時

❶ 10 人の友だちと遊ぶ（　　　　　　　）を決めるのに苦労した。

❷ ありふれた（　　　　　　　）の中にこそ、人生の喜びがある。

❸ 私にとって、リビングは（　　　　　　　）家の中で一番長く過ごす場所です。

❹ 彼女は（　　　　　　　）勉強に励み、希望の大学の医学部に合格した。

❺ 宅配便の不在票がポストに入っていたので、再配達の（　　　　　　　）を明日の午後
8 時から 9 時に指定した。

Ⅲ [a～e]の中から適当な言葉を選んで、（　　　）に入れなさい。（必要なら形を変えてください。）

a. 昼過ぎ	b. 早起き	c. 夜中	d. 日帰り	e. 夜明け

❶ 昨夜は夜更かしをしてしまったので、起きたら（　　　　　　　）だった。

❷ （　　　　　　　）の出張に対して日当を支払う。

❸ 昼間ならいざ知らず、（　　　　　　　）にギターの練習は非常識ですよ。

❹ 早寝（　　　　　　　）は体に良いです。

❺ 君と野宿で（　　　　　　　）を待ちたかった。

3 時間 (3)
じかん

時間 (3)

◆ 過去、現在、未来　過去、現在、未來
かこ　げんざい　みらい

以降 いこう	⒜ 以後，之後
何れ いず	⒞·⒡ 哪個，哪方；反正，早晚，歸根到底；不久，最近，改日
何時か いつ	⒡ 未來的不定時間，改天；過去的不定時間，以前；不知不覺
何時までも いつ	⒡ 不論到什麼時候都…，始終，永遠
以来 いらい	⒜ 以來，以後；今後，將來
過去 かこ	⒜ 過去，往昔；(佛)前生，前世
近代 きんだい	⒜ 近代，現代(日本則意指明治維新之後)
現 げん	⒜·⒣ 現，現在的
現在 げんざい	⒜ 現在，目前，此時
原始 げんし	⒜ 原始；自然
現実 げんじつ	⒜ 現實，實際
今 こん	⒣ 現在；今天；今年
今日 こんにち	⒜ 今天，今日；現在，當今
逆らう さか	⒤ 逆，反方向；違背，違抗，抗拒，違拗
先程 さきほど	⒡ 剛才，方才
将来 しょうらい	⒜·⒡·⒣サ 將來，未來，前途；(從外國)傳入；帶來，拿來；招致，引起
末 すえ	⒜ 結尾，末了；末端，盡頭；將來，未來，前途；不重要的，瑣事；(排行)最小

戦後 せんご	⒜ 戰後
中世 ちゅうせい	⒜ (歷史)中世紀，古代與近代之間(在日本指鎌倉、室町時代)
当時 とうじ	⒜·⒡ 現在，目前；當時，那時
後程 のちほど	⒡ 過一會兒
未 み	⒣ 未，沒；(地支的第八位)末
来 らい	⒞ (時間)下個，下一個

◆ 期間、期限　期間、期限
きかん　きげん

一時 いちじ	⒞·⒡ 某時期，一段時間；那時；暫時；一點鐘；同時，一下子，一口氣
延長 えんちょう	⒜·⒤サ 延長，延伸，擴展；全長
限り かぎり	⒜ 限度，極限；(接在表示時間、範圍等名詞下)只限於…，以…為限，在…範圍內
限る かぎ	⒤⒢ 限定，限制；限於；以…為限；不限，不一定，未必
期 き	⒜ 時期；時機；季節；(預定的)時日
期限 きげん	⒜ 期限
短期 たんき	⒜ 短期
長期 ちょうき	⒜ 長期，長時間
定期的 ていきてき	⒠ 定期，一定的期間

練　習

Ⅰ [a～e]の中から適当な言葉を選んで、（　　）に入れなさい。（必要なら形を変えてください。）

a. 過去	b. 中世	c. 戦後	d. 近代	e. 以降

❶ 課長は、お酒を飲むと、（　　　　　　　　　　）の成功の自慢ばかりする。

❷ （　　　　　　　　　　）の急速な経済発展は、世界中を驚かせました。

❸ 春はいつも忙しいですが、8月（　　　　　　　　　）はずっと暇です。

❹ ヨーロッパに旅行したとき、（　　　　　　　　　）に建てられたお城に泊まった。

❺ その町には工場しかなかったが、10年間で（　　　　　　　）的な建物が増えた。

Ⅱ [a～e]の中から適当な言葉を選んで、（　　）に入れなさい。（必要なら形を変えてください。）

a. 以来	b. 期限	c. 現実	d. 現在	e. 短期

❶ 高校生のとき、試験に合格してアメリカに（　　　　　　　）留学をした。

❷ この電話番号が（　　　　　　　　　）使われているか確認してください。

❸ 留学して（　　　　　　　　）、叔父とはまったく連絡をしていない。

❹ 図書館で返却（　　　　　　）を過ぎても本を返さない人がいる。

❺ （　　　　　　　）がいくら厳しくても、自分の夢をあきらめてはいけない。

Ⅲ [a～e]の中から適当な言葉を選んで、（　　）に入れなさい。（必要なら形を変えてください。）

a. 一時	b. 年中	c. いずれ	d. 先程	e. いつまでも

❶ このスーパーは（　　　　　　　）無休で営業していて、とても便利だ。

❷ 嘘を言っても（　　　　　　　）ばれるだろうから、正直に言いなさい。

❸ （　　　　　　　）は苦しい生活だったが、今は再就職してがんばっている。

❹ 渋谷の「ハチ公」は、帰らぬ主人を（　　　　　　）待っていた。

❺ （　　　　　　　）召し上がったステーキは、神戸牛でございます。

◆ いえ **家** 住家

い しょくじゅう **衣食住**	名 衣食住
い ど **井戸**	名 井
がいしゅつ **外出**	名・自サ 出門，外出
かえ **帰す**	他五 讓…回去，打發回家
か おく **家屋**	名 房屋，住房
く **暮らし**	名 度日，生活；生計，家境
じ たく **自宅**	名 自己家，自己的住宅
じゅうきょ **住居**	名 住所，住宅
しゅうぜん **修繕**	名・他サ 修繕，修理
じゅうたく **住宅**	名 住宅
じゅうたく ち **住宅地**	名 住宅區
スタート【start】	名・自サ 起動，出發，開端；開始（新事業等）
たく **宅**	名・漢造 住所，自己家，宅邸；（前加接頭詞「お」成為敬稱）尊處
ついで	名 順便，就便；順序，次序
で **出かける**	自下一 出門，出去，到…去；剛要走，要出去；剛要…
と こわ **取り壊す**	他五 拆除
のき **軒**	名 屋簷
べっそう **別荘**	名 別墅
ほうもん **訪問**	名・他サ 訪問，拜訪

◆ いえ そとがわ **家の外側** 住家的外側

あま ど **雨戸**	名 (為防風防雨而罩在窗外的) 木板套窗，滑窗
いしがき **石垣**	名 石牆
かき ね **垣根**	名 籬笆，柵欄，圍牆
かわら **瓦**	名 瓦
すき ま **隙間**	名 空隙，隙縫；空閒，閒暇
すず **涼む**	自五 乘涼，納涼
へい **塀**	名 圍牆，牆院，柵欄
ものおき **物置**	名 庫房，倉房
れん が **煉瓦**	名 磚，紅磚

練 習

Ⅰ [a～e]の中から適当な言葉を選んで、（　　　）に入れなさい。（必要なら形を変えてくだ
さい。）

a. 取り壊す	b. 涼む	c. 外出する	d. 帰す	e. 訪問する

❶ 一緒に買い物に行った弟を先に（　　　　　　　　　）、私は本屋に寄った。

❷ 在宅医療は 患者さんのご自宅に（　　　　　　　）看護・リハビリを提供しています。

❸ すみませんが、私用で2時間ほど（　　　　　　　）もいいですか。

❹ 古いアパートを（　　　　　　　　）、10階建てのマンションを建てる。

❺ 本当に暑いですね。あの木陰で少し（　　　　　　　）か。

Ⅱ [a～e]の中から適当な言葉を選んで、（　　　）に入れなさい。（必要なら形を変えてくだ
さい。）

a. 井戸	b. 家屋	c. 雨戸	d. 物置	e. 自宅

❶ 台風が近づいているから早く（　　　　　　　）を閉めておこう。

❷ 昔は、よく（　　　　　　　）の周りに人が集まっておしゃべりをしていた。

❸ このあたりは古い木造（　　　　　　　）が集まっているので、火事が心配だ。

❹ 今回は（　　　　　　　）収納についてお伝えします。まずは（　　　　　　　）に入れ
るものを分別しましょう。

❺ （　　　　　　　）に携帯電話を忘れたことに気づいて、取りに帰った。

Ⅲ [a～e]の中から適当な言葉を選んで、（　　　）に入れなさい。（必要なら形を変えてくだ
さい。）

a. 煉瓦	b. 隙間	c. 修繕	d. 住居	e. 垣根

❶ （　　　　　　　）を積んで大きな壁を作った。

❷ 朝、目が覚めたら、戸の（　　　　　　　）から太陽の光が部屋に差しこんできた。

❸ ここには、昔、有名な作家の（　　　　　　　）があったと聞きました。

❹ 隣の家の（　　　　　　　）には、夏になるといつも白い花が咲く。

❺ 靴は月に1度くらい（　　　　　　　）に出している。

13

5 住居 (2)
じゅうきょ

住房(2)

◆ 部屋、設備　房間、設備
へや　せつび

泡 あわ	(名) 泡，沫，水花
板 いた	(名) 木板；薄板；舞台
快適 かいてき	(形動) 舒適，暢快，愉快
換気 かんき	(名・自他サ) 換氣，通風，使空氣流通
客間 きゃくま	(名) 客廳
綺麗・奇麗 きれい　きれい	(形) 好看，美麗；乾淨；完全徹底；清白，純潔；正派，公正
座敷 ざしき	(名) 日本式客廳；酒席，宴會，應酬；宴客的時間；接待客人
敷く し	(自五・他五) 鋪上一層，(作接尾詞用)鋪滿，遍佈，落滿鋪墊，鋪設；布置，發佈
障子 しょうじ	(名) 日本式紙拉門，隔扇
食卓 しょくたく	(名) 餐桌
書斎 しょさい	(名) (個人家中的)書房，書齋
洗面 せんめん	(名・他サ) 洗臉
散らかす ち	(他五) 弄得亂七八糟；到處亂放，亂扔
散らかる ち	(自五) 凌亂，亂七八糟，到處都是
手洗い てあら	(名) 洗手；洗手盆，洗手用的水；洗手間
床の間 とこま	(名) 壁龕(牆身所留空間，傳統和室常有擺設插花或是貴重的藝術品之特別空間)
引っ込む ひ　こ	(自五・他五) 引退，隱居；縮進，縮入；拉入，拉進；拉攏

風 ふう	(名・漢造) 樣子，態度；風度；習慣；情況；傾向；打扮；風；風教；風景；因風得病；諷刺
襖 ふすま	(名) 隔扇，拉門
ふわふわ	(副・自サ) 輕飄飄地；浮躁，不沈著；軟綿綿的
便所 べんじょ	(名) 廁所，便所
跨ぐ また	(他五) 跨立，叉開腿站立；跨過，跨越
銘々 めいめい	(名・副) 各自，每個人
物音 ものおと	(名) 響聲，響動，聲音
破く やぶ	(他五) 撕破，弄破

◆ 住む　居住
す

薄暗い うすぐら	(形) 微暗的，陰暗的
貸間 かしま	(名) 出租的房間
貸家 かしや	(名) 出租的房子
貸す か	(他五) 借出，出借；出租；提出策劃
下宿 げしゅく	(名・自サ) 租屋；住宿
住まい す	(名) 居住；住處，寓所；地址
団地 だんち	(名) (為發展產業而成片劃出的)工業區；(有計畫的集中建立住房的)住宅區

練習

Ⅰ [a～e]の中から適当な言葉を選んで、（　　　）に入れなさい。（必要なら形を変えてくだ さい。）

| a. 貸家 | b. 洗面 | c. 客間 | d. 床の間 | e. 書斎 |

❶ （　　　　　　　　　　）にはよく掛け軸やお花を飾る。

❷ 母は（　　　　　　　　　　）にいる父とお客さんに紅茶とケーキを持っていった。

❸ 父は仕事が休みの日はいつも（　　　　　　　　　　）で本を読んでいる。

❹ ずっと（　　　　　　　　　　）で暮らしていたが、一生懸命働いて家を買った。

❺ 古い社宅なので、（　　　　　　　　　　）所は水しか出ません。

Ⅱ [a～e]の中から適当な言葉を選んで、（　　　）に入れなさい。（必要なら形を変えてくだ さい。）

| a. 住まい | b. 団地 | c. 障子 | d. 板 | e. 食卓 |

❶ 日本では高度経済成長期に多くの（　　　　　　　　　　）が建てられ、人気があった。

❷ 私の新しい（　　　　　　　　　　）は地下鉄の駅に近くて通勤に便利だ。

❸ 父が釣って来た魚が（　　　　　　　　　　）に上ったので、みんな大喜びだった。

❹ なぜか眠れなくて、ついに（　　　　　　　　　　）の向こうが明るくなってしまった。

❺ 部屋の端に置いてある（　　　　　　　　　　）の上に荷物を置いてください。

Ⅲ [a～e]の中から適当な言葉を選んで、（　　　）に入れなさい。（必要なら形を変えてくだ さい。）

| a. 破く | b. 引っ込む | c. 敷く | d. またぐ | e. 散らかる |

❶ 古くなったカレンダーは、（　　　　　　　　　　）ずにリサイクルに出そう。

❷ 父の書斎は、雑誌や新聞でいつも（　　　　　　　　　　）いる。

❸ 昨夜の雨でできた水たまりを（　　　　　　　　　　）、急いで学校へ行った。

❹ 薄緑色のカーペットを（　　　　　　　　　　）ら、部屋の雰囲気がずいぶん変わった。

❺ 姉は昨日から部屋に（　　　　　　　　　　）、卒業論文を書いている。

6 食事 (1) 用餐(1)

◆ 食事、食べる、味　用餐、吃、味道

味わう	(他五) 品嚐；體驗，玩味，鑑賞
旺盛	(形動) 旺盛
お代わり	(名・自サ)（酒、飯等）再來一杯、一碗
齧る	(他五) 咬，啃；一知半解
カロリー【calorie】	(名)（熱量單位）卡，卡路里；（食品營養價值單位）卡，大卡
食う	(他五)（俗）吃，（蟲）咬
高級	(名・形動)（級別）高，高級；（等級程度）高
肥える	(自下一) 肥，胖；土地肥沃；豐富；（識別力）提高，（鑑賞力）強
献立	(名) 菜單
刺身	(名) 生魚片
さっぱり	(名・他サ) 整潔，俐落，瀟灑；（個性）直爽，坦率；（感覺）爽快，病癒；（味道）清淡
塩辛い	(形) 鹹的
しつこい	(形)（色香味等）過於濃的，油膩；執拗，糾纏不休
しゃぶる	(他五)（放入口中）含，吸吮
上	(名・漢造)（書籍的）上卷；上部，上面；上好的，上等的
上品	(名・形動) 高級品，上等貨；莊重，高雅，優雅
食生活	(名) 飲食生活
食欲	(名) 食慾

そのまま	(副) 照樣的，按照原樣；（不經過一般順序、步驟）就那樣，馬上，立刻；非常相像
粗末	(名・形動) 粗糙，不精緻；疏忽，簡慢；糟蹋
昼食	(名) 午飯，午餐，中飯，中餐
朝食	(名) 早餐
追加	(名・他サ) 追加，添付，補上
注ぐ	(他五) 注入，斟，倒入（茶、酒等）
残らず	(副) 全部，通通，一個不剩
飲み会	(名) 喝酒的聚會
バイキング【viking】	(名) 自助式吃到飽
賄う	(他五) 供給飯食；供給，供應；維持
夕食	(名) 晚餐
酔う	(自五) 醉，酒醉；暈（車、船）；（吃魚等）中毒；陶醉
欲張る	(自五) 貪婪，貪心，貪得無厭

◆ 食器　餐廚用具

窯	(名) 窯，爐；鍋爐
缶詰	(名) 罐頭；不與外界接觸的狀態；擁擠的狀態
匙	(名) 匙子，小杓子
皿	(名) 盤子；盤形物；（單位量詞）一碟等

食器 しょっき	名 餐具		**瓶詰** びんづめ	名 瓶裝；瓶裝罐頭
済み ず	名 完了，完結；付清，付訖		**塞ぐ** ふさ	他五・自五 塞閉；阻塞，堵；佔用；不舒服，鬱悶
瀬戸物 せともの	名 陶瓷品		**薬缶** やかん	名（銅、鋁製的）壺，水壺
罅・皹 ひび ひび	名（陶器、玻璃等）裂紋，裂痕；（人和人之間）發生裂痕；（身體、精神）發生毛病			

練習

I [a～e]の中から適当な言葉を選んで、（　　　）に入れなさい。（必要なら形を変えてください。）

a. 味わう あじ	b. 酔う よ	c. 注ぐ そそ	d. しゃぶる	e. 齧る かじ

❶ いつもキャンディーを（　　　　　　　　　）いると虫歯になるよ。
むし ば

❷ 朝はパンを食べ牛乳を飲み、それからりんごを（　　　　　　　）で出かけた。
あさ　　　　　　　ぎゅうにゅう　の

❸ 魚市場近くの店で、獲れたばかりの新鮮な魚介を（　　　　　　　）。
うおいち ば ちか　　みせ　と　　　　　　　　　　しんせん　ぎょかい

❹ 忘年会の季節になると、電車の中は（　　　　　　　）会社員が多くなる。
ぼうねんかい　き せつ　　　　　　でんしゃ　なか　　　　　　　　　　かいしゃいん　おお

❺ おいしいお茶ですね。もう一杯（　　　　　　　）いただけませんか。
ちゃ　　　　　　　いっぱい

II [a～e]の中から適当な言葉を選んで、（　　　）に入れなさい。（必要なら形を変えてください。）

a. バイキング	b. 食欲 しょくよく	c. カロリー	d. 瓶詰 びんづめ	e. 献立 こんだて

❶ フランスを旅行した知人のご夫婦からお土産に（　　　　　　　）のジャムをいただいた。
りょこう　ち じん　　ふう ふ　　　　み やげ

❷ 今夜はレストランの（　　　　　　　）へ行こう。
こん や　　　　　　　　　　　　　　い

❸ 今日の（　　　　　　　）は、天ぷらと野菜の煮物、それにみそ汁です。
きょう　　　　　　　　　てん　　や さい　に もの　　　　しる

❹ ダイエット中なので、（　　　　　　　）の高い物は食べないことにしている。
ちゅう　　　　　　　　　　たか　もの　た

❺ （　　　　　　　）がなくなるから、食事中にそんな汚い話をしないで。
しょく じ ちゅう　　　きたな　はなし

17

7 食事 (2) 用餐 (2)

しょく じ

◆ 食べ物　食物

飴（あめ）	名 糖，麥芽糖
ウィスキー【whisky】	名 威士忌（酒）
お数・お菜（かず・かず）	名 菜飯，菜餚
おやつ	名（特指下午2到4點給兒童吃的）點心，零食
可（か）	名 可，可以；及格
菓子（かし）	名 點心，糕點，糖果
偏る・片寄る（かたよ・かたよ）	自五 偏於，不公正，偏袒；失去平衡
クリーム【cream】	名 鮮奶油，奶酪；膏狀化妝品；皮鞋油；冰淇淋
持参（じさん）	名・他サ 帶來（去），自備
食塩（しょくえん）	名 食鹽
食品（しょくひん）	名 食品
食物（しょくもつ）	名 食物
汁（しる）	名 汁液，漿；湯；味噌湯
茶（ちゃ）	名・漢造 茶；茶樹；茶葉；茶水
チップ【chip】	名（削木所留下的）片削；洋芋片
豆腐（とうふ）	名 豆腐
ハム【ham】	名 火腿
飯（めし）	名 米飯；吃飯，用餐；生活，生計
餅（もち）	名 年糕

盛る（もる）	他五 盛滿，裝滿；堆滿，堆高；配藥，下毒；刻劃，標記刻度
冷凍食品（れいとうしょくひん）	名 冷凍食品

◆ 調理、料理、クッキング　調理、菜餚、烹調

炙る・焙る（あぶ・あぶ）	他五 烤；烘乾；取暖
煎る・炒る（い・い）	他五 炒，煎
薄める（うす）	他下一 稀釋，弄淡
加熱（かねつ）	名・他サ 加熱，高溫處理
焦がす（こ）	他五 弄糊，烤焦，燒焦；（心情）焦急，焦慮；用香薰
焦げる（こ）	自下一 烤焦，燒焦，焦，糊；曬至褐色
炊事（すいじ）	名・自サ 烹調，煮飯
注ぐ（そそ）	自五・他五（水不斷地）注入，流入；（雨、雪等）落下；（把液體等）注入，倒入；澆，灑
調味料（ちょうみりょう）	名 調味料，佐料
出来上がり（できあ）	名 做好，做完；完成的結果（手藝，質量）
出来上がる（できあ）	自五 完成，做好；天性，生來就…
熱する（ねっ）	自サ・他サ 加熱，變熱，發熱；熱衷於，興奮，激動
火を通す（ひ・とお）	慣 加熱；烹煮
湯気（ゆげ）	名 蒸氣，熱氣；（蒸汽凝結的）水珠，水滴
冷凍（れいとう）	名・他サ 冷凍

練 習

I [a～e]の中から適当な言葉を選んで、（　　）に入れなさい。（必要なら形を変えてください。）

a. 湯気（ゆげ）　　b. ウィスキー　　c. おかず　　d. おやつ　　e. 調味料（ちょうみりょう）

❶ （　　　　　　　　）のような強い酒は昔ほど売れないそうです。

❷ やかんの口（くち）から（　　　　　　　　）が吹（ふ）き出（だ）す。

❸ 今日（きょう）の（　　　　　　　　）は私（わたし）の大好（だいす）きな餃子（ぎょうざ）とじゃが芋（いも）のサラダです。

❹ 子（こ）どもにはできるだけ手作（てづく）りの（　　　　　　　　）を食（た）べさせたい。

❺ 野菜（やさい）を柔（やわ）らかくなるまでゆでてから、（　　　　　　　　）を入（い）れます。

II [a～e]の中から適当な言葉を選んで、（　　）に入れなさい。（必要なら形を変えてください。）

a. 煎（い）る　　b. 焦（こ）げる　　c. 焙（あぶ）る　　d. 偏（かたよ）る　　e. 熱（ねっ）する

❶ 日本（にほん）では、節分（せつぶん）に大豆（だいず）を（　　　　　　　　）豆（まめ）まきをする習慣（しゅうかん）がある。

❷ （　　　　　　　　）フライパンに、よく溶（と）いた卵液（らんえき）を流（なが）し込（こ）みます。

❸ 栄養（えいよう）が（　　　　　　　　）と体調（たいちょう）が悪（わる）くなってしまうので、気（き）をつけよう。

❹ 台所（だいどころ）から、干物（ひもの）を（　　　　　　　　）いるいい匂（にお）いがして目（め）が覚（さ）めた。

❺ 友（とも）だちと長電話（ながでんわ）をしていたら、煮（に）ていたカレーが（　　　　　　　　）しまった。

III [a～e]の中から適当な言葉を選んで、（　　）に入れなさい。（必要なら形を変えてください。）

a. 加熱（かねつ）する　　b. 持参（じさん）する　　c. 冷凍（れいとう）する　　d. 注（そそ）ぐ　　e. 薄（うす）める

❶ （　　　　　　　　）肉（にく）は電子（でんし）レンジで解凍（かいとう）してから調理（ちょうり）します。

❷ スープの味（あじ）が濃（こ）いので、少（すこ）し水（みず）を加（くわ）えて（　　　　　　　　）。

❸ この容器（ようき）のまま電子（でんし）レンジで2分（ふん）（　　　　　　　　）れば食（た）べられます。

❹ このカップ麺（めん）は、お湯（ゆ）を（　　　　　　　　）3分（ぷんま）待（ま）つとでき上（あ）がる。

❺ お弁当（べんとう）を（　　　　　　　　）、ご参加（さんか）ください。

8 衣服 <ruby>衣<rt>い</rt></ruby><ruby>服<rt>ふく</rt></ruby>　衣服

◆ <ruby>衣服<rt>いふく</rt></ruby>、<ruby>洋服<rt>ようふく</rt></ruby>、<ruby>和服<rt>わふく</rt></ruby>　衣服、西服、和服

<ruby>衣服<rt>いふく</rt></ruby>	(名) 衣服	**<ruby>和服<rt>わふく</rt></ruby>**	(名) 日本和服
<ruby>衣料品<rt>いりょうひん</rt></ruby>	(名) 衣料；衣服	**ワンピース【onepiece】**	(名) 連身裙，洋裝
<ruby>映<rt>うつ</rt></ruby>す	(他五) 映，照；放映		

◆ <ruby>着<rt>き</rt></ruby>る、<ruby>装身具<rt>そうしんぐ</rt></ruby>　穿戴、服飾用品

<ruby>お出掛<rt>でか</rt></ruby>け	(名) 出門，正要出門	**<ruby>裏返<rt>うらがえ</rt></ruby>す**	(他五) 翻過來；通敵，叛變
<ruby>香<rt>かお</rt></ruby>り	(名) 芳香，香氣	**<ruby>上<rt>うわ</rt></ruby>**	(漢造) (位置的) 上邊，上面，表面；(價值、程度) 高；輕率，隨便
<ruby>生地<rt>きじ</rt></ruby>	(名) 本色，素質，本來面目；布料；(陶器等) 毛坯，素胚	**エプロン【apron】**	(名) 圍裙
<ruby>切<rt>き</rt></ruby>れ	(名) 衣料，布頭，碎布	**<ruby>帯<rt>おび</rt></ruby>**	(名) (和服裝飾用的) 衣帶，腰帶；「帶紙」的簡稱
<ruby>毛皮<rt>けがわ</rt></ruby>	(名) 毛皮	**<ruby>被<rt>かぶ</rt></ruby>せる**	(他下一) 蓋上；(用水) 澆沖；戴上 (帽子等)；推卸
<ruby>染<rt>し</rt></ruby>み	(名) 汙垢；玷汙	**<ruby>着替<rt>きが</rt></ruby>え**	(名) 換衣服；替換的衣服
<ruby>吊<rt>つ</rt></ruby>るす	(他五) 懸起，吊起，掛著	**<ruby>下駄<rt>げた</rt></ruby>**	(名) 木屐
ドレス【dress】	(名) 女西服，洋裝，女禮服	**<ruby>直<rt>じか</rt></ruby>に**	(副) 直接地，親自地；貼身
<ruby>寝間着<rt>ねまき</rt></ruby>	(名) 睡衣	**<ruby>足袋<rt>たび</rt></ruby>**	(名) 日式白布襪
<ruby>肌着<rt>はだぎ</rt></ruby>	(名) (貼身) 襯衣，汗衫	**<ruby>垂<rt>た</rt></ruby>れ<ruby>下<rt>さ</rt></ruby>がる**	(自五) 下垂
<ruby>華<rt>はな</rt></ruby>やか	(形動) 華麗；輝煌；活躍；引人注目	**<ruby>着<rt>つ</rt></ruby>ける**	(他下一) 佩帶，穿上
<ruby>服装<rt>ふくそう</rt></ruby>	(名) 服裝，服飾	**<ruby>長袖<rt>ながそで</rt></ruby>**	(名) 長袖
<ruby>膨<rt>ふく</rt></ruby>らむ	(自五) 鼓起，膨脹；(因為不開心而) 噘嘴	**バンド【band】**	(名) 樂團；帶狀物；皮帶，腰帶
<ruby>水着<rt>みずぎ</rt></ruby>	(名) 泳裝	**ブローチ【brooch】**	(名) 胸針
モダン【modern】	(名・形動) 現代的，流行的，時髦的	**<ruby>綻<rt>ほころ</rt></ruby>びる**	(自下一) 脫線；使微微地張開，綻放
<ruby>浴衣<rt>ゆかた</rt></ruby>	(名) 夏季穿的單衣，浴衣	**<ruby>解<rt>ほど</rt></ruby>く**	(他五) 解開 (繩結等)；拆解 (縫的東西)
ゆったり	(副・自サ) 寬敞舒適		

◆ 繊維　衣料繊維

毛糸 _{けいと}	㊂ 毛線		紐 _{ひも}	㊂（布、皮革等的）細繩，帯
手ぬぐい _て	㊂ 布手巾		羊毛 _{ようもう}	㊂ 羊毛
布 _{ぬの}	㊂ 布匹；棉布；麻布		綿 _{わた}	㊂（植）棉；棉花；柳絮；絲棉

練習

Ⅰ [a～e]の中から適当な言葉を選んで、（　　）に入れなさい。（必要なら形を変えてください。）

a. ブローチ　　b. 手ぬぐい _て　　c. エプロン　　d. ドレス　　e. 寝間着 _{ねまき}

❶ 祖母は泥だらけの私の顔を（　　　　　　　　）でふいてくれた。
_{そぼ　どろ　　　　　わたし　かお}

❷ 服が汚れないように、（　　　　　　　　）をして皿を洗った方がいいよ。
_{ふく　よご　　　　　　　　　　　　　　　さら　あら　　ほう}

❸ （　　　　　　　　）に着替えたらもう何もしたくない。
_{き が　　　　　なに}

❹ 純白の（　　　　　　　　）を着た彼女は、見違えるほどきれいだった。
_{じゅんぱく　　　　　　　　き　かのじょ　み ちが}

❺ この（　　　　　　　　）をつけたら、秋冬の装いがぐっとかわいくなりますね。
_{あきふゆ　よそお}

Ⅱ [a～e]の中から適当な言葉を選んで、（　　）に入れなさい。（必要なら形を変えてください。）

a. 紐 _{ひも}　　b. 綿 _{めん}　　c. 生地 _{き じ}　　d. 肌着 _{はだぎ}　　e. 下駄 _{げ た}

❶ 鞄の肩（　　　　　　　）で擦れて、肩が真っ赤になってしまった。
_{かばん　かた　　　　　　　す　　　　かた　ま　か}

❷ 浴衣に（　　　　　　　）をはいて、彼と花火大会に行きたい。
_{ゆかた　　　　　　　　　　　　かれ　はな び たいかい　い}

❸ ライトアップした白川郷です。（　　　　　　　　）のような雪に覆われた茅葺の大き
_{しらかわごう　　　　　　　　　　　　　　ゆき　おお　　　　かやぶき　おお}
な屋根、やっぱりいいですね。
_{や ね}

❹ 北欧柄の（　　　　　　　）はとても人気だ。
_{ほくおうがら　　　　　　　　　　　にん き}

❺ 子ども用の（　　　　　　　）売り場はどこですか。
_{こ　　よう　　　　　　　う　ば}

Ⅲ [a～d]の中から適当な言葉を選んで、（　　）に入れなさい。（必要なら形を変えてください。）

a. 膨らむ _{ふく}　　b. 吊るす _つ　　c. 解く _と　　d. 裏返す _{うらがえ}

❶ 箱のリボンを（　　　　　　）ふたを取ると、帽子が入っていた。
_{はこ　　　　　　　　　　　　　　と　　　ぼうし　はい}

❷ クリーニング済みのコートを、クローゼットに（　　　　　　　）。
_す

❸ トースターに入れたお餅が（　　　　　　　）、おいしそうな匂いがする。
_{い　　　　もち　　　　　　　　　　　　　　にお}

❹ セーターを（　　　　　　）着たまま学校に行ったら、友だちに笑われた。
_{き　　　　がっこう　い　　　　とも　　　わら}

9 人体 (1) じんたい　人體 (1)

◆ 身体、体 しんたい　からだ　胴體、身體

浴びる あ	他上一 洗，浴；曬，照；遭受，蒙受	
胃 い	名 胃	
担ぐ かつ	他五 扛，挑；推舉，擁戴；受騙	
筋肉 きんにく	名 肌肉	
腰 こし	名・接尾 腰；（衣服、裙子等的）腰身	
腰掛ける こし か	自下一 坐下	
転ぶ ころ	自五 跌倒，倒下；滾轉；趨勢發展，事態變化	
姿勢 しせい	名 （身體）姿勢；態度	
しゃがむ	自五 蹲下	
心身 しんしん	名 身和心；精神和肉體	
心臓 しんぞう	名 心臟；厚臉皮，勇氣	
全身 ぜんしん	名 全身	
だらり（と）	副 無力地（下垂著）	
手入れ て い	名・他サ 收拾，修整；檢舉，搜捕	
動作 どうさ	名・自サ 動作	
飛び跳ねる と は	自下一 跳躍	
鈍い にぶ	形 （刀劍等）鈍，不鋒利；（理解、反應）慢，遲鈍，動作緩慢；（光）朦朧，（聲音）渾濁	
肌 はだ	名 肌膚，皮膚；物體表面；氣質，風度；木紋	

裸 はだか	名 裸體；沒有外皮的東西；精光，身無分文；不存先入之見，不裝飾門面	
凭れる・靠れる もた　もた	自下一 依靠，憑靠；消化不良	
揉む も	他五 搓，揉，捏，按摩；（很多人）互相推擠；爭辯；（被動式型態）錘鍊，受磨練	
脇 わき	名 腋下，胳肢窩；（衣服的）旁側；旁邊，附近，身旁；旁處，別的地方；（演員）配角	

◆ 顔 (1) かお　臉 (1)

編む あ	他五 編，織；編輯，編纂	
息 いき	名 呼吸，氣息；步調	
嗽 うがい	名・自サ 漱口	
頷く うなず	自五 點頭同意，首肯	
笑顔 え がお	名 笑臉，笑容	
覆う おお	他五 覆蓋，籠罩；掩飾；籠罩，充滿；包含，概括	
面長 おもなが	名・形動 長臉，橢圓臉	
口 くち	名・接尾 口，嘴；用嘴說話；口味；人口，人數；出入或存取物品的地方；放進口中或動口的次數；股，份	
窪む・凹む くぼ　くぼ	自五 凹下，塌陷	
銜える くわ	他一 叼，銜	
煙い けむ	形 煙撲到臉上使人無法呼吸，嗆人	

呼吸（こきゅう）	名・自他サ 呼吸，吐納；（合作時）步調，拍子，節奏；竅門，訣竅	透き通る（すきとおる）	自五 通明，透亮，透過去；清澈；清脆（的聲音）	
探る（さぐる）	他五 （用手腳等）探，摸；探聽，試探，偵查；探索，探求，探訪	鋭い（するどい）	形 尖的；（刀子）鋒利的；（視線）尖銳的；激烈，強烈；（頭腦）敏銳，聰明	
囁く（ささやく）	自五 低聲自語，小聲說話，耳語	剃る（そる）	他五 剃（頭），刮（臉）	
焦点（しょうてん）	名 焦點；（問題的）中心，目標	ため息（ためいき）	名 嘆氣，長吁短嘆	
白髪（しらが）	名 白頭髮			

9 人體 (1)

練習

Ⅰ [a～e]の中から適当な言葉を選んで、（　）に入れなさい。（必要なら形を変えてください。）

a. もたれる	b. もむ	c. しゃがむ	d. 担（かつ）ぐ	e. 転（ころ）ぶ

❶ 舞台（ぶたい）に出（で）るとき、観衆（かんしゅう）の前（まえ）で（　　　　　）とても恥（は）ずかしかった。

❷ 私（わたし）は日本（にほん）へ行（い）って、1度（ど）はお祭（まつ）りの神輿（みこし）を（　　　　　）みたい。

❸ 最近（さいきん）、道端（みちばた）に（　　　　　）ゲームをしている若者（わかもの）が多（おお）い。

❹ 公園（こうえん）のベンチに（　　　　　）、ひなたぼっこをするのが好（す）きだ。

❺ 夜遅（よるおそ）く残業（ざんぎょう）で疲（つか）れて帰宅（きたく）すると、娘（むすめ）が肩（かた）を（　　　　　）くれた。

Ⅱ [a～e]の中から適当な言葉を選んで、（　）に入れなさい。（必要なら形を変えてください。）

a. 飛（と）び跳（は）ねる	b. 衰（おとろ）える	c. 窪（くぼ）む	d. 探（さぐ）る	e. 透（す）き通（とお）る

❶ 保育園（ほいくえん）で、園児（えんじ）が、歌（うた）いながら元気（げんき）に（　　　　　）いる。

❷ 猫（ねこ）がサンマを（　　　　　）逃（に）げたので、慌（あわ）てて追（お）い掛（か）けた。

❸ 徹夜（てつや）でパソコンを操作（そうさ）していたので、目（め）が（　　　　　）しまった。

❹ 海（うみ）の水（みず）が（　　　　　）いて、海底（かいてい）の海藻（かいそう）や魚（さかな）がはっきり見（み）えた。

❺ 古代遺跡（こだいいせき）の謎（なぞ）を（　　　　　）プロジェクトにぜひ参加（さんか）したいと思（おも）っている。

10 人体(2)
じんたい

人體(2)

◆ 顔(2) 臉(2)
かお

垂らす た	(名) 滴;垂
縮れる ちぢ	(自下一) 卷曲;起皺,出摺
付き つ	(接尾)(前接某些名詞)樣子;附屬
突っ込む つ こ	(他五・自五) 衝入,闖入;深入;塞進,插入;沒入;深入追究
艶 つや	(名) 光澤,潤澤;興趣,精彩;豔事,風流事
覗く のぞ	(自五・他五) 露出(物體的一部份);窺視,探視;往下看;晃一眼;窺探他人秘密
挟まる はさ	(自五) 夾,(物體)夾在中間;夾在(對立雙方中間)
ぱっちり	(副・自サ) 眼大而水汪汪;睜大眼睛
瞳 ひとみ	(名) 瞳孔,眼睛
ふと	(副) 忽然,偶然,突然;立即,馬上
微笑む ほほ え	(自五) 微笑,含笑;(花)微開,乍開
ぼんやり	(名・副・自サ) 模糊,不清楚;迷糊,傻愣愣;心不在焉;笨蛋,呆子
前髪 まえがみ	(名) 瀏海
見上げる み あ	(他下一) 仰視,仰望;欽佩,尊敬,景仰
見下ろす み お	(他五) 俯視,往下看;輕視,藐視,看不起;視線從上往下移動
見詰める み つ	(他下一) 凝視,注視,盯著
目立つ め だ	(自五) 顯眼,引人注目,明顯

◆ 手足 手腳
て あし

扇ぐ あお	(自・他五)(用扇子)搧(風)
足跡 あしあと	(名) 腳印;(逃走的)蹤跡;事蹟,業績
足元 あしもと	(名) 腳下;腳步;身旁,附近
足を運ぶ あし はこ	(慣) 去,前往拜訪
器用 き よう	(名・形動) 靈巧,精巧;手藝巧妙;精明
汲む く	(他五) 打水,取水
組む く	(自五) 聯合,組織起來
漕ぐ こ	(他五) 划船,搖櫓,蕩槳;蹬(自行車),盪(鞦韆)
擦る こす	(他五) 擦,揉,搓;摩擦
痺れる しび	(自下一) 麻木;(俗)因強烈刺激而興奮
絞る しぼ	(他五) 扭,擠;引人(流淚);拼命發出(高聲),絞盡(腦汁);剝削,勒索;拉開(幕)
仕舞う し ま	(自五・他五・補動) 結束,完了,收拾;收拾起來;關閉;表不能恢復原狀
すっと	(副・自サ) 動作迅速地,飛快,輕快;(心中)輕鬆,痛快
立ち止まる た ど	(自五) 站住,停步,停下
ちぎる	(他五・接尾) 撕碎(成小段);摘取,揪下;(接動詞連用形後加強語氣)非常,極力
鈍い のろ	(形)(行動)緩慢的,慢吞吞的;(頭腦)遲鈍的,笨的;對女人軟弱,唯命是從的人
のろのろ	(副・自サ) 遲緩,慢吞吞地

剥がす	（他五）剝下
引っ張る	（他五）（用力）拉；拉上，拉緊；強拉走；引誘；拖長；拖延；拉（電線等）；（棒球向左面或右面）打球
塞がる	（自五）阻塞；關閉；佔用，佔滿
節	（名）（竹、葦的）節；關節，骨節；（線、繩的）繩結；曲調
打つ	（他五）（「うつ」的強調說法）打，敲
ぶら下げる	（他下一）佩帶，懸掛；手提，拎

震える	（自下一）顫抖，發抖，震動
触れる	（他下一・自下一）接觸，觸摸（身體）；涉及，提到；感觸到；抵觸，觸犯；通知
歩	（名・漢造）步，步行；（距離單位）步
持ち上げる	（他下一）（用手）舉起，抬起；阿諛奉承，吹捧；抬頭
ゆっくり	（副・自サ）慢慢地，不著急的，從容地；安適的，舒適的；充分的，充裕的

Ⅰ [a〜e]の中から適当な言葉を選んで、（　　）に入れなさい。（必要なら形を変えてください。）

a. ぱっちり　　b. ぼんやり　　c. すっと　　d. ふと　　e. のろのろ

❶ 改札口で（　　　　　　　）振り返ると、出張から帰った父が立っていた。

❷ 月明かりが（　　　　　　　）見える空は、ほぼ雲に覆われています。

❸ その言葉を聞くだけで、不安が（　　　　　　　）解けてしまった。

❹ 山間をかき分け、川を渡りながら電車は（　　　　　　　）と進んでいく。

❺ 僕の彼女は二重の（　　　　　　　）した目をしている。

Ⅱ [a〜e]の中から適当な言葉を選んで、（　　）に入れなさい。（必要なら形を変えてください。）

a. 見詰める　　b. 目立つ　　c. 見上げる　　d. 覗く　　e. 垂らす

❶ 子どもたちはどんなに寒くても外で鼻水を（　　　　　　　）遊んでいる。

❷ 市役所は赤い屋根の歴史的な建物で、とても（　　　　　　　）。

❸ 窓から顔を出し夜空を（　　　　　　　）と、満月が輝いていた。

❹ 弟の部屋をそっと（　　　　　　　）みると、勉強もせず、ゲームに夢中だった。

❺ 母は、私が嘘をつくと、厳しい目で私の顔を（　　　　　　　）。

11 生理 (1)

せい　り

生理（現象）(1)

◆ 誕生、生命　誕生、生命
たんじょう　せいめい

遺伝 い でん	(名・自サ) 遺傳	
遺伝子 い でん し	(名) 基因	
生まれ う	(名) 出生；出生地；門第，出生	
産 さん	(名) 生產，分娩；（某地方）出生；財產	
人命 じんめい	(名) 人命	
生 せい	(名・漢造) 生命，生活；生計，生業，營生；出生，生長；活著，生存	
生命 せいめい	(名) 生命，壽命；重要的東西，關鍵，命根子	

◆ 老い、死　老年、死亡
お　　し

遺体 い たい	(名) 遺體	
係わる かか	(自五) 關係到，涉及到；有牽連，有瓜葛；拘泥	
去る さ	(自五・他五・連體) 離開；經過，結束；（空間、時間）距離；消除，去掉	
自殺 じ さつ	(名・自サ) 自殺，尋死	
死者 し しゃ	(名) 死者，死人	
死体 し たい	(名) 屍體	
寿命 じゅみょう	(名) 壽命；（物）耐用期限	
しわ	(名)（皮膚的）皺紋；（紙或布的）縐褶，褶子	
生存 せいぞん	(名・自サ) 生存	
絶つ た	(他五) 切，斷，切斷；絕，斷絕；消滅	

縮める ちぢ	(他下一) 縮小，縮短，縮減；縮回，捲縮，起皺紋	
吊る つ	(他五) 吊，懸掛，佩帶	
老ける ふ	(自下一) 上年紀，老	

◆ 発育、健康　發育、健康
はついく　けんこう

育児 いく じ	(名) 養育兒女	
いけない	(形・連語) 不好，糟糕；沒希望，不行；不能喝酒，不能喝酒的人；不許，不可以	
維持 い じ	(名・他サ) 維持，維護	
こんなに	(副) 這樣，如此	
作法 さ ほう	(名) 禮法，禮節，禮貌，規矩；（詩、小說等文藝作品的）作法	
障害 しょうがい	(名) 障礙，妨礙；（醫）損害，毛病；（障礙賽中的）欄，障礙物	
生長 せいちょう	(名・自サ)（植物、草木等）生長，發育	
測定 そくてい	(名・他サ) 測定，測量	
縮む ちぢ	(自五) 縮，縮小，收縮；起皺紋，出褶；畏縮，退縮，惶恐，縮回去，縮進去	
発育 はついく	(名・自サ) 發育，成長	
昼寝 ひる ね	(名・自サ) 午睡	
若々しい わかわか	(形) 年輕有朝氣的，年輕的，富有朝氣的	

練習

Ⅰ [a～e]の中から適当な言葉を選んで、（　　　）に入れなさい。（必要なら形を変えてくだ
さい。）

a. 生命	b. 寿命	c. 遺体	d. 生まれ	e. しわ

❶ 私は都会（　　　　　　　　　　）都会育ちなので、一度田舎で暮らしてみたい。

❷ その事件の犯人の（　　　　　　　　　　）は大学の研究室に運ばれていった。

❸ 王は国民の（　　　　　　　　　　）を守るために最後まで兵士とともに戦った。

❹ （　　　　　　　　　　）が延びるのはいいことだが、健康でいたい。

❺ シーツを敷くときは、（　　　　　　　　　　）が寄らないようにしてください。

Ⅱ [a～e]の中から適当な言葉を選んで、（　　　）に入れなさい。（必要なら形を変えてくだ
さい。）

a. 係わる	b. 縮める	c. 去る	d. 老ける	e. 絶つ

❶ 決勝では準決勝の記録を更に2秒（　　　　　　　　　　）。

❷ 去年アメリカに行った友人は、連絡を（　　　　　　　　　　）しまった。

❸ 生まれ育った故郷を（　　　　　　　　　　）、台北に住んでもう5年になる。

❹ 母は、年よりも（　　　　　　　　　　）見えることを気にしている。

❺ 彼のお兄さんも、その事件に（　　　　　　　　　　）いたそうだ。

Ⅲ [a～e]の中から適当な言葉を選んで、（　　　）に入れなさい。（必要なら形を変えてくだ
さい。）

a. 昼寝	b. 生長	c. 作法	d. 障害	e. 育児

❶ 冬眠は人間の（　　　　　　　　　　）とは違い、動物にとって命懸けの行為だそうだ。

❷ お茶や生け花では、技術とともにいろいろな（　　　　　　　　　　）があります。

❸ 男性が（　　　　　　　　　　）休暇を取りにくいことが社会問題になっている。

❹ 留学生活には色々と（　　　　　　　　　　）があるけれど、負けないでください。

❺ 植物の（　　　　　　　　　　）を楽しむ。

12 生理 (2)

せいり

生理（現象）(2)

◆ 体調、体質　身體狀況、體質

たいちょう　たいしつ

欠伸 あくび	（名・自サ）呵欠
荒い あら	（形）凶猛的；粗野的，粗暴的；濫用
荒れる あ	（自下一）天氣變壞；（皮膚）變粗糙；荒廢，荒蕪；暴戾，胡鬧；秩序混亂
意識 いしき	（名・他サ）（哲學的）意識；知覺，神智；自覺，意識到
異常 いじょう	（名・形動）異常，反常，不尋常
居眠り いねむ	（名・自サ）打瞌睡，打盹兒
失う うしな	（他五）失去，喪失；改變常態；喪，亡；迷失；錯過
切る き	（接尾）（接助詞運用形）表示達到極限；表示完結
崩す くず	（他五）拆毀，粉碎
消耗 しょうもう	（名・自他サ）消費，消耗；（體力）耗盡，疲勞；磨損
身体 しんたい	（名）身體，人體
すっきり	（副・自サ）舒暢，暢快，輕鬆；流暢，通暢；乾淨整潔，俐落
体温 たいおん	（名）體溫
取れる と	（自下一）（附著物）脫落，掉下；需要，花費（時間等）；去掉，刪除；協調，均衡
計る はか	（他五）測量；計量；推測，揣測；徵詢，諮詢
吐き気 はけ	（名）噁心，作嘔

回す まわ	（他五・接尾）轉，轉動；（依次）傳遞；傳送；調職；各處活動奔走；想辦法；運用；投資；（前接某些動詞連用形）表示遍布四周
目眩・眩暈 めまい　めまい	（名）頭暈眼花
蘇る よみがえ	（自五）甦醒，復活；復興，復甦，回復；重新想起

◆ 体の器官の働き　身體器官功能

からだ　きかん　はたら

汗 あせ	（名）汗
溢れる あふ	（自下一）溢出，漾出，充滿
休息 きゅうそく	（名・自サ）休息
嚏 くしゃみ	（名）噴嚏
血圧 けつあつ	（名）血壓
循環 じゅんかん	（名・自サ）循環
消化 しょうか	（名・他サ）消化（食物）；掌握，理解，記牢（知識等）；容納，吸收，處理
小便 しょうべん	（名・自サ）小便，尿；（俗）終止合約，食言，毀約
神経 しんけい	（名）神經；察覺力，感覺，神經作用
睡眠 すいみん	（名・自サ）睡眠，休眠，停止活動
吐く は	（他五）吐，吐出；說出，吐露出；冒出，噴出

練習

Ⅰ [a～e]の中から適当な言葉を選んで、（　　）に入れなさい。（必要なら形を変えてください。）

a. 消化	b. 神経	c. 睡眠	d. 血圧	e. 体温

❶ 十分に（　　　　　　　　　）を取った方がいいよ。

❷ 毎日（　　　　　　　　　）を測ると、自分の体調を把握しやすい。

❸ 年をとるにつれて（　　　　　　　　　）が高くなるので食べ物にも注意しよう。

❹ ウォーキングは（　　　　　　　　　）を助けます。

❺ 交通事故で腕の（　　　　　　　　　）を痛めて、動かなくなってしまった。

Ⅱ [a～e]の中から適当な言葉を選んで、（　　）に入れなさい。（必要なら形を変えてください。）

a. 居眠り	b. めまい	c. くしゃみ	d. 吐き気	e. あくび

❶ （　　　　　　　　　）運転は大変危険だ。

❷ （　　　　　　　　　）や頭痛がしたら、脱水症状を疑ってください。

❸ 昼食が傷んでいたようで、後から（　　　　　　　　　）に襲われた。

❹ 春になると花粉が飛んで、（　　　　　　　　　）や鼻水が止まらなくなる。

❺ （　　　　　　　　　）がうつる理由はまだはっきりとは解明されていないが、共感するからという説が有力だ。

Ⅲ [a～e]の中から適当な言葉を選んで、（　　）に入れなさい。（必要なら形を変えてください。）

a. 吐く	b. 崩す	c. 計る	d. 蘇る	e. 溢れる

❶ 祖母は3か月前から体調を（　　　　　　　　　）、病院に入院している。

❷ 古いアルバムを見ていると、幼い頃のことが（　　　　　　　　　）。

❸ 牛乳を飲んだら変な味がしたので、すぐに（　　　　　　　　　）しまった。

❹ 風邪が悪化して病院に行くと、看護師が最初に熱を（　　　　　　　　　）。

❺ 卒業式での先生の言葉を聞いて、涙が（　　　　　　　　　）。

13 生理(3)

せい り

生理(現象)(3)

◆ 病気、治療　疾病、治療

びょう き　ち りょう

あそこ	（代）那裡；那種程度；那種地步	

害	（名・漢造）為害，損害；災害；妨礙
がい	

風邪薬	（名）感冒藥
か ぜ ぐすり	

勝ち	（接尾）往往，容易，動輒；大部分是
が	

看病	（名・他サ）看護，護理病人
かんびょう	

気味・気味	（名・接尾）感觸，感受，心情；有一點兒，稍稍
き み　ぎ み	

苦しめる	（他下一）使痛苦，欺負
くる	

効果的	（形動）有效的
こう か てき	

効力	（名）效力，效果，效應
こうりょく	

克服	（名・他サ）克服
こくふく	

骨折	（名・自サ）骨折
こっせつ	

差し支え	（名）不方便，障礙，妨礙
さ　つか	

重傷	（名）重傷
じゅうしょう	

重体	（名）病危，病篤
じゅうたい	

順調	（名・形動）順利，順暢；（天氣、病情等）良好
じゅんちょう	

消毒	（名・他サ）消毒，殺菌
しょうどく	

生活習慣病	（名）文明病
せいかつしゅうかんびょう	

戦う・闘う	（自五）（進行）作戰，戰爭；鬥爭；競賽
たたか　たたか	

低下	（名・自サ）降低，低落；（力量、技術等）下降
てい か	

適切	（名・形動）適當，恰當，妥切
てきせつ	

伝染	（名・自サ）（病菌的）傳染；（惡習的）傳染，感染
でんせん	

病	（漢造）病，患病；毛病，缺點
びょう	

病む	（自他五）得病，患病；煩惱，憂慮
や	

◆ 痛み　痛疼

いた

痛み	（名）痛，疼；悲傷，難過；損壞；（水果因碰撞而）腐爛
いた	

痛む	（自五）疼痛；苦惱；損壞
いた	

唸る	（自五）呻吟；（野獸）吼叫；發出鳴聲；吟，哼；贊同，喝彩
うな	

傷	（名）傷口，創傷；缺陷，瑕疵
きず	

凝る	（自五）凝固，凝集；（因血行不周、肌肉僵硬等）痠痛；狂熱，入迷；講究，精緻
こ	

頭痛	（名）頭痛
ず つう	

程度	（名・接尾）（高低大小）程度，水平；（適當的）程度，適度，限度
てい ど	

虫歯	（名）齲齒，蛀牙
むし ば	

火傷	（名・自サ）燙傷，燒傷；（轉）遭殃，吃虧
やけ ど	

因る	（自五）由於，因為；任憑，取決於；依靠，依賴；按照，根據
よ	

練 習

Ⅰ [a～e]の中から適当な言葉を選んで、(　　)に入れなさい。（必要なら形を変えてください。）

a. 痛み	b. 虫歯	c. 重体	d. 頭痛	e. 火傷

❶ 昨日お酒を飲み過ぎたせいで、朝から(　　　　　　　)がする。

❷ まだ少し(　　　　　　　)はありますが、傷はどんどんよくなっています。

❸ 熱湯で(　　　　　　　)をしないように十分注意してください。

❹ 友人は(　　　　　　　)に陥ったが、手術の後はすっかり元気になった。

❺ (　　　　　　　)を放置していたら、いつの間にか治ったようだ。

Ⅱ [a～e]の中から適当な言葉を選んで、(　　)に入れなさい。（必要なら形を変えてください。）

a. 病む	b. 唸る	c. 苦しめる	d. 痛む	e. よる

❶ 医師は、「食べ過ぎに(　　　　　　　)腹痛です」という診断をした。

❷ 5年前事故で骨折した右足が、冬になると今でも(　　　　　　　)。

❸ 伯母は今、胸を(　　　　　　　)、市内の大学病院に入院している。

❹ 天候不順で野菜の価格が上がり、家計を(　　　　　　　)いる。

❺ 檻の中で(　　　　　　　)いるライオンを見て、赤ちゃんが泣き出した。

Ⅲ [a～e]の中から適当な言葉を選んで、(　　)に入れなさい。（必要なら形を変えてください。）

a. 消毒する	b. 骨折する	c. 看病する	d. 伝染する	e. 克服する

❶ 傷口を(　　　　　　　)包帯を巻く。

❷ 鳥インフルエンザが(　　　　　　　)ことを官民一体となって防ぎます。

❸ 病気を(　　　　　　　)池田選手は、全国大会で見事な復活を遂げた。

❹ 母は三日三晩、ほとんど寝ないで(　　　　　　　)くれた。

❺ 実は今年初めにスキーで足を(　　　　　　　)しまったんだ。

14 人物 (1) 人物(1)

じんぶつ

◆ 人物　人物
じんぶつ

偉大 い だい	形動 偉大的，魁梧的	
園児 えん じ	名 上幼稚園的兒童	
女の人 おんな ひと	名 女人	
架空 か くう	名 空中架設；虛構的，空想的	
各自 かく じ	名 每個人，各自	
影 かげ	名 影子；倒影；蹤影，形跡	
兼ね備える か そな	他下一 兩者兼備	
気配 け はい	名 跡象，苗頭，氣息	
才能 さいのう	名 才能，才幹	
自身 じ しん	名・接尾 自己，本人；本身	
実に じつ	副 確實，實在，的確；（驚訝或感慨時）實在是，非常，很	
実物 じつぶつ	名 實物，實在的東西，原物；（經）現貨	
人物 じんぶつ	名 人物；人品，為人；人材；人物（繪畫的），人物（畫）	
玉 たま	名 玉，寶石，珍珠；球，珠；眼鏡鏡片；燈泡；子彈	
短 たん	名・漢造 短；不足，缺點	
名 な	名 名字，姓名；名稱；名分；名譽，名聲；名義，藉口	
人間 にんげん	名 人，人類；人品，為人；（文）人間，社會，世上	
年齢 ねんれい	名 年齡，歲數	
人目 ひと め	名 世人的眼光；旁人看見；一眼望盡，一眼看穿	

一人一人 ひとりひとり	名 逐個地，依次地；人人，每個人，各自	
身分 み ぶん	名 身分，社會地位；（諷刺）生活狀況，境遇	
酔っ払い よ ばら	名 醉鬼，喝醉酒的人	
呼び掛ける よ か	他下一 招呼，呼喚；號召，呼籲	

◆ 神仏、化け物　神佛、怪物
しんぶつ ば もの

悪魔 あく ま	名 惡魔，魔鬼	
拝む おが	他五 叩拜；合掌作揖；懇求，央求；瞻仰，見識	
鬼 おに	名・接頭 鬼：人們想像中的怪物，具有人的形狀，有角和獠牙。也指沒有人的感情的冷酷的人。熱衷於一件事的人。也引申為大型的，突出的意思。	
お化け ば	名 鬼；怪物	
お参り まい	名・自サ 參拜神佛或祖墳	
お神輿・お御輿 み こし　み こし	名 神轎；（俗）腰	
神 かみ	名 神，神明，上帝，造物主；（死者的）靈魂	
神様 かみさま	名 （神的敬稱）上帝，神；（某方面的）專家，活神仙，（接在某方面技能後）…之神	
信仰 しんこう	名・他サ 信仰，信奉	
神話 しん わ	名 神話	
精 せい	名 精，精靈；精力	
仏 ほとけ	名 佛，佛像；（佛一般）溫厚，仁慈的人；死者，亡魂	

練習

I [a～e]の中から適当な言葉を選んで、（　　　）に入れなさい。（必要なら形を変えてください。）

a. 各自	b. 自身	c. 才能	d. 年齢	e. 人目

❶ 成功するためには（　　　　　　　　）よりも努力が必要だと言われた。

❷ どの大学を選ぶかは、自分（　　　　　　　　）でよく考えてみてください。

❸ 度胸を鍛えていくなら、（　　　　　　　　）を気にしすぎないことから始めましょう。

❹ この問題について、明日までに（　　　　　　　　）で考えて来てください。

❺ 主人公と（　　　　　　　　）が近いせいか、共感する部分が多かった。

II [a～e]の中から適当な言葉を選んで、（　　）に入れなさい。（必要なら形を変えてください。）

a. 仏	b. 信仰	c. お参り	d. 精	e. 鬼

❶ 母親は、嘘をついた子を、心を（　　　　　　　　）にして厳しく叱った。

❷ この間、パワースポットとして有名な神社に（　　　　　　　　）に行きました。

❸ 日本では（　　　　　　　　）の自由が保障されています。

❹ いつも（　　　　　　　　）の慈悲に接していると思えば、不安や心配が絶えない毎日も少し気が楽になります。

❺ 山の奥には水の（　　　　　　　　）が現れそうなほど静かで美しい湖があった。

III [a～e]の中から適当な言葉を選んで、（　　）に入れなさい。（必要なら形を変えてください。）

a. 架空	b. 神話	c. 人物	d. 気配	e. 実物

❶ 勤めている会社は最近売り上げが落ち、給料が上がる（　　　　　　　　）はない。

❷ 歴史上の（　　　　　　　　）で、最も人気があるのは誰でしょうか。

❸ 若者に人気のあるこの映画の舞台は、（　　　　　　　　）の場所だ。

❹ 写真を撮るのが上手だったので、（　　　　　　　　）よりきれいに写っているよ。

❺ この地方には古い（　　　　　　　　）が今でも数多く残っている。

15 人物 (2)

じんぶつ

人物 (2)

◆ いろいろな人を表すことば (1)　各種人物的稱呼 (1)

王 おう	(名) 帝王，君王，國王；首領，大王；(象棋) 王將
王様 おうさま	(名) 國王，大王
王子 おうじ	(名) 王子；王族的男子
王女 おうじょ	(名) 公主；王族的女子
大家 おおや	(名) 房東；正房，上房，主房
お手伝いさん てつだ	(名) 傭人
お前 まえ	(代・名) 你 (用在交情好的對象或同輩以下。較為高姿態的語氣)；神前，佛前
家 か	(漢造) 專家
ガールフレンド 【girl friend】	(名) 女友
学者 がくしゃ	(名) 學者；科學家
方々 かたがた	(名・代・副) (敬) 大家；您們；這個那個，種種；各處；總之
患者 かんじゃ	(名) 病人，患者
議員 ぎいん	(名) (國會，地方議會的) 議員
技師 ぎし	(名) 技師，工程師，專業技術人員
議長 ぎちょう	(名) 會議主席，主持人；(聯合國等) 主席
キャプテン 【captain】	(名) 團體的首領；船長；隊長；主任
ギャング【gang】	(名) 持槍強盜團體，盜伙
教授 きょうじゅ	(名・他サ) 教授；講授，教

コーチ【coach】	(名・他サ) 教練，技術指導；教練員
講師 こうし	(名) (高等院校的) 講師；演講者
国王 こくおう	(名) 國王，國君
コック【cook】	(名) 廚師
作者 さくしゃ	(名) 作者
氏 し	(代・接尾・漢造) (做代詞用) 這位，他；(接人姓名表示敬稱) 先生；氏，姓氏；家族
司会 しかい	(名・自他サ) 司儀，主持會議 (的人)
ジャーナリスト 【journalist】	(名) 記者
首相 しゅしょう	(名) 首相，內閣總理大臣
主婦 しゅふ	(名) 主婦，女主人
准教授 じゅんきょうじゅ	(名) (大學的) 副教授
乗客 じょうきゃく	(名) 乘客，旅客

練習

Ⅰ [a～e]の中から適当な言葉を選んで、（　　）に入れなさい。（必要なら形を変えてください。）

| a. コーチ | b. 乗客（じょうきゃく） | c. 司会（しかい） | d. キャプテン | e. 首相（しゅしょう） |

❶ 日本（にほん）の（　　　　　　　　　　）は間接選挙（かんせつせんきょ）で決（き）めることになっている。

❷ 彼（かれ）は高（こう）３でサッカーチームの（　　　　　　　　　　）になり、活躍（かつやく）している。

❸ （　　　　　　　　　　）の指導（しどう）のおかげで、私（わたし）たちのチームは初優勝（はつゆうしょう）を飾（かざ）ることができました。

❹ 事故（じこ）が起（お）きたとき、バスには３人（にん）の（　　　　　　　　）が乗（の）っていた。

❺ 来月催（らいげつもよお）される音楽祭（おんがくさい）で（　　　　　　　）を務（つと）めることになった。

Ⅱ [a～e]の中から適当な言葉を選んで、（　　）に入れなさい。（必要なら形を変えてください。）

| a. 国王（こくおう） | b. 患者（かんじゃ） | c. コック | d. 作者（さくしゃ） | e. 教授（きょうじゅ） |

❶ （　　　　　　　　　）の誕生日（たんじょうび）には全国（ぜんこく）でにぎやかな祭（まつ）りが行（おこな）われる。

❷ あのレストランにはフランス人（じん）の（　　　　　　　）が３人（にん）いる。

❸ この本（ほん）の（　　　　　　　）は、まだ16歳（さい）の高校生（こうこうせい）だと聞（き）いて驚（おどろ）いた。

❹ あの医者（いしゃ）は（　　　　　　　）を長（なが）い時間待（じかんま）たせて、３分（ぷん）しか診察（しんさつ）をしない。

❺ 林（はやし）（　　　　　）は寛容（かんよう）な人柄（ひとがら）で、学生（がくせい）からの信頼（しんらい）も厚（あつ）い。

Ⅲ [a～e]の中から適当な言葉を選んで、（　　）に入れなさい。（必要なら形を変えてください。）

| a. 王女（おうじょ） | b. 大家（おおや） | c. 技師（ぎし） | d. 主婦（しゅふ） | e. ギャング |

❶ 実家（じっか）から送（おく）られてきたみかんを、アパートの（　　　　　　　　　）さんにあげた。

❷ 今（いま）から10年前（ねんまえ）、この国（くに）の（　　　　　　　）は隣（となり）の国（くに）の王子（おうじ）と結婚（けっこん）した。

❸ 息子（むすこ）は３年前（ねんまえ）から自動車工場（じどうしゃこうじょう）で（　　　　　　　）として働（はたら）いている。

❹ 専業（せんぎょう）（　　　　　　）だった妻（つま）は、子（こ）どもが中学生（ちゅうがくせい）になると銀行（ぎんこう）で働（はたら）き始（はじ）めた。

❺ その黒（くろ）いサングラスをかけると（　　　　　　　）みたいだね。

◆ いろいろな人を表すことば (2)　各種人物的稱呼 (2)

しょうにん **商人**	名 商人
じょおう **女王**	名 女王，王后；皇族之女，王族之女
じょきょう **助教**	名 助理教員；代理教員
じょしゅ **助手**	名 助手，幫手；(大學)助教
しろうと **素人**	名 外行，門外漢；業餘愛好者，非專業人員；良家婦女
しんゆう **親友**	名 知心朋友
たいし **大使**	名 大使
ちしきじん **知識人**	名 知識份子
ちじん **知人**	名 熟人，認識的人
ちょしゃ **著者**	名 作者
でし **弟子**	名 弟子，徒弟，門生，學徒
てんのう **天皇**	名 日本天皇
はかせ **博士**	名 博士；博學之人
はんじ **判事**	名 審判員，法官
ひっしゃ **筆者**	名 作者，筆者
ぶし **武士**	名 武士
ふじん **婦人**	名 婦女，女子
ふりょう **不良**	名・形動 不舒服，不適；壞，不良；(道德、品質)敗壞；流氓，小混混
ボーイフレンド【boy friend】	名 男朋友

ぼう **坊さん**	名 和尚
まいご **迷子**	名 迷路的孩子，走失的孩子
ママ【mama】	名 (兒童對母親的愛稱)媽媽；(酒店的)老闆娘
めいじん **名人**	名 名人，名家，大師，專家
もの **者**	名 (特定情況之下的)人，者
やくしゃ **役者**	名 演員；善於做戲的人，手段高明的人

◆ 人の集まりを表すことば　各種人物相關團體的稱呼

こくみん **国民**	名 國民
じゅうみん **住民**	名 居民
じんるい **人類**	名 人類
のうみん **農民**	名 農民
われわれ **我々**	代 (人稱代名詞)我們；(謙卑說法的)我；每個人

練 習

Ⅰ [a～e]の中から適当な言葉を選んで、（　　　）に入れなさい。（必要なら形を変えてください。）

a. 博士 はかせ	b. 女王 じょおう	c. 助手 じょしゅ	d. 商人 しょうにん	e. 天皇 てんのう

❶ 江戸時代、大阪は（　　　　　　　　）の町として栄え、天下の台所と呼ばれた。

❷ 今日は（　　　　　　　　）誕生日なので、ほとんどの学校は休みです。

❸ 教授の（　　　　　　　　）が一人でずっとこの実験の記録をしています。

❹ 田中課長は、まるで（　　　　　　　　）のように部下たちに命令している。

❺ 息子は昆虫が大好きで知識も豊富なため、昆虫（　　　　　　　　）と呼ばれている。

Ⅱ [a～e]の中から適当な言葉を選んで、（　　　）に入れなさい。（必要なら形を変えてください。）

a. 婦人 ふじん	b. 知人 ちじん	c. 素人 しろうと	d. 著者 ちょしゃ	e. 名人 めいじん

❶ （　　　　　　　　）とは思えないほど歌がうまいね。歌手になればいいのに。

❷ この本の（　　　　　　　　）の講演会に行ったことがあります。

❸ ここでは野菜づくりの（　　　　　　　　）が野菜づくりのコツを教えてくれます。

❹ 高級（　　　　　　　　）服を取り扱っています。

❺ 妻とは、共通の（　　　　　　　　）の紹介で、10年前に知り合った。

Ⅲ [a～e]の中から適当な言葉を選んで、（　　　）に入れなさい。（必要なら形を変えてください。）

a. 役者 やくしゃ	b. 武士 ぶし	c. 迷子 まいご	d. 親友 しんゆう	e. 弟子 でし

❶ 新渡戸稲造著の『（　　　　　　　　）道』は1899年にアメリカで出版された。

❷ 私たちは森の中で（　　　　　　　　）になった。

❸ 有名な歌手の（　　　　　　　　）になるために、毎日一生懸命歌の練習をした。

❹ Aさんは（　　　　　　　　）になるきっかけをくれた。

❺ お互いの第一印象は悪かったが、今や、私と彼は大の（　　　　　　　　）だ。

17 人物 (4)

じんぶつ

人物 (4)

◆ 老若男女　男女老少

ろうにゃくなんにょ

ウーマン【woman】	(名) 婦女，女人	

おとこ　ひと		
男の人	(名) 男人，男性	

じ どう		
児童	(名) 兒童	

じょ し		
女子	(名) 女孩子，女子，女人	

せいしょうねん		
青少年	(名) 青少年	

せいべつ		
性別	(名) 性別	

たいしょう		
対象	(名) 對象	

だん し		
男子	(名) 男子，男孩，男人，男子漢	

としした		
年下	(名) 年幼，年紀小	

びょうどう		
平等	(名・形動) 平等，同等	

ぼう		
坊や	(名) 對男孩的親切稱呼；未見過世面的男青年；對別人家男孩的敬稱	

ぼっ		
坊ちゃん	(名) (對別人家男孩的稱呼) 公子，令郎；少爺，不通事故的人，少爺作風的人	

め した		
目下	(名) 部下，下屬，晚輩	

◆ 容姿　姿容

ようし

げ ひん		
下品	(形動) 卑鄙，下流，低俗，低級	

さま		
様	(名・代・接尾) 樣子，狀態；姿態；表示尊敬	

スタイル【style】	(名) 文體；(服裝、美術、工藝、建築等) 樣式；風格，姿態，體態	

す てき		
素敵	(形動) 絕妙的，極好的，極漂亮；很多	

スマート【smart】	(形動) 瀟灑，時髦，漂亮；苗條；智能型，智慧型	

せんれん		
洗練	(名・他サ) 精錬，講究	

ちゅうにくちゅうぜい		
中肉中背	(名) 中等身材	

ハンサム【handsome】	(名・形動) 帥，英俊，美男子	

び よう		
美容	(名) 美容	

ひん		
品	(名・漢造) (東西的) 品味，風度；辨別好壞；品質；種類	

へいぼん		
平凡	(名・形動) 平凡的	

ほっそり	(副・自サ) 纖細，苗條	

ぽっちゃり	(副・自サ) 豐滿，胖	

み か		
見掛け	(名) 外貌，外觀，外表	

み な		
見っとも無い	(形) 難看的，不像樣的，不體面的，不成體統；醜	

みにく		
醜い	(形) 難看的，醜的；醜陋，醜惡	

み りょく		
魅力	(名) 魅力，吸引力	

練 習

I [a～e]の中から適当な言葉を選んで、（　　　）に入れなさい。（必要なら形を変えてください。）

a. 醜い	b. 下品	c. 平凡	d. スマート	e. 素敵

❶ 誕生日のプレゼントに、叔母から（　　　　　）帽子をいただいた。

❷ 綺麗だった王子様は、悪い魔女の魔法によって（　　　　　）姿へと変わってしまった。

❸ 紺のスーツを着た級友たちは、みんな普段より（　　　　　）に見えた。

❹ 展覧会の絵画はどれも（　　　　　）作品で、つまらなかった。

❺ 口の中に食べ物を入れたまま話すのは、とても（　　　　　）である。

II [a～e]の中から適当な言葉を選んで、（　　　）に入れなさい。（必要なら形を変えてください。）

a. 美容	b. 見掛け	c. 魅力	d. スタイル	e. さま

❶ よく寝ることは（　　　　　）にいいのだ。

❷ 姉は若い頃と（　　　　　）が変わらないそうで、羨ましいことだ。

❸ 彼の撮る写真には映画のワンシーンのような動的な（　　　　　）がある。

❹ 景気の良い花火だが（　　　　　）ほどの威力はない気がする。

❺ 公園の銀杏の葉が、風で舞いながら落ちる（　　　　　）が好きだ。

III [a～e]の中から適当な言葉を選んで、（　　　）に入れなさい。（必要なら形を変えてください。）

a. 性別	b. 児童	c. 年下	d. 坊ちゃん	e. 対象

❶ 相手が（　　　　　）だからといって、失礼なことを言ってはいけません。

❷ 彼は（　　　　　）育ちで節約というものを知らないみたいです。

❸ 私の夢は、子どもの心を育てる（　　　　　）文学を書くことです。

❹ 自分の子どもは（　　　　　）や性格にかかわらずかわいいものです。

❺ 調査の（　　　　　）は、30代から70代までの女性です。

人物(4)

18 人物 (5) 人物 (5)

じんぶつ

◆ 態度、性格 (1) 態度、性格 (1)
たいど せいかく

曖昧 あいまい	(形動) 含糊，不明確，曖昧，模稜兩可；可疑，不正經
厚かましい あつ	(形) 厚臉皮的，無恥
怪しい あや	(形) 奇怪的，可疑的；靠不住的，難以置信；奇異，特別；笨拙；關係曖昧的
慌ただしい あわ	(形) 匆匆忙忙的，慌慌張張的
生き生き い い	(副・自サ) 活潑，生氣勃勃，栩栩如生
勇ましい いさ	(形) 勇敢的，振奮人心的；活潑的；(俗) 有勇無謀
一段と いちだん	(副) 更加，越發
威張る い ば	(自五) 誇耀，逞威風
うろうろ	(副・自サ) 徘徊；不知所措，驚慌失措
大雑把 おおざっ ぱ	(形動) 草率，粗枝大葉；粗略，大致
落ち着く お つ	(自五) (心神，情緒等) 穩靜；鎮靜，安祥；穩坐，穩當；(長時間) 定居；有頭緒；淡雅，協調
賢い かしこ	(形) 聰明的，周到，賢明的
活気 かっ き	(名) 活力，生氣；興旺
勝手 かっ て	(形動) 任意，任性，隨便
からかう	(他五) 逗弄，調戲
可愛がる か わい	(他五) 喜愛，疼愛；嚴加管教，教訓
可愛らしい か わい	(形) 可愛的，討人喜歡；小巧玲瓏

歓迎 かんげい	(名・他サ) 歡迎
機嫌 き げん	(名) 心情，情緒
行儀 ぎょう ぎ	(名) 禮儀，禮節，舉止
くどい	(形) 冗長乏味的，(味道)過於膩的
欠点 けってん	(名) 缺點，欠缺，毛病
謙虚 けんきょ	(形動) 謙虛
謙遜 けんそん	(名・形動・自サ) 謙遜，謙虛
懸命 けんめい	(形動) 拼命，奮不顧身，竭盡全力
強引 ごういん	(形動) 強行，強制，強勢
自分勝手 じ ぶんかって	(形動) 任性，恣意妄為
純情 じゅんじょう	(名・形動) 純真，天真
純粋 じゅんすい	(名・形動) 純粹的，道地；純真，純潔，無雜念的
常識 じょうしき	(名) 常識

練 習

Ⅰ [a～e]の中から適当な言葉を選んで、（　　）に入れなさい。（必要なら形を変えてください。）

| a. かわいらしい　b. 賢い　c. 勇ましい　d. くどい　e. 怪しい |

❶ 店内を（　　　　　　　　）人がうろうろしているよ。気をつけよう。

❷ 運動会の会場から、（　　　　　　　　）行進曲が聞こえてきた。

❸ 先輩は酒を飲むと話が（　　　　　　　　）なるので、困ってしまう。

❹ 隣の家の犬は（　　　　　　　　）て、飼い主の命令に従って行動する。

❺ 歩き始めたばかりの幼児の歩き方は、とても（　　　　　　）。

Ⅱ [a～e]の中から適当な言葉を選んで、（　　）に入れなさい。（必要なら形を変えてください。）

| a. 懸命　　b. 勝手　　c. 曖昧　　d. 謙虚　　e. 強引 |

❶ そんな（　　　　　　　　）な返事では、相手に誤解されてしまうよ。

❷ 私の部屋なのだから、どんな家具を置こうが（　　　　　　　　）だろう。

❸ 日本の大学に留学するため、（　　　　　　　　）に日本語を勉強している。

❹ 嫌がる友だちを（　　　　　　）に誘って、二人で登山部に入部した。

❺ 部活の監督や先輩の意見は、（　　　　　　）に聞くようにしよう。

Ⅲ [a～e]の中から適当な言葉を選んで、（　　）に入れなさい。（必要なら形を変えてください。）

| a. からかう　b. かわいがる　c. 謙遜する　d. うろうろする　e. 威張る |

❶ 弟を（　　　　　　　　）と、大きな声で泣き出したので困ってしまった。

❷ 多くの日本人は褒められると（　　　　　　　　）態度になる。

❸ 兄は僕には（　　　　　　　）いるが、妹にはとても優しい。

❹ 富士山に登るかやめるか、迷って（　　　　　　　）。

❺ （　　　　　　　　）いた猫が死んだので、土を掘って墓を作ってあげる。

19 人物 (6)
じんぶつ
人物 (6)

◆ 態度、性格 (2)　態度、性格 (2)
たいど　せいかく

慎重 しんちょう	（名・形動）慎重，穩重，小心謹慎
図々しい ずうずう	（形）厚顏，厚皮臉，無恥
素直 すなお	（形動）純真，天真的，誠摯的，坦率的；大方，工整，不矯飾的；（沒有毛病）完美的，無暇的
責任感 せきにんかん	（名）責任感
そそっかしい	（形）冒失的，輕率的，毛手毛腳的，粗心大意的
大層 たいそう	（形動・副）很，非常，了不起；過分的，誇張的
たっぷり	（副・自サ）足夠，充份，多；寬綽，綽綽有餘；（接名詞後）充滿（某表情、語氣等）
頼もしい たの	（形）靠得住的；前途有為的，有出息的
だらしない	（形）散漫的，邋遢的，不檢點的；不爭氣的，沒出息的，沒志氣
単純 たんじゅん	（名・形動）單純，簡單；無條件
短所 たんしょ	（名）缺點，短處
長所 ちょうしょ	（名）長處，優點
強気 つよき	（名・形動）（態度）強硬，（意志）堅決；（行情）看漲
特色 とくしょく	（名）特色，特徵，特點，特長
特長 とくちょう	（名）專長
生意気 なまいき	（名・形動）驕傲，狂妄；自大，逞能，臭美，神氣活現
怠ける なま	（自他下一）懶惰，怠惰
にこにこ	（副・自サ）笑嘻嘻，笑容滿面

にっこり	（副・自サ）微笑貌，莞爾，嫣然一笑，微微一笑
呑気 のんき	（名・形動）悠閑，無憂無慮；不拘小節，不慌不忙，滿不在乎，漫不經心
パターン【pattern】	（名）形式，樣式，模型；紙樣；圖案，花樣
反抗 はんこう	（名・自サ）反抗，違抗，反擊
卑怯 ひきょう	（名・形動）怯懦，卑怯；卑鄙，無恥
不潔 ふけつ	（名・形動）不乾淨，骯髒；（思想）不純潔
巫山戯る ふざけ	（自下一）開玩笑，戲謔；愚弄人，戲弄人；（男女）調情，調戲；（小孩）吵鬧
太い ふと	（形）粗的；肥胖；膽子大；無恥，不要臉；聲音粗
振舞う ふるま	（自五・他五）（在人面前的）行為，動作；請客，招待，款待
雰囲気 ふんいき	（名）氣氛，空氣
朗らか ほが	（形動）（天氣）晴朗，萬里無雲；明朗，開朗；（聲音）嘹亮；（心情）快活
まごまご	（名・自サ）不知如何是好，慌張失措，手忙腳亂；閒蕩，遊蕩，懶散
もともと	（名・副）與原來一樣，不增不減；從來，本來，根本
優柔不断 ゆうじゅうふだん	（名・形動）優柔寡斷
悠々 ゆうゆう	（副・形動）悠然，不慌不忙；綽綽有餘，充分；（時間）悠久，久遠；（空間）浩瀚無垠

様 よう	(名・形動)	様子，方式；風格；形狀
陽気 ようき	(名・形動)	季節，氣候；陽氣（萬物發育之氣）；爽朗，快活；熱鬧，活躍
用心 ようじん	(名・自サ)	注意，留神，警惕，小心
幼稚 ようち	(名・形動)	年幼的；不成熟的，幼稚的

欲張り よくばり	(名・形動)	貪婪，貪得無厭（的人）
余裕 よゆう	(名)	富餘，剩餘；寬裕，充裕
楽天的 らくてんてき	(形動)	樂觀的
利己主義 りこしゅぎ	(名)	利己主義
冷静 れいせい	(名・形動)	冷靜，鎮靜，沉著，清醒

練習

Ⅰ [a～e]の中から適当な言葉を選んで、(　　)に入れなさい。（必要なら形を変えてください。）

a．にっこり	b．大層 たいそう	c．もともと	d．悠々 ゆうゆう	e．たっぷり

❶ (　　　　　　　　) りっぱなマンションにお住まいですね。うらやましい。

❷ 赤ちゃんがお母さんを見ているとき、お母さんは (　　　　　　　　) と笑い返した。

❸ 肥満の彼は、(　　　　　　　　) ファストフードが好きな子どもだった。

❹ 父はいつも (　　　　　　　　) としているので、周りの人から尊敬されている。

❺ 財布に金が (　　　　　　　　) 入っている。

Ⅱ [a～e]の中から適当な言葉を選んで、(　　)に入れなさい。（必要なら形を変えてください。）

a．そそっかしい	b．卑怯 ひきょう	c．頼もしい たの	d．素直 すなお	e．図々しい ずうずう

❶ 娘は (　　　　　　　　) 子どもなので、逆に悪い大人に騙されないか心配だ。

❷ 彼は力持ちなので、引っ越しのときなどには、(　　　　　　　　) 存在だ。

❸ ドアをノックせずに入ってくるなんて、(　　　　　　　　) 人だ。

❹ 本人の前では言わないで、陰で文句を言うなんて (　　　　　　　　) だ。

❺ 私は (　　　　　　　　) 性格で、いつも失敗ばかりしている。

20 人物 (7)

じんぶつ

人物 (7)

◆ 人間関係　人際關係

にんげんかんけい

お互い様 たが　さま	(名・形動) 彼此，互相		**便り** たよ	(名) 音信，消息，信
解釈 かいしゃく	(名・他サ) 解釋，理解，說明		**頼る** たよ	(自他五) 依靠，依賴，仰仗；拄 著；投靠，找門路
間接 かんせつ	(名) 間接		**付き合い** つ　あ	(名・自サ) 交際，交往，打交道； 應酬，作陪
強力 きょうりょく	(名・形動) 力量大，強力，強大		**出会い** で　あ	(名) 相遇，不期而遇，會合；幽 會；河流會合處
交際 こうさい	(名・自サ) 交際，交往，應酬		**敵** てき	(名・漢造) 敵人，仇敵；(競爭的) 對手，障礙，大敵；敵對，敵方
交流 こうりゅう	(名・自サ) 交流，往來；交流電		**同一** どういつ	(名・形動) 同樣，相同；相等，同 等
裂く さ	(他五) 撕開，切開；扯散；分出， 擠出，勻出；破裂，分裂		**溶け込む** と　こ	(自五) (理、化) 融化，溶解，熔 化；融合，融
上下 じょう　げ	(名・自他サ) (身分、地位的) 高 低，上下，低賤		**友** とも	(名) 友人，朋友；良師益友
隙 すき	(名) 空隙，縫；空暇，功夫，餘 地；漏洞，可乘之機		**仲直り** なかなお	(名・自サ) 和好，言歸於好
接する せっ	(自他サ) 接觸；連接，靠近；接 待，應酬；連結，接上；遇上， 碰上		**仲間** なか　ま	(名) 伙伴，同事，朋友；同類
相互 そう　ご	(名) 相互，彼此；輪流，輪班； 交替，交互		**仲良し** なか　よ	(名) 好朋友；友好，相好
存在 そんざい	(名・自サ) 存在，有；人物，存在 的事物；存在的理由，存在的意 義		**ばったり**	(副) 物體突然倒下 (跌落) 貌；突 然相遇貌；突然終止貌
尊重 そんちょう	(名・他サ) 尊重，重視		**話し合う** はな　あ	(自五) 對話，談話；商量，協商， 談判
対立 たいりつ	(名・他サ) 對立，對峙		**話しかける** はな	(自下一) (主動) 跟人說話，攀談； 開始談，開始說
立場 たち　ば	(名) 立足點，站立的場所；處境； 立場，觀點		**甚だしい** はなは	(形) (不好的狀態) 非常，很，甚
他人 た　にん	(名) 別人，他人；(無血緣的) 陌 生人，外人；局外人		**引っ掛かる** ひ　か	(自五) 掛起來，掛上，卡住；連 累，牽累；受騙，上當；心裡不 痛快
偶々 たまたま	(副) 偶然，碰巧，無意間；偶爾， 有時		**隔てる** へだ	(他下一) 隔開，分開；(時間) 相 隔；遮擋；離間；不同，有差別

襤褸 （ぼ ろ）	（名）破布，破爛衣服；破爛的狀態；破綻，缺點		友情 （ゆうじょう）	（名）友情
摩擦 （ま さつ）	（名・自他サ）摩擦；不和睦，意見紛歧，不合		両 （りょう）	（漢造）雙，兩
待ち合わせる （ま あ）	（自他下一）（事先約定的時間、地點）等候，會面，碰頭		和 （わ）	（名）和，人和；停止戰爭，和好
見送る （み おく）	（他五）目送；送別；（把人）送到（某地方）；觀望，擱置，暫緩考慮；送葬		悪口・悪口 （わるくち）　（わるぐち）	（名）壞話，誹謗人的話；罵人
味方 （み かた）	（名・自サ）我方，自己的這一方；夥伴			
友好 （ゆうこう）	（名）友好			

練　習

I [a～e]の中から適当な言葉を選んで、（　　）に入れなさい。（必要なら形を変えてください。）

a. 相互 （そう ご）	b. 悪口 （わるぐち）	c. 便り （たよ）	d. 仲間 （なか ま）	e. 立場 （たち ば）

❶ 外国人留学生と日本人学生は（　　　　　　　　　　）の文化を受け入れ始めている。
（がいこくじんりゅうがくせい）（に ほんじんがくせい）　　　　　　　　　　　（ぶん か）（う）（はじ）

❷ 学生時代、趣味の（　　　　　　　　）を集めて、漫画同好会を結成した。
（がくせい じ だい）（しゅ み）　　　　　　　　（あつ）　（まん が どうこうかい）（けっせい）

❸ 年末に会って以来、彼から何も（　　　　　　　　）がないので、心配だ。
（ねんまつ）（あ）（い らい）（かれ）（なに）　　　　　　　　　　　　（しんぱい）

❹ 大人なら自分の（　　　　　　　　）をよく考えて行動してほしいものだ。
（おとな）（じ ぶん）　　　　　　　　　（かんが）（こうどう）

❺ 課長の（　　　　　　　　）を言ってたら、課長が部屋に入って来て本当に焦った。
（か ちょう）　　　　　　　　（い）（か ちょう）（へ や）（はい）（き）（ほんとう）（あせ）

II [a～e]の中から適当な言葉を選んで、（　　）に入れなさい。（必要なら形を変えてください。）

a. 頼る （たよ）	b. 隔てる （へだ）	c. 接する （せっ）	d. 見送る （み おく）	e. 裂く （さ）

❶ 二人の両親の反対で、二人の仲は（　　　　　　　　）しまった。
（ふたり）（りょうしん）（はんたい）（ふたり）（なか）

❷ 家族には優しく（　　　　　　　）べきだ。
（か ぞく）（やさ）

❸ 部屋探しから荷造りまで、誰にも（　　　　　　　）ずに引っ越しをした。
（へ や さが）（に づく）（だれ）　　　　　　　　（ひ）（こ）

❹ 机を（　　　　　　　）、開発に賛成派と反対派に分かれて座った。
（つくえ）　　　　　　　（かいはつ）（さんせい は）（はんたい は）（わ）（すわ）

❺ アメリカに留学するいとこを、空港で（　　　　　　　）ことにした。
（りゅうがく）（くうこう）

45

21 親族 <small>しんぞく</small> 親屬

◆ 家族 <small>かぞく</small> 家族

甘やかす <small>あま</small>	(他五)	嬌生慣養，縱容放任；嬌養，嬌寵
一家 <small>いっか</small>	(名)	一戶；一家人；一個團體；一派
甥 <small>おい</small>	(名)	姪子，外甥
親子 <small>おやこ</small>	(名)	父母和子女
虐待 <small>ぎゃくたい</small>	(名・他サ)	虐待
孝行 <small>こうこう</small>	(名・自サ・形動)	孝敬，孝順
支える <small>ささ</small>	(他下一)	支撐；維持，支持；阻止，防止
姉妹 <small>しまい</small>	(名)	姉妹
親戚 <small>しんせき</small>	(名)	親戚，親屬
親類 <small>しんるい</small>	(名)	親戚，親屬；同類，類似
姓 <small>せい</small>	(名・漢造)	姓氏；族，血族；（日本古代的）氏族姓，稱號
全般 <small>ぜんぱん</small>	(名)	全面，全盤，通盤
連れ <small>つ</small>	(名・接尾)	同伴，伙伴；（日本能劇或狂言的）配角
独身 <small>どくしん</small>	(名)	單身
母親 <small>ははおや</small>	(名)	母親
無事 <small>ぶじ</small>	(名・形動)	平安無事，無變故；健康；最好，沒毛病；沒有過失

◆ 夫婦 <small>ふうふ</small> 夫婦

奥様 <small>おくさま</small>	(名)	尊夫人，太太
婚約 <small>こんやく</small>	(名・自サ)	訂婚，婚約

共に <small>とも</small>	(副)	共同，一起，都；隨著，隨同；全，都，均
女房 <small>にょうぼう</small>	(名)	（自己的）太太，老婆
花嫁 <small>はなよめ</small>	(名)	新娘
夫妻 <small>ふさい</small>	(名)	夫妻
夫人 <small>ふじん</small>	(名)	夫人
嫁 <small>よめ</small>	(名)	兒媳婦，妻，新娘

◆ 先祖、親 <small>せんぞ、おや</small> 祖先、父母

先祖 <small>せんぞ</small>	(名)	始祖；祖先，先人
祖先 <small>そせん</small>	(名)	祖先
代 <small>だい</small>	(名・漢造)	代，輩；一生，一世；代價
父親 <small>ちちおや</small>	(名)	父親
務め <small>つと</small>	(名)	本分，義務，責任
独立 <small>どくりつ</small>	(名・自サ)	孤立，單獨存在；自立，獨立，不受他人援助
墓 <small>はか</small>	(名)	墓地，墳墓
父母 <small>ふぼ</small>	(名)	父母，雙親
参る <small>まい</small>	(自五・他五)	（敬）去，來；參拜（神佛）；認輸；受不了，吃不消；（俗）死；（文）（從前婦女寫信，在收件人的名字右下方寫的敬語）鈞啟；（古）獻上；吃，喝；做
祭る <small>まつ</small>	(他五)	祭祀，祭奠；供奉

◆ 子、子孫　孩子、子孫

幼い <ruby>幼<rt>おさな</rt></ruby>い	形 幼小的，年幼的；孩子氣，幼稚的	適する <ruby>適<rt>てき</rt></ruby>する	自サ（天氣、飲食、水土等）適宜，適合；適當，適宜於（某情況）；具有做某事的資格與能力
<ruby>子孫<rt>し　そん</rt></ruby>	名 子孫；後代	<ruby>双子<rt>ふた　ご</rt></ruby>	名 雙胞胎，孿生；雙
<ruby>末<rt>すえ</rt></ruby>っ<ruby>子<rt>こ</rt></ruby>	名 最小的孩子	<ruby>向<rt>む</rt></ruby>け	造語 向，對
<ruby>姿<rt>すがた</rt></ruby>	名・接尾 身姿，身段；裝束，風采；形跡，身影；面貌，狀態；姿勢，形象		

練習

I [a ～ e]の中から適当な言葉を選んで、（　　）に入れなさい。（必要なら形を変えてください。）

| a. <ruby>夫人<rt>ふ じん</rt></ruby> | b. <ruby>先祖<rt>せん ぞ</rt></ruby> | c. <ruby>甥<rt>おい</rt></ruby> | d. <ruby>嫁<rt>よめ</rt></ruby> | e. <ruby>末<rt>すえ</rt></ruby>っ<ruby>子<rt>こ</rt></ruby> |

❶ ご（　　　　　　　　）<ruby>同伴<rt>どうはん</rt></ruby>で<ruby>出席<rt>しゅっせき</rt></ruby><ruby>願<rt>ねが</rt></ruby>えれば<ruby>幸<rt>さいわ</rt></ruby>いです。

❷ （　　　　　　　　　　）が<ruby>国立大学<rt>こくりつだいがく</rt></ruby>に<ruby>合格<rt>ごうかく</rt></ruby>した<ruby>お祝<rt>いわ</rt></ruby>いには<ruby>本革<rt>ほんがわ</rt></ruby>の<ruby>財布<rt>さい ふ</rt></ruby>が<ruby>一番<rt>いちばん</rt></ruby>いいと<ruby>思<rt>おも</rt></ruby>う。

❸ <ruby>僕<rt>ぼく</rt></ruby>のお（　　　　　　　）さんとは、お<ruby>互<rt>たが</rt></ruby>いに<ruby>何<rt>なん</rt></ruby>でも<ruby>話<rt>はな</rt></ruby>せて<ruby>支<rt>ささ</rt></ruby>え<ruby>合<rt>あ</rt></ruby>え、とても<ruby>幸<rt>しあわ</rt></ruby>せだ。

❹ <ruby>子<rt>こ</rt></ruby>どもの<ruby>頃<rt>ころ</rt></ruby>、<ruby>祖父<rt>そ ふ</rt></ruby>はよく<ruby>我<rt>わ</rt></ruby>が<ruby>家<rt>や</rt></ruby>の（　　　　　　　）について<ruby>話<rt>はな</rt></ruby>してくれた。

❺ <ruby>弟<rt>おとうと</rt></ruby>は<ruby>三人兄弟<rt>さんにんきょうだい</rt></ruby>の（　　　　　　　）なので、とてもかわいがられて<ruby>育<rt>そだ</rt></ruby>った。

II [a ～ e]の中から適当な言葉を選んで、（　　）に入れなさい。（必要なら形を変えてください。）

| a. <ruby>参<rt>まい</rt></ruby>る | b. <ruby>適<rt>てき</rt></ruby>する | c. <ruby>支<rt>ささ</rt></ruby>える | d. <ruby>甘<rt>あま</rt></ruby>やかす | e. <ruby>祭<rt>まつ</rt></ruby>る |

❶ <ruby>友<rt>とも</rt></ruby>だちの<ruby>励<rt>はげ</rt></ruby>ましの<ruby>言葉<rt>こと ば</rt></ruby>が、くじけそうな<ruby>私<rt>わたし</rt></ruby>を（　　　　　　　）くれた。

❷ この<ruby>神社<rt>じんじゃ</rt></ruby>では、<ruby>江戸時代<rt>え ど じ だい</rt></ruby>の<ruby>武士<rt>ぶ し</rt></ruby>の<ruby>霊<rt>れい</rt></ruby>を（　　　　　　　）いる。

❸ <ruby>子<rt>こ</rt></ruby>どもを（　　　　　　　）<ruby>育<rt>そだ</rt></ruby>てると、わがままな<ruby>子<rt>こ</rt></ruby>になるよ。

❹ <ruby>明日<rt>あした</rt></ruby>の<ruby>午後<rt>ご ご</rt></ruby>、<ruby>友<rt>とも</rt></ruby>だちと<ruby>一緒<rt>いっしょ</rt></ruby>に<ruby>先生<rt>せんせい</rt></ruby>のお<ruby>宅<rt>たく</rt></ruby>に（　　　　　　　）。

❺ この<ruby>靴<rt>くつ</rt></ruby>は<ruby>走<rt>はし</rt></ruby>るのに（　　　　　　　）いない。

22 動物 どうぶつ 動物

◆ 動物の仲間 どうぶつ なかま 動物類

生き物 い もの	(名) 生物，動物；有生命力的東西，活的東西
魚 うお	(名) 魚
兎 うさぎ	(名) 兔子
餌 えさ	(名) 飼料，飼食
蚊 か	(名) 蚊子
金魚 きんぎょ	(名) 金魚
猿 さる	(名) 猴子，猿猴
巣 す	(名) 巢，窩，穴；賊窩，老巢；家庭；蜘蛛網
絶滅 ぜつめつ	(名・自他サ) 滅絕，消滅，根除
象 ぞう	(名) 大象
属する ぞく	(自サ) 屬於，歸於，從屬於；隸屬，附屬
翼 つばさ	(名) 翼，翅膀；(飛機)機翼；(風車)翼板；使者，使節
虎 とら	(名) 老虎
捕る と	(他五) 抓，捕捉，逮捕
撫でる な	(他下一) 摸，撫摸；梳理(頭髮)；撫慰，安撫
馴れる な	(自下一) 馴熟
鶏 にわとり	(名) 雞
ねずみ	(名) 老鼠
群れ む	(名) 群，伙，幫；伙伴

◆ 動物の動作、部位 どうぶつ どうさ ぶい 動物的動作、部位

駆け回る か まわ	(自五) 到處亂跑
牙 きば	(名) 犬齒，獠牙
尻尾 しっぽ	(名) 尾巴；末端，末尾；尾狀物
這う は	(自五) 爬，爬行；(植物)攀纏，緊貼；(趴)下
羽 はね	(名) 羽毛；(鳥與昆蟲等的)翅膀；(機器等)翼，葉片；箭翎
跳ねる は	(自下一) 跳，蹦起；飛濺；散開，散場；爆，裂開
吠える ほ	(自下一) (狗、犬獸等)吠，吼；(人)大聲哭喊，喊叫

練習

Ⅰ [a～e]の中から適当な言葉を選んで、（　　）に入れなさい。（必要なら形を変えてください。）

a. 群れ	b. 翼	c. うさぎ	d. 蚊	e. 猿

❶ これは野生の象の（　　　　　　　　　）を追ったドキュメンタリーだ。

❷ 昼間、森の中で（　　　　　　　　　）に刺されたところがかゆくて眠れない。

❸ 寒くなると、（　　　　　　　　）も温泉に入りにやって来るそうだ。

❹ （　　　　　　　　）は声を出して鳴かないので、家の中で飼う人が多い。

❺ 大空に（　　　　　　　）を広げて飛んでいく鳥がうらやましい。

Ⅱ [a～e]の中から適当な言葉を選んで、（　　）に入れなさい。（必要なら形を変えてください。）

a. 尻尾	b. 羽	c. 餌	d. 巣	e. 牙

❶ ここに集まってくる鳩に、（　　　　　　　　）をやらないでください。

❷ 春はカラスの（　　　　　　　）に絶対に近づかない方がいいですよ。

❸ 私が家に帰ると、犬が（　　　　　　　）を振って飛びついてきた。

❹ ライオンは、鋭い（　　　　　　　）で捕まえた動物の肉を食いちぎった。

❺ 巣から落ちた小雀が木の下で（　　　　　　　）を震わしている。

Ⅲ [a～e]の中から適当な言葉を選んで、（　　）に入れなさい。（必要なら形を変えてください。）

a. 捕る	b. 撫でる	c. 跳ねる	d. 這う	e. 馴れる

❶ 映画で、地面を（　　　　　　　　）必死に逃げる兵士の姿を見た。

❷ 犬の頭を（　　　　　　　）と、気持ちよさそうに甘えた声を出した。

❸ 小学生のときこの山で、友だちと蝉を（　　　　　　　）遊んだものだ。

❹ 1週間前から飼い始めた犬は、やっと家族に（　　　　　　　）ようだ。

❺ 池で蛙がぴょんぴょん（　　　　　　　）いるところを、写真に撮った。

23 植物 しょくぶつ
植物

◆ 野菜、果物 やさい くだもの　蔬菜、水果

苺 いちご	(名) 草莓
梅 うめ	(名) 梅花，梅樹；梅子
果実 かじつ	(名) 果實，水果
じゃが芋 いも	(名) 馬鈴薯
西瓜 すいか	(名) 西瓜
種 たね	(名) (植物的) 種子，果核；(動物的) 品種；原因，起因；素材，原料
豆 まめ	(名・接頭) (總稱) 豆；大豆；小的，小型；(手腳上磨出的) 水泡
実 み	(名) (植物的) 果實；(植物的) 種子；成功，成果；內容，實質
実る みの	(自五) (植物) 成熟，結果；取得成績，獲得成果，結果實
桃 もも	(名) 桃子

◆ 草、木、樹木 くさ き じゅもく　草木、樹木

稲 いね	(名) 水稻，稻子
植木 うえき	(名) 植種的樹；盆景
街路樹 がいろじゅ	(名) 行道樹
紅葉 こうよう	(名・自サ) 紅葉；變成紅葉
穀物 こくもつ	(名) 五穀，糧食
小麦 こむぎ	(名) 小麥
しなやか	(形動) 柔軟，溫和；巍巍顫顫，有彈性；優美，柔和，溫柔

芝生 しばふ	(名) 草皮，草地
植物 しょくぶつ	(名) 植物
杉 すぎ	(名) 杉樹，杉木
大木 たいぼく	(名) 大樹，巨樹
竹 たけ	(名) 竹子
並木 なみき	(名) 街樹，路樹；並排的樹木
伸び伸び (と) のびのび	(副・自サ) 生長茂盛；輕鬆愉快
松 まつ	(名) 松樹，松木；新年裝飾正門的松枝，裝飾松枝的期間
紅葉 もみじ	(名) 紅葉；楓樹

◆ 植物関連のことば しょくぶつかんれん　植物相關用語

植わる う	(自五) 栽上，栽植
園芸 えんげい	(名) 園藝
温室 おんしつ	(名) 溫室，暖房
殻 から	(名) 外皮，外殼
刈る か	(他五) 割，剪，剃
枯れる か	(自上一) 枯萎，乾枯；老練，造詣精深；(身材) 枯瘦
観察 かんさつ	(名・他サ) 觀察
作物 さくもつ	(名) 農作物；莊稼
茂る しげ	(自五) (草木) 繁茂，茂密
萎む・凋む しぼ しぼ	(自五) 枯萎，凋謝；扁掉

散らばる（ち）	自五 分散；散亂	蒔く（ま）	他五 播種；（在漆器上）畫泥金畫
生る（な）	自五 （植物）結果；生，產出	蜜（みつ）	名 蜜；花蜜；蜂蜜
匂う（にお）	自五 散發香味，有香味；（顏色）鮮豔美麗；隱約發出，使人感到似乎…	芽（め）	名 （植）芽
根（ね）	名 （植物的）根；根底；根源根據；天性，根本	養分（ようぶん）	名 養分
鉢（はち）	名 鉢盆；大碗；花盆；頭蓋骨	若葉（わかば）	名 嫩葉，新葉
鉢植え（はちう）	名 盆栽		

練習

I [a～e]の中から適当な言葉を選んで、（　　　）に入れなさい。（必要なら形を変えてください。）

a. じゃが芋（いも）	b. 果実（かじつ）	c. 並木（なみき）	d. 鉢（はち）	e. 芝生（しばふ）

❶ 晴（は）れた日（ひ）はよく公園（こうえん）の（　　　　　　　）に座（すわ）って弁当（べんとう）を食（た）べたものだ。

❷ 街路（がいろ）が狭（せま）くて（　　　　　　　）を植（う）える余地（よち）もない。

❸ 料理（りょうり）の材料（ざいりょう）は、（　　　　　　　）と玉（たま）ねぎ、それと鶏肉（とりにく）だけです。

❹ 買（か）ってきた苗（なえ）を（　　　　　　　）に植（う）えようとした。

❺ のどが渇（かわ）いたので、新鮮（しんせん）な（　　　　　　　）でジュースを作（つく）って飲（の）んだ。

II [a～e]の中から適当な言葉を選んで、（　　　）に入れなさい。（必要なら形を変えてください。）

a. 刈（か）る	b. 植（う）わる	c. 蒔（ま）く	d. 枯（か）れる	e. 茂（しげ）る

❶ 庭（にわ）の隅（すみ）に（　　　　　　　）いる木（き）は桜（さくら）で、春（はる）にきれいな花（はな）が咲（さ）く。

❷ 1週間前（しゅうかんまえ）、庭（にわ）に朝顔（あさがお）の種（たね）を（　　　　　　　）ら、芽（め）が出始（ではじ）めた。

❸ 畑（はたけ）に雑草（ざっそう）が（　　　　　　　）ので、朝（あさ）から家族（かぞく）みんなで草取（くさと）りをした。

❹ 理髪店（りはつてん）で頭（あたま）の髪（かみ）を短（みじか）く（　　　　　　　）ら、とてもさっぱりした。

❺ この夏（なつ）は日照（ひで）りが続（つづ）き、畑（はたけ）の農作物（のうさくもつ）が（　　　　　　　）しまった。

24 物質 (1) 物質(1)

◆ 物、物質　物、物質

えきたい **液体**	(名) 液體
かたまり **塊**	(名・接尾) 塊狀，疙瘩；集團；極端…的人
かた **固まる**	(自五)（粉末、顆粒、黏液等）變硬，凝固；固定，成形；集在一起，成群；熱衷，篤信（宗教等）
きんぞく **金属**	(名) 金屬，五金
くず **屑**	(名) 碎片；廢物，廢料(人)；(挑選後剩下的)爛貨
げ すい **下水**	(名) 污水，髒水，下水；下水道的簡稱
こうぶつ **鉱物**	(名) 礦物
こ たい **固体**	(名) 固體
こな **粉**	(名) 粉，粉末，麵粉
こんごう **混合**	(名・自他サ) 混合
さび **錆**	(名)（金屬表面因氧化而生的）鏽；(轉)惡果
さんせい **酸性**	(名)（化）酸性
さん そ **酸素**	(名)（理）氧氣
すい そ **水素**	(名) 氫
せいぶん **成分**	(名)（物質）成分，元素；（句子）成分；（數）成分
ダイヤモンド 【diamond】	(名) 鑽石
たから **宝**	(名) 財寶，珍寶；寶貝，金錢
ち しつ **地質**	(名)（地）地質

つぶ **粒**	(名・接尾)（穀物的）穀粒；粒，丸，珠；（數小而圓的東西）粒，滴，丸
てつ **鉄**	(名) 鐵
どう **銅**	(名) 銅
とうめい **透明**	(名・形動) 透明；純潔，單純
どく **毒**	(名・自サ・漢造) 毒，毒藥；毒害，有害；惡毒，毒辣
はな び **花火**	(名) 煙火
は へん **破片**	(名) 破片，碎片
は **嵌める**	(他下一) 嵌上，鑲上；使陷入，欺騙；擲入，使沈入
ぶっしつ **物質**	(名) 物質；(哲)物體，實體
ふる **古**	(名・漢造) 舊東西；舊，舊的
ほうせき **宝石**	(名) 寶石
ほこり **埃**	(名) 灰塵，塵埃
む **無**	(名・接頭・漢造) 無，沒有；徒勞，白費；無…，不…；欠缺，無
やくひん **薬品**	(名) 藥品；化學試劑

練 習

I [a〜e]の中から適当な言葉を選んで、（　　　）に入れなさい。（必要なら形を変えてください。）

a. 酸素	b. 下水	c. 錆	d. 屑	e. 鉱物

❶ 高い山に登ると、（　　　　　　　　　　）が薄くなって呼吸が苦しくなる。

❷ 紙（　　　　　　　　　）を捨てるところがないので、各自持って帰ってください。

❸ 湿気と潮風のせいで、海辺の町の車は、すぐ（　　　　　　　　　）が出る。

❹ 今日3時から（　　　　　　　　）道の工事があるので、しばらく水道は使えない。

❺ この山では昔から多くの（　　　　　　　　）が採れるそうだ。

II [a〜e]の中から適当な言葉を選んで、（　　　）に入れなさい。（必要なら形を変えてください。）

a. 粉	b. 地質	c. ダイヤモンド	d. 水素	e. 固体

❶ 氷は、液体である水が凍って（　　　　　　　　）になったものです。

❷ 抹茶は、緑茶の一種の茶葉を（　　　　　　　　）にしたものです。

❸ 土地開発の前に、十分な（　　　　　　　　）調査を行わなければならない。

❹ （　　　　　　　　　）で走る自動車が発売されたが、売れるだろうか。

❺ 結婚10年目の記念に（　　　　　　　　）のネックレスをもらった。

III [a〜e]の中から適当な言葉を選んで、（　　　）に入れなさい。（必要なら形を変えてください。）

a. 毒	b. 花火	c. 塊	d. 宝	e. 破片

❶ 子どもは国の（　　　　　　　　）として、社会全体で大切に育てていきたい。

❷ 車のタイヤにガラスの（　　　　　　　　）が刺さった。

❸ 熱を加えてよく混ぜないと、砂糖の（　　　　　　　　）がなかなか溶けませんよ。

❹ この植物の（　　　　　　　）に当たったら、神経が麻痺し無表情になる。

❺ 雨天のため本日の（　　　　　　　　）大会は開催を見合わせることとします。

25 物質 (2) 物質 (2)

◆ エネルギー、燃料　能源、燃料

上げる	(他下一・自下一) 舉起，抬起，揚起，懸掛；(從船上) 卸貨；增加；升遷；送入；表示做完；表示自謙
オイル【oil】	(名) 油，油類；油畫，油畫顏料；石油
水蒸気	(名) 水蒸氣；霧氣，水霧
水分	(名) 物體中的含水量；(蔬菜水果中的) 液體，含水量，汁
水面	(名) 水面
石炭	(名) 煤炭
石油	(名) 石油
断水	(名・他サ・自サ) 斷水，停水
地下水	(名) 地下水
直流	(名・自サ) 直流電；(河水) 直流，沒有彎曲的河流；嫡系
電流	(名) (理) 電流
電力	(名) 電力
灯油	(名) 燈油；煤油
爆発	(名・自サ) 爆炸，爆發
発電	(名・他サ) 發電
灯	(名) 燈光，燈火
炎	(名) 火焰，火苗
溶岩	(名) (地) 溶岩

◆ 原料、材料　原料、材料

原料	(名) 原料
コンクリート【concrete】	(名・形動) 混凝土；具體的
材木	(名) 木材，木料
材料	(名) 材料，原料；研究資料，數據
セメント【cement】	(名) 水泥
泥	(名・造語) 泥土；小偷
ビタミン【vitamin】	(名) (醫) 維他命，維生素
木材	(名) 木材，木料

練 習

Ⅰ [a～e]の中から適当な言葉を選んで、（　　　　）に入れなさい。（必要なら形を変えてください。）

a. オイル	b. セメント	c. 炎	d. 電力	e. 材料

❶ 爆発すると生石灰 に引火し、あたり一面、（　　　　　　　　　　　）の海となった。

❷ 夏はエアコンを使う人が多いので、（　　　　　　　　　　）の消費が心配される。

❸ 工場で働いている父の服からはいつも（　　　　　　　　　）の匂いがした。

❹ 工事現場に（　　　　　　　　　）を積んだトラックが入っていった。

❺ 私の国の料理を作りたいのですが、それには（　　　　　　　　　）が足りません。

Ⅱ [a～e]の中から適当な言葉を選んで、（　　　　）に入れなさい。（必要なら形を変えてください。）

a. 発電	b. 材木	c. 泥	d. 水蒸気	e. 灯油

❶ 雨の中を歩いたので、スニーカーが（　　　　　　　　　）だらけになった。

❷ この町には昔、（　　　　　　　　　）問屋がたくさん並んでいた。

❸ 最近（　　　　　　　　）が値上がりしているので、冬の暖房費が苦しい。

❹ この大きい船が（　　　　　　　　）で動くなんて信じられない。

❺ 太陽光（　　　　　　　　）をはじめとする再生可能エネルギーに期待する。

Ⅲ [a～e]の中から適当な言葉を選んで、（　　　　）に入れなさい。（必要なら形を変えてください。）

a. 石油	b. 電流	c. コンクリート	d. ビタミン	e. 水分

❶ これからも（　　　　　　　　）の輸入量はどんどん増えていくと考えられる。

❷ 人の体にも弱い（　　　　　　　　）が流れていることを知っていましたか。

❸ （　　　　　　　　）の欠乏は目や骨、神経等の深刻な病を招く。

❹ 最近、この辺りは鉄筋（　　　　　　　　）の高層マンションが増えた。

❺ 今日は気温が高いので十分に（　　　　　　　　）をとった方がいい。

26 天体、気象 (1)
てんたい　きしょう

天體、氣象 (1)

◆ 天体　天體
てんたい

宇宙 うちゅう	(名) 宇宙；(哲) 天地空間；天地古今
汚染 おせん	(名・自他サ) 污染
輝く かがやく	(自五) 閃光，閃耀；洋溢；光榮，顯赫
観測 かんそく	(名・他サ) 觀察 (事物)，(天體，天氣等) 觀測
気圧 きあつ	(名) 氣壓；(壓力單位) 大氣壓
気体 きたい	(名) (理) 氣體
きらきら	(副・自サ) 閃耀
ぎらぎら	(副・自サ) 閃耀 (程度比きらきら還強)
高気圧 こうきあつ	(名) 高氣壓
光線 こうせん	(名) 光線
大気 たいき	(名) 大氣；空氣
三日月 みかづき	(名) 新月，月牙；新月形
満ちる みちる	(自上一) 充滿；月盈，月圓；(期限) 滿，到期；漲潮

◆ さまざまな自然現象　各種自然現象
しぜんげんしょう

明るい あかるい	(形) 明亮的，光明的；開朗的，快活的；精通，熟悉
及ぼす およぼす	(他五) 波及到，影響到，使遭到，帶來
火災 かさい	(名) 火災
乾燥 かんそう	(名・自他サ) 乾燥；枯燥無味

清い きよい	(形) 清澈的，清潔的；(內心) 暢快的，問心無愧的；正派的，光明磊落；乾脆
霧 きり	(名) 霧，霧氣；噴霧
砕ける くだける	(自下一) 破碎，粉碎
曇る くもる	(自五) 陰天，朦朧
現象 げんしょう	(名) 現象
錆びる さびる	(自上一) 生鏽，長鏽；(聲音) 蒼老
湿る しめる	(自五) 受潮，濡濕；(火) 熄滅，(勢頭) 漸消
霜 しも	(名) 霜；白髮
重力 じゅうりょく	(名) (理) 重力
蒸気 じょうき	(名) 蒸汽
蒸発 じょうはつ	(名・自サ) 蒸發，汽化；(俗) 失蹤，出走，去向不明，逃之夭夭
接近 せっきん	(名・自サ) 接近，靠近；親密，親近，密切
増水 ぞうすい	(名・自サ) 氾濫，漲水
備える そなえる	(他下一) 準備，防備；配置，裝置；天生具備
天然 てんねん	(名) 天然，自然
土砂崩れ どしゃくずれ	(名) 土石流
突風 とっぷう	(名) 突然颳起的暴風
成る なる	(自五) 成功，完成；組成，構成；允許，能忍受

| 濁る（にご）| 自五 混濁，不清晰；（聲音）嘶啞；（顏色）不鮮明；（心靈）污濁，起邪念 | 防ぐ（ふせ）| 他五 防禦，防守，防止；預防，防備 |

| 虹（にじ）| 名 虹，彩虹 | 噴火（ふんか）| 名・自サ 噴火 |

| 反映（はんえい）| 名・自サ・他サ （光）反射；反映 | 法則（ほうそく）| 名 規律，定律；規定，規則 |

| ぴかぴか | 副・自サ 雪亮地；閃閃發亮的 | 万一（まんいち）| 名・副 萬一 |

| 独りでに（ひと）| 副 自行地，自動地，自然而然地 | 湧く（わ）| 自五 湧出；產生（某種感情）；大量湧現 |

練習

Ⅰ [a～e]の中から適当な言葉を選んで、（　　　）に入れなさい。（必要なら形を変えてください。）

| a. 大気（たいき）| b. 光線（こうせん）| c. 蒸気（じょうき）| d. 天然（てんねん）| e. 気圧（きあつ）|

❶ （　　　　　　　　）機関車（きかんしゃ）が煙（けむり）を吐（は）きながら走（はし）っていたのは、昔（むかし）のことだ。

❷ 山（やま）の（　　　　　　　　）を胸（むね）いっぱいに吸（す）い込（こ）んだら、気分（きぶん）がよかった。

❸ このテーブルと椅子（いす）は、全部（ぜんぶ）（　　　　　　　　）の木（き）で作（つく）られている。

❹ 太陽（たいよう）の（　　　　　　　　）が湖（みずうみ）にキラキラ反射（はんしゃ）してとてもまぶしい。

❺ 関東地方（かんとうちほう）は高（こう）（　　　　　　　　）に覆（おお）われて、晴（は）れの日（ひ）が続（つづ）いている。

Ⅱ [a～e]の中から適当な言葉を選んで、（　　　）に入れなさい。（必要なら形を変えてください。）

| a. 錆びる（さ）| b. 満ちる（み）| c. 濁る（にご）| d. 曇る（くも）| e. 輝く（かがや）|

❶ この地域（ちいき）は工場（こうじょう）が多（おお）いので、煙（けむり）で空気（くうき）が（　　　　　　　　）いる。

❷ 仕事（しごと）の帰（かえ）り、夜空（よぞら）を見上（みあ）げると満月（まんげつ）が（　　　　　　　　）いた。

❸ 潮（しお）が（　　　　　　　　）、浜辺（はまべ）で脱（ぬ）いだサンダルが流（なが）されてしまった。

❹ 午後（ごご）になって（　　　　　　　　）きたので、急（いそ）いで洗濯物（せんたくもの）を取（と）り込（こ）んだ。

❺ ずっと野外（やがい）に自転車（じてんしゃ）を放置（ほうち）していたら、すっかり（　　　　　　　　）しまった。

てん たい　　き しょう

◆ **気象、天気、気候** 氣象、天氣、氣候
　き しょう　てん き　き こう

明け方 あ がた	（名）黎明，拂曉
暖かい あたた	（形）溫暖，暖和；熱情，熱心； 和睦；充裕，手頭寬裕
嵐 あらし	（名）風暴，暴風雨
勢い いきお	（名）勢，勢力；氣勢，氣焰
一層 いっそう	（副）更，越發
穏やか おだ	（形動）平穩；溫和，安詳；穩妥， 穩當
劣る おと	（自五）劣，不如，不及，比不上
温暖 おんだん	（名・形動）溫暖
快晴 かいせい	（名）晴朗，晴朗無雲
格別 かくべつ	（副）特別，顯著，格外；姑且不 論
雷 かみなり	（名）雷；雷神；大發雷霆的人
気温 き おん	（名）氣溫
気候 き こう	（名）氣候
強風 きょうふう	（名）強風
愚図つく く ず	（自五）陰天；動作遲緩拖延
崩れる くず	（自下一）崩潰；散去；潰敗，粉 碎
凍える こご	（自下一）凍僵
差す さ	（他五・助動・五型）指，指示；使， 叫，令，命令做…
寒さ さむ	（名）寒冷

爽やか さわ	（形動）（心情、天氣）爽朗的，清 爽的；（聲音、口齒）鮮明的， 清楚的，巧妙的
直 じき	（名・副）直接；（距離）很近，就 在眼前；（時間）立即，馬上
静まる しず	（自五）變平靜；平靜，平息；減 弱；平靜的（存在）
沈む しず	（自五）沉沒，沈入；西沈，下山； 消沈，落魄，氣餒；沈淪
照る て	（自五）照耀，曬；晴天
天候 てんこう	（名）天氣，天候
日光 にっこう	（名）日光，陽光；日光市
にわか	（名・形動）突然，驟然；立刻，馬 上；一陣子，臨時，暫時
梅雨 ばい う	（名）梅雨
晴れ は	（名）晴天；隆重；消除嫌疑
日当たり ひ あ	（名）採光，向陽處
日陰 ひ かげ	（名）陰涼處，背陽處；埋沒人間； 見不得人
日差し ひ ざ	（名）陽光照射，光線
日の入り ひ い	（名）日暮時分，日落，黃昏
日の出 ひ で	（名）日出（時分）
日除け ひ よ	（名）遮陽；遮陽光的遮棚
吹雪 ふ ぶき	（名）暴風雪
ふわっと	（副・自サ）輕軟蓬鬆貌；輕飄貌
舞う ま	（自五）飛舞；舞蹈

めっきり	副 變化明顯，顯著的，突然，劇烈	**夕日** ゆう ひ	名 夕陽
物凄い ものすご	形 可怕的，恐怖的，令人恐懼的；猛烈的，驚人的	**予報** よ ほう	名・他サ 預報
夕立 ゆうだち	名 雷陣雨	**落雷** らくらい	名・自サ 打雷，雷擊

練 習

I [a〜e] の中から適当な言葉を選んで、( ) に入れなさい。（必要なら形を変えてください。）

a. 嵐 あらし	b. 吹雪 ふぶき	c. 雷 かみなり	d. 快晴 かいせい	e. 夕日 ゆうひ

❶ こんな ( ) の日に船を出すのは危険すぎるからやめよう。

❷ 雨が続いていたが、スポーツ大会が行われた日は ( ) だった。

❸ 昨日は家の近所に ( ) が落ちたらしく、大きな音がして驚いた。

❹ ( ) が沈み、真っ暗になったから、やはり帰ろう。

❺ 高速道路が ( ) のため通行止めになっています。

II [a〜e] の中から適当な言葉を選んで、( ) に入れなさい。（必要なら形を変えてください。）

a. 日陰 ひ かげ	b. 夕立 ゆうだち	c. 勢い いきお	d. 明け方 あ がた	e. 梅雨 つゆ

❶ 今朝は ( ) まで勉強をしていたのでとても眠い。

❷ 台風が近づいているせいか風の ( ) が激しくなってきた。

❸ それは日に当たると黄色くなっちゃうので、( ) で干しておいた。

❹ 激しい ( ) が上がって雲が切れると、山が姿を現した。

❺ ( ) 時は部屋が湿気て、黴が生えそうだ。

28 地理、場所 (1) 地理、地方 (1)

◆ 地理 (1)　地理 (1)

泉 いずみ	(名) 泉，泉水；泉源；話題	地面 じめん	(名) 地面，地表；土地，地皮，地段
緯度 いど	(名) 緯度	森林 しんりん	(名) 森林
運河 うんが	(名) 運河	水平線 すいへいせん	(名) 水平線；地平線
丘 おか	(名) 丘陵，山崗，小山	赤道 せきどう	(名) 赤道
溺れる おぼ	(自下一) 溺水，淹死；沉溺於，迷戀於	全国 ぜんこく	(名) 全國
温泉 おんせん	(名) 温泉	大陸 たいりく	(名) 大陸，大洲；(日本指) 中國；(英國指) 歐洲大陸
貝 かい	(名) 貝類	滝 たき	(名) 瀑布
海洋 かいよう	(名) 海洋	谷 たに	(名) 山谷，山澗，山洞
火口 かこう	(名) (火山) 噴火口；(爐灶等) 爐口	谷底 たにぞこ	(名) 谷底
火山 かざん	(名) 火山	ダム【dam】	(名) 水壩，水庫，攔河壩，堰堤
岸 きし	(名) 岸，岸邊；崖	淡水 たんすい	(名) 淡水
旧跡 きゅうせき	(名) 古蹟		
経度 けいど	(名) (地) 經度		
険しい けわ	(形) 陡峭，險峻；險惡，危險；(表情等) 嚴肅，可怕，粗暴		
耕地 こうち	(名) 耕地		
越す・超す こ　こ	(自他五) 越過，跨越，渡過；超越，勝於；過，度過；遷居，轉移		
砂漠 さばく	(名) 沙漠		
山林 さんりん	(名) 山上的樹林；山和樹林		
地盤 じばん	(名) 地基，地面；地盤，勢力範圍		

練 習

Ⅰ [a～e]の中から適当な言葉を選んで、( )に入れなさい。（必要なら形を変えてください。）

| a. ダム | b. 泉 | c. 砂漠 | d. 丘 | e. 火口 |

❶ この( )の水はおいしいので大勢の人が遠くから飲みに来る。

❷ 富士山は山腹にも昔の( )がある。

❸ ( )は昼は暑いですが、夜になるとぐっと気温が下がります。

❹ 晴れた日に( )の上から町を見下ろすと、とても気分がいい。

❺ この辺りは昔洪水被害が大きかったため、この川の上流に( )が建設された。

Ⅱ [a～e]の中から適当な言葉を選んで、( )に入れなさい。（必要なら形を変えてください。）

| a. 大陸 | b. 淡水 | c. 谷底 | d. 耕地 | e. 火山 |

❶ 日本には多くの( )がありますが、富士山もその一つです。

❷ 野菜などの生産量を今より増やすためには広い( )が必要だ。

❸ 一般的には、地球上には六つの( )があると言われている。

❹ そのニュースを聞いて、( )に落とされたような気がした。

❺ 山のホテルで、珍しい( )魚の料理が出された。

Ⅲ [a～e]の中から適当な言葉を選んで、( )に入れなさい。（必要なら形を変えてください。）

| a. 緯度 | b. 地盤 | c. 赤道 | d. 滝 | e. 貝 |

❶ この川の100メートルほど先のきれいな( )で写真を撮ろう。

❷ パーティで新鮮な魚や( )の刺身をたくさん食べた。

❸ この近所は( )がしっかりしているので地震が来ても安心だ。

❹ この国は( )が高いため、夏は夜遅くまで明るい。

❺ ( )の近いほど、紫外線が強い。

◆ 地理 (2)　地理 (2)

地	(名) 大地，地球，地面；土壤，土地；地表；場所；立場，地位
地平線	(名)(地)地平線
地名	(名) 地名
頂上	(名) 山頂，峰頂；極點，頂點
頂点	(名)(數)頂點；頂峰，最高處；極點，絕頂
土	(名) 土地，大地；土壤，土質；地面，地表；地面土，泥土
釣り橋・吊り橋	(名) 吊橋
島	(名) 島嶼
峠	(名) 山路最高點(從此點開始下坡)，山巔；頂部，危險期，關頭
灯台	(名) 燈塔
飛び込む	(自五) 跳進；飛入；突然闖入；(主動)投入，加入
眺め	(名) 眺望，瞭望；(眺望的)視野，景致，景色
眺める	(他下一) 眺望；凝視，注意看；(商)觀望
流れ	(名) 水流，流動；河流，流水；潮流，趨勢；血統，派系，(藝術的)風格
波	(名) 波浪，波濤；波瀾，風波；聲波；電波；潮流，浪潮，起伏，波動
野	(名・漢造) 原野；田地，田野；野生的
野原	(名) 原野

原	(名) 平原，平地；荒原，荒地
半島	(名) 半島
風景	(名) 風景，景致；情景，光景，狀況；(美術)風景
故郷	(名) 老家，故郷
平野	(名) 平原
盆地	(名)(地)盆地
岬	(名)(地)海角，岬
見慣れる	(自下一) 看慣，眼熟，熟識
陸	(名・漢造) 陸地，旱地；陸軍的通稱
流域	(名) 流域
列島	(名)(地)列島，群島

Ⅰ [a～e]の中から適当な言葉を選んで、（　　）に入れなさい。（必要なら形を変えてくだ
さい。）

a. 波 <small>なみ</small>	b. 峠 <small>とうげ</small>	c. 野原 <small>の はら</small>	d. 故郷 <small>こ きょう</small>	e. 灯台 <small>とうだい</small>

❶ （　　　　　　　　　　）でクローバーの花を摘んで、冠を作った。

❷ ここの海は（　　　　　　　　　　）が荒いので、日によっては道路全体がかぶる。

❸ （　　　　　　　　　　）の光は、今もなお夜の航海の助けになっている。

❹ この仕事は今日が（　　　　　　　　　　）だから、みんなで力を合わせて頑張ろう。

❺ 彼女にとって（　　　　　　　　　　）の思い出は何よりも大切なものだった。

Ⅱ [a～e]の中から適当な言葉を選んで、（　　）に入れなさい。（必要なら形を変えてくだ
さい。）

a. 岬 <small>みさき</small>	b. 頂上 <small>ちょうじょう</small>	c. 地 <small>ち</small>	d. 盆地 <small>ぼん ち</small>	e. 半島 <small>はんとう</small>

❶ （　　　　　　　　　　）には灯台があり、視野が開けてとにかく美しい。

❷ 山の（　　　　　　　　　　）から美しい景色を見下ろしたら、気持ちがすっきりした。

❸ 自然の豊かなこの（　　　　　　　　　　）でとれた野菜はとてもおいしい。

❹ 12日には台風19号が伊豆（　　　　　　　　　　）に上陸し、関東平野を縦断した。

❺ （　　　　　　　　　　）になっているA市では、雨や台風の被害が少なく安心して暮らすこ
とができます。

Ⅲ [a～e]の中から適当な言葉を選んで、（　　）に入れなさい。（必要なら形を変えてくだ
さい。）

a. 吊り橋 <small>つ ばし</small>	b. 列島 <small>れっとう</small>	c. 流域 <small>りゅういき</small>	d. 地平線 <small>ち へいせん</small>	e. 陸 <small>りく</small>

❶ 宇宙から撮影された夜の日本（　　　　　　　　　　）は美しい。

❷ （　　　　　　　　　　）に揚げられた荷物は、大型トラックで東京まで運ばれる。

❸ ここは江合川の（　　　　　　　　　　）に広がる水田農業地帯として発展してきた。

❹ 川をわたるとき、（　　　　　　　　　　）がゆらゆら揺れてとても怖かった。

❺ バスに乗っているとき、窓から（　　　　　　　　　　）に沈む夕日が見えた。

30 地理、場所 (3) 地理、地方 (3)

◆ 地域、範囲 (1) 地域、範圍 (1)

あちこち	㈹ 這兒那兒，到處
あちらこちら	㈹ 到處，四處；相反，顛倒
至る	(自五) 到，來臨；達到；周到
欧米	㈞ 歐美
沖	㈞ (離岸較遠的) 海面，海上；湖心；(日本中部方言) 寬闊的田地、原野
屋外	㈞ 戶外
温帯	㈞ 溫帶
外	(接尾・漢造) 以外，之外；外側，外面，外部；妻方親戚；除外
海外	㈞ 海外，國外
拡充	(名・他サ) 擴充
拡大	(名・自他サ) 擴大，放大
各地	㈞ 各地
拡張	(名・他サ) 擴大，擴張
箇所	(名・接尾) (特定的) 地方；(單位量詞) 處
関西	㈞ 日本關西地區 (以京都、大阪為中心的地帶)
寒帯	㈞ 寒帶
関東	㈞ 日本關東地區 (以東京為中心的地帶)
境界	㈞ 境界，疆界，邊界
区域	㈞ 區域

空中	㈞ 空中，天空
郡	㈞ (地方行政區之一) 郡
国境	㈞ 國境，邊境，邊界
際	(名・漢造) 時候，時機，在…的狀況下；彼此之間，交接；交際，會晤；邊際
境	㈞ 界線，疆界，交界；境界，境地；分界線，分水嶺
敷地	㈞ 建築用地，地皮；房屋地基
州	(漢造) 大陸，州
周囲	㈞ 周圍，四周；周圍的人，環境
周辺	㈞ 周邊，四周，外圍
首都	㈞ 首都
首都圏	㈞ 首都圈

練 習

I [a～e]の中から適当な言葉を選んで、(　　　)に入れなさい。（必要なら形を変えてください。）

a. 区域	b. 周囲	c. 首都	d. 境	e. 敷地

❶ マンションの (　　　　　　　) 内に車を止めさせてもらってもいいですか。

❷ 隣の家との (　　　　　　　) 目に、白い花が咲く木を 10 本ほど植えた。

❸ 駅の (　　　　　　　) には新しい高層ビルが次々に建てられている。

❹ 東京は、現在、日本の (　　　　　　　) ですが、昔は京都が (　　　　　　　) でした。

❺ ここから先は危険 (　　　　　　　) なので立ち入らないでください。

II [a～e]の中から適当な言葉を選んで、(　　　)に入れなさい。（必要なら形を変えてください。）

a. 海外	b. 各地	c. 空中	d. 沖	e. 寒帯

❶ (　　　　　　　) では樹木は育たず、その他の植物や動物の種類も少ない。

❷ その選手の (　　　　　　　) 回転はとても美しく、高い点数がつけられた。

❸ 夏になると (　　　　　　　) で花火大会が開かれ、大勢の人が集まる。

❹ 小学生の子どもを一人で (　　　　　　　) に行かせるのは心配だ。

❺ 台風のせいで船が (　　　　　　　) に出られないので、村の人たちは困っている。

III [a～e]の中から適当な言葉を選んで、(　　　)に入れなさい。（必要なら形を変えてください。）

a. 州	b. 欧米	c. 境界	d. 箇所	e. 屋外

❶ 数学の試験で間違った (　　　　　　　) の解き方を友だちに教えてもらった。

❷ 兵士たちはついに (　　　　　　　) 線を越え、戦いが始まった。

❸ この映画は、アメリカのジョージア (　　　　　　　) が舞台になっている。

❹ この会社では (　　　　　　　) だけでなく世界中の社員が働いている。

❺ 子どもはなるべく毎日、(　　　　　　　) で遊ばせたほうがいい。

31 地理、場所 (4)
地理、地方 (4)

◆ 地域、範囲 (2)　地域、範圍 (2)

じょうきょう **上京**	名・自サ 進京，到東京去
ち いき **地域**	名 地區
ち たい **地帯**	名 地帶，地區
ちょう め **丁目**	結尾（街巷區劃單位）段，巷，條
と **都**	名・漢造 首都；「都道府縣」之一的行政單位，都市；東京都
と かい **都会**	名 都會，城市，都市
とくてい **特定**	名・他サ 特定；明確指定，特別指定
と しん **都心**	名 市中心
なんきょく **南極**	名（地）南極；（理）南極（磁針指南的一端）
なんべい **南米**	名 南美洲
なんぼく **南北**	名（方向）南與北；南北
に ほん **日本**	名 日本
ねったい **熱帯**	名（地）熱帶
ばん ち **番地**	名 門牌號碼；住址
ひとご ひとご **人込み・人混み**	名 人潮擁擠（的地方），人山人海
ふ きん **付近**	名 附近，一帶
ぶ ぶん **部分**	名 部分
ぶん ぷ **分布**	名・自サ 分布，散布
ぶん や **分野**	名 範圍，領域，崗位，戰線

ほっきょく **北極**	名 北極
みやこ **都**	名 京城，首都；大都市，繁華的都市
ヨーロッパ 【Europe】	名 歐洲

◆ 場所、空間　地方、空間

あ **空き**	名 空隙，空白；閒暇；空缺
したまち **下町**	名（普通百姓居住的）小工商業區；（都市中）低窪地區
しんくう **真空**	名 真空；（作用、勢力達不到的）空白，真空狀態
てんてん **転々**	副・自サ 轉來轉去，輾轉，不斷移動；滾轉貌，咕嚕咕嚕地轉
とうざい **東西**	名（方向）東和西；（國家）東方和西方；方向；事理，道理
どこか	連語 某處，某個地方
と ち **土地**	名 土地，耕地；土壤，土質；某地區，當地；地面；地區
なつ **懐かしい**	形 懷念的，思慕的，令人懷念的；眷戀，親近的
ば **場**	名 場所，地方；座位；（戲劇）場次；場合
バック【back】	名・自サ 後面，背後；背景；後退，倒車；金錢的後備，援助；靠山
ひろ ば **広場**	名 廣場；場所
ひろびろ **広々**	副・自サ 寬闊的，遼闊的
ほうぼう **方々**	名・副 各處，到處

方面 ほうめん	（名）方面，方向；領域	**名所** めいしょ	（名）名勝地，古蹟
街角 まちかど	（名）街角，街口，拐角	**他所** よそ	（名）別處，他處；遠方；別的，其他的；不顧，無視，漠不關心
無限 むげん	（名・形動）無限，無止境	**両面** りょうめん	（名）（表裡或內外）兩面；兩個方面
向こう側 む　　　がわ	（名）對面；對方		

練 習

Ⅰ [a～e]の中から適当な言葉を選んで、（　　　）に入れなさい。（必要なら形を変えてください。）

a. 下町 したまち	b. 都 みやこ	c. 付近 ふきん	d. 都心 としん	e. 名所 めいしょ

❶ （　　　　　　　　　）は物価が安く住みやすいだけでなく、人の心も温かい。

❷ ここはバードウォッチングの（　　　　　　　　　）として名高い沼だ。

❸ 中学生の頃から、ずっと（　　　　　　　　　）で働きたいと思っていた。

❹ 警官が（　　　　　　　　　）一帯を捜索したが、手掛かりは得られなかった。

❺ 夕方から音楽の（　　　　　　　　　）ウィーンを徒歩観光した。

Ⅱ [a～e]の中から適当な言葉を選んで、（　　　）に入れなさい。（必要なら形を変えてください。）

a. よそ	b. 広場 ひろば	c. ヨーロッパ	d. 北極 ほっきょく	e. 地帯 ちたい

❶ （　　　　　　　　　）大陸が海の向こう側にある。

❷ 温暖化によって、2040 年には（　　　　　　　　　）圏の氷がなくなる可能性があるという。

❸ 明るい奥さんと対照的に旦那さんが無口で、終始（　　　　　　　　　）を向いていた。

❹ 敵が近づいてきたので、みんなで安全（　　　　　　　　　）に逃げた。

❺ 警察はデモ隊が（　　　　　　　　　）に集まるのを妨げた。

◆ 方向、位置　方向、位置
ほうこう いち

上がる あ	(自五・他五・接尾)（效果，地位，價格等）上升，提高；上，登，進入；上漲；提高；加薪；吃，喝，吸（煙）；表示完了
後 あと	(名)（地點、位置）後面，後方；（時間上）以後；（距現在）以前；（次序）之後，其後；以後的事；結果，後果；其餘，此外；子孫，後人
位置 いち	(名・自サ)位置，場所；立場，遭遇；位於
下降 かこう	(名・自サ)下降，下沉
上 かみ	(名・漢造)上邊，上方，上游，上半身；以前，過去；開始，起源於；統治者，主人；京都；上座；（從觀眾看）舞台右側
逆 ぎゃく	(名・漢造)反，相反，倒；叛逆
下 げ	(名)下等；（書籍的）下卷
逆さ さか	(名)（「さかさま」的略語）逆，倒，顛倒，相反
逆様 さかさま	(名・形動)逆，倒，顛倒，相反
遡る さかのぼ	(自五)溯，逆流而上；追溯，回溯
左右 さゆう	(名・他サ)左右方；身邊，旁邊；左右其詞，支支吾吾；（年齡）大約，上下；掌握，支配，操縱
水平 すいへい	(名・形動)水平；平衡，穩定，不升也不降
前後 ぜんご	(名・自サ・接尾)（空間與時間）前和後，前後；相繼，先後；前因後果
先端 せんたん	(名)頂端，尖端；時代的尖端，時髦，流行，前衛

先頭 せんとう	(名)前頭，排頭，最前列
沿い そ	(造語)順，延
逸れる そ	(自下一)偏離正軌，歪向一旁；不合調，走調；走向一邊，轉過去
平ら たい	(名・形動)平，平坦；（山區的）平原，平地；（非正坐的）隨意坐，盤腿坐；平靜，坦然
地点 ちてん	(名)地點
中央 ちゅうおう	(名)中心，正中；中心，中樞；中央，首都
中間 ちゅうかん	(名)中間，兩者之間；（事物進行的）中途，半路
直線 ちょくせん	(名)直線
通過 つうか	(名・自サ)通過，經過；（電車等）駛過；（議案、考試等）通過，過關，合格
到着 とうちゃく	(名・自サ)到達，抵達
退く ど	(自五)讓開，離開，躲開
退ける ど	(他下一)移開
なだらか	(形動)平緩，坡度小，平滑；平穩，順利；流暢
斜 はす	(名)（方向）斜的，歪斜
反 はん	(名・漢造)反，反對；（哲）反對命題；犯規；反覆
左側 ひだりがわ	(名)左邊，左側
引っくり返る ひ かえ	(自五)翻倒，顛倒，翻過來；逆轉，顛倒過來

<ruby>縁<rt>ふち</rt></ruby>	（名）邊緣，框，檐，旁側	<ruby>向<rt>む</rt></ruby>かう	（自五）向著，朝著；面向；往…去，向…去；趨向，轉向
<ruby>振<rt>ふ</rt></ruby>り<ruby>向<rt>む</rt></ruby>く	（自五）（向後）回頭過去看；回顧，理睬	<ruby>向<rt>む</rt></ruby>き	（名）方向；適合，合乎；認真，慎重其事；傾向，趨向；（該方面的）人，人們
<ruby>平行<rt>へいこう</rt></ruby>	（名・自サ）（數）平行；並行	<ruby>目印<rt>めじるし</rt></ruby>	（名）目標，標記，記號
<ruby>方角<rt>ほうがく</rt></ruby>	（名）方向，方位	<ruby>戻<rt>もど</rt></ruby>す	（自五・他五）退還，歸還；送回，退回；使倒退；（經）市場價格急遽回升
<ruby>方向<rt>ほうこう</rt></ruby>	（名）方向；方針		
<ruby>曲<rt>ま</rt></ruby>がり<ruby>角<rt>かど</rt></ruby>	（名）街角；轉折點	<ruby>矢印<rt>やじるし</rt></ruby>	（名）（標示去向、方向的）箭頭，箭形符號
<ruby>真<rt>ま</rt></ruby>ん<ruby>前<rt>まえ</rt></ruby>	（名）正前方		
<ruby>右側<rt>みぎがわ</rt></ruby>	（名）右側，右方	<ruby>両端<rt>りょうたん</rt></ruby>	（名）兩端

練習

Ⅰ [a～e]の中から適当な言葉を選んで、（　　）に入れなさい。（必要なら形を変えてください。）

a. <ruby>沿<rt>そ</rt></ruby>い	b. <ruby>縁<rt>ふち</rt></ruby>	c. <ruby>矢印<rt>やじるし</rt></ruby>	d. <ruby>斜<rt>ななめ</rt></ruby>	e. <ruby>先端<rt>せんたん</rt></ruby>

❶ <ruby>標識<rt>ひょうしき</rt></ruby>の（　　　　　　　）の<ruby>方向<rt>ほうこう</rt></ruby>に<ruby>進<rt>すす</rt></ruby>んで<ruby>歩道橋<rt>ほどうきょう</rt></ruby>を<ruby>渡<rt>わた</rt></ruby>ると<ruby>海<rt>うみ</rt></ruby>が<ruby>見<rt>み</rt></ruby>えます。

❷ テーブルには（　　　　　　　）にレースの<ruby>付<rt>つ</rt></ruby>いたテーブルクロスが<ruby>掛<rt>か</rt></ruby>かっていた。

❸ <ruby>会社<rt>かいしゃ</rt></ruby>の（　　　　　　　）<ruby>向<rt>む</rt></ruby>かいにカレー<ruby>屋<rt>や</rt></ruby>さんができて<ruby>嬉<rt>うれ</rt></ruby>しい。

❹ <ruby>私<rt>わたし</rt></ruby>は（　　　　　）<ruby>科学<rt>かがく</rt></ruby>について<ruby>学<rt>まな</rt></ruby>ぶために<ruby>日本<rt>にほん</rt></ruby>に<ruby>留学<rt>りゅうがく</rt></ruby>しました。

❺ <ruby>線路<rt>せんろ</rt></ruby>（　　　　　）にどこまでも<ruby>歩<rt>ある</rt></ruby>いていくと、<ruby>兄<rt>あに</rt></ruby>の<ruby>家<rt>いえ</rt></ruby>に<ruby>着<rt>つ</rt></ruby>くかもしれない。

Ⅱ [a～e]の中から適当な言葉を選んで、（　　）に入れなさい。（必要なら形を変えてください。）

a. どける	b. <ruby>遡<rt>さかのぼ</rt></ruby>る	c. <ruby>戻<rt>もど</rt></ruby>す	d. どく	e. <ruby>逸<rt>そ</rt></ruby>れる

❶ <ruby>台風<rt>たいふう</rt></ruby>の<ruby>進路<rt>しんろ</rt></ruby>は<ruby>台湾<rt>たいわん</rt></ruby>を（　　　　　　　）、<ruby>上陸<rt>じょうりく</rt></ruby>する<ruby>心配<rt>しんぱい</rt></ruby>がなくなった。

❷ <ruby>通行<rt>つうこう</rt></ruby>の<ruby>邪魔<rt>じゃま</rt></ruby>になるので、そこを（　　　　　　）ください。

❸ <ruby>使用<rt>しよう</rt></ruby>したテーブルと<ruby>椅子<rt>いす</rt></ruby>は、<ruby>元<rt>もと</rt></ruby>の<ruby>場所<rt>ばしょ</rt></ruby>に（　　　　　　）ください。

❹ <ruby>強風<rt>きょうふう</rt></ruby>で<ruby>道路<rt>どうろ</rt></ruby>に<ruby>倒<rt>たお</rt></ruby>れた<ruby>木<rt>き</rt></ruby>を（　　　　　　）、<ruby>車<rt>くるま</rt></ruby>が<ruby>通<rt>とお</rt></ruby>れるようにした。

❺ <ruby>川<rt>かわ</rt></ruby>をボートで5<ruby>時間<rt>じかん</rt></ruby>ほど（　　　　　　）と、<ruby>川<rt>かわ</rt></ruby>の<ruby>源流<rt>げんりゅう</rt></ruby>にたどり<ruby>着<rt>つ</rt></ruby>く。

33 施設、機関 (1)
設施、機關單位 (1)

◆ **施設、機関** 設施、機關單位

会員 かいいん	名 會員
会館 かいかん	名 會館
係・係り かかり かか	名 負責擔任某工作的人；關聯，牽聯
貸し出し か だ	名（物品的）出借，出租；（金錢的）貸放，借出
官庁 かんちょう	名 政府機關
機関 き かん	名（組織機構的）機關，單位；（動力裝置）機關
企業 き ぎょう	名 企業；籌辦事業
見学 けんがく	名・他サ 參觀
建築 けんちく	名・他サ 建築，建造
高層 こうそう	名 高空，高氣層；高層
国立 こくりつ	名 國立
小屋 こ や	名 簡陋的小房，茅舍；（演劇、馬戲等的）棚子；畜舍
設備 せつ び	名・他サ 設備，裝設，裝設
センター【center】	名 中心機構；中心區；（棒球）中場
倉庫 そう こ	名 倉庫，貨棧
出入り口 で い ぐち	名 出入口
柱 はしら	名・接尾（建）柱子；支柱；（轉）靠山
噴水 ふんすい	名 噴水；（人工）噴泉
役所 やくしょ	名 官署，政府機關

◆ **病院** 醫院

医療 い りょう	名 醫療
衛生 えいせい	名 衛生
休診 きゅうしん	名・他サ 停診
休養 きゅうよう	名・自サ 休養
外科 げ か	名（醫）外科
診察 しんさつ	名・他サ（醫）診察，診斷
診断 しんだん	名・他サ（醫）診斷；判斷
整形 せいけい	名 整形
内科 ない か	名（醫）內科
フリー【free】	名・形動 自由，無拘束，不受限制；免費；無所屬；自由業
見舞い み ま	名 探望，慰問；蒙受，挨（打），遭受（不幸）
見舞う み ま	他五 訪問，看望；問候，探望；遭受，蒙受（災害等）
輸血 ゆ けつ	名・自サ（醫）輸血

練 習

Ⅰ [a～e]の中から適当な言葉を選んで、( )に入れなさい。（必要なら形を変えてください。）

| a. 設備 | b. 小屋 | c. 貸し出し | d. 柱 | e. 倉庫 |

❶ 山( )のトイレは水洗ではないが、トイレがあるだけ有難い。

❷ この椅子は当分使わないので( )に入れておきましょう。

❸ このマンションは( )が整っている。

❹ 幼稚園のとき、母は、家の( )に私の身長を記した。

❺ ここに置いてあるマンガは全部( )用のものです。

Ⅱ [a～e]の中から適当な言葉を選んで、( )に入れなさい。（必要なら形を変えてください。）

| a. センター | b. 官庁 | c. 医療 | d. 企業 | e. 会館 |

❶ 駅の近くの新しい市民( )でクラシックのコンサートが開かれた。

❷ 日本の経済を支えているのは大( )より中小( )だ。

❸ 彼は有名大学を卒業して、( )で40年間も働いている。

❹ 日本では( )技術の進歩によって高齢化が進んでいる。

❺ 大学の留学生( )で、就職について相談してみよう。

Ⅲ [a～e]の中から適当な言葉を選んで、( )に入れなさい。（必要なら形を変えてください。）

| a. 見舞い | b. 内科 | c. 出入り口 | d. 係り | e. 外科 |

❶ 少々お待ちください。( )の者を呼んでまいります。

❷ ( )に営業中の札がかかっている。

❸ 息子や娘、孫たちが、代わる代わる病室へ( )にやって来た。

❹ 熱が出て( )へ行ったら、インフルエンザだった。

❺ 転んで腰を強く打ったので、近所の( )でレントゲンを撮った。

34 施設、機関 (2)
しせつ、きかん

設施、機關單位 (2)

◆ いろいろな施設　各種設施
しせつ

落とし物	名 不慎遺失的東西

局	名・接尾 房間，屋子；(官署，報社)局，室；特指郵局；廣播電臺；局面，局勢；(事物的)結局

クラブ【club】	名 俱樂部，夜店；(學校)課外活動，社團活動

校舎	名 校舍

酒場	名 酒館，酒家，酒吧

寺院	名 寺院

支店	名 分店

宿泊	名・自サ 投宿，住宿

書店	名 書店；出版社，書局

城	名 城，城堡；(自己的)權力範圍，勢力範圍

水車	名 水車

滞在	名・自サ 旅居，逗留，停留

展示会	名 展示會

展望台	名 瞭望台

塔	名・漢造 塔

泊める	他下一 (讓…)住，過夜；(讓旅客)投宿；(讓船隻)停泊

美容院	名 美容院，美髮沙龍

ビル(ディング)【building】	名 建築物

ボーイ【boy】	名 少年，男孩；男服務員

堀	名 溝渠，壕溝；護城河

待合室	名 候車室，候診室，等候室

窓口	名 (銀行，郵局，機關等)窗口；(與外界交涉的)管道，窗口

溝	名 水溝；(拉門門框上的)溝槽，切口；(感情的)隔閡

宿	名 家，住處，房屋；旅館，旅店；下榻處，過夜

遊園地	名 遊樂場

幼稚園	名 幼稚園

寮	名・漢造 宿舍(狹義指學生、公司宿舍)；茶室；別墅

ロビー【lobby】	名 (飯店、電影院等人潮出入頻繁的建築物)大廳，門廳；接待室，休息室，走廊

練 習

Ⅰ [a～e]の中から適当な言葉を選んで、（　　）に入れなさい。（必要なら形を変えてください。）

a. 校舎	b. 支店	c. 酒場	d. 宿	e. 書店

❶ 私の小学校は緑に囲まれた木造の（　　　　　　　）だった。

❷ 弟は大阪（　　　　　　　）から東京の本店に転勤することになった。

❸ 駅前の（　　　　　　　）では、あの週刊誌が売り切れてしまったそうだ。

❹ 駅前には0時過ぎまで開いている（　　　　　　　）がたくさんある。

❺ その（　　　　　　　）は、川で釣れた魚と採れたての山菜で客をもてなす。

Ⅱ [a～e]の中から適当な言葉を選んで、（　　）に入れなさい。（必要なら形を変えてください。）

a. 遊園地	b. 美容院	c. 寮	d. 展示会	e. 寺院

❶ （　　　　　　　）に行って髪を切った。

❷ （　　　　　　　）に行ったら、観覧車に乗ってみたい。

❸ 入社から結婚するまでの5年間、会社の（　　　　　　　）で生活した。

❹ 日本の古い（　　　　　　　）には、外国からも大勢の観光客が見物に来る。

❺ 自動車の（　　　　　　　）では、多くの企業が自社の最新技術を用いた製品や自動車部品をお披露した。

Ⅲ [a～e]の中から適当な言葉を選んで、（　　）に入れなさい。（必要なら形を変えてください。）

a. 展望台	b. ビル	c. 待合室	d. 窓口	e. ロビー

❶ 空港の到着（　　　　　　　）では、多くの旅行会社がツアー客を待っている。

❷ 市役所の（　　　　　　　）にいるのは市の正規職員ではなく、アルバイトだそうだ。

❸ 小児科の（　　　　　　　）には絵本やおもちゃがたくさんある。

❹ 山の上にある（　　　　　　　）から海に浮かぶ小さな船が見える。

❺ （　　　　　　　）の屋上にゴルフ練習所を設置する。

◆ 店　商店

市場 いちば	(名) 市場，商場
移転 いてん	(名・自他サ) 轉移位置；搬家；(權力等)轉交，轉移
営業 えいぎょう	(名・自他サ) 營業，經商
看板 かんばん	(名) 招牌；牌子，幌子；(店舖) 關門，停止營業時間
喫茶 きっさ	(名) 喝茶，喫茶，飲茶
共同 きょうどう	(名・自サ) 共同
行列 ぎょうれつ	(名・自サ) 行列，隊伍，列隊；(數)矩陣
クリーニング【cleaning】	(名・他サ) (洗衣店)洗滌
これら	(代) 這些
サービス【service】	(名・自他サ) 售後服務；服務，接待，侍候；(商店)廉價出售，附帶贈品出售
品 しな	(名・接尾) 物品，東西；商品，貨物；(物品的)質量，品質；品種，種類；情況，情形
仕舞い しまい	(名) 終了，末尾；停止，休止；閉店，賣光；化妝，打扮
シャッター【shutter】	(名) 鐵捲門；照相機快門
商店 しょうてん	(名) 商店
上等 じょうとう	(名・形動) 上等，優質；很好，令人滿意
ショップ【shop】	(接尾) (一般不單獨使用)店舖，商店
ずらり(と)	(副) 一排排，一大排，一長排

蕎麦屋 そばや	(名) 蕎麥麵店
努める つとめる	(他下一) 努力，為…奮鬥，盡力；勉強忍住
定休日 ていきゅうび	(名) (商店、機關等)定期公休日
出迎える でむかえる	(他下一) 迎接
店 てん	(名) 店家，店
登場 とうじょう	(名・自サ) (劇)出場，登台，上場演出；(新的作品、人物、產品)登場，出現
引き止める ひきとめる	(他下一) 留，挽留；制止，拉住
一先ず ひとまず	(副) (不管怎樣)暫且，姑且
評判 ひょうばん	(名) (社會上的)評價，評論；名聲，名譽；受到注目，聞名；傳說，風聞
閉店 へいてん	(名・自サ) (商店)關門；倒閉
店屋 みせや	(名) 店舖，商店
屋 や	(接尾) (前接名詞，表示經營某家店或從事某種工作的人)店，舖；(前接表示個性、特質)帶點輕蔑的稱呼；(寫作「舍」)表示堂號，房舍的雅號
薬局 やっきょく	(名) (醫院的)藥局；藥舖，藥店
洋品店 ようひんてん	(名) 舶來品店，精品店，西裝店

74

練習

Ⅰ [a～e]の中から適当な言葉を選んで、（　　）に入れなさい。（必要なら形を変えてください。）

a. 蕎麦屋	b. 洋品店	c. 市場	d. 喫茶店	e. 薬局

❶（　　　　　　　　　）では魚と肉だけでなく、野菜や花なども売っています。

❷ 最近は全席禁煙の（　　　　　　　　　）が増えたので、煙草が吸えない。

❸ 近所の（　　　　　　　　　）で体育着、上履きなど入学必需品を買った。

❹ 今日の昼休みは駅前にできた（　　　　　　　　　）へ行ってみよう。

❺（　　　　　　　　　）でコンタクトレンズの保存液を買った。

Ⅱ [a～e]の中から適当な言葉を選んで、（　　）に入れなさい。（必要なら形を変えてください。）

a. サービス	b. 評判	c. 品	d. 商店	e. 看板

❶ 祖父は16才の頃、東京にある小さな（　　　　　　　　　）で働き始めたそうだ。

❷ 大型スーパーの（　　　　　　　）は安くて種類も多いので、よく買っている。

❸（　　　　　　　　　）のデザインを変えたら、大勢の客が来るようになった。

❹ ご返品の際は、弊社消費者（　　　　　　　）係宛に、お送りください。

❺ 彼は職務に忠実な警察官として、周囲の（　　　　　　　）も高い。

Ⅲ [a～e]の中から適当な言葉を選んで、（　　）に入れなさい。（必要なら形を変えてください。）

a. 店屋	b. 定休日	c. 行列	d. しまい	e. 閉店

❶ 彼は最初真面目な顔で私の話を聞いていたが、（　　　　　　　　　）には笑い出した。

❷ ホテルに行くまではお（　　　　　　　）さんがたくさんあるので歩いていても苦ではない。

❸ 開場を待つ人の（　　　　　　　）は駅の近くまで及んだ。

❹ 夜8時になると（　　　　　　　）を告げる音楽が店内に鳴り響いた。

❺ スーパーが（　　　　　　　）だったので、八百屋で買い物をした。

36 交通 (1) 交通(1)

◆ 交通、運輸　交通、運輸

遭う	〔自五〕 遭遇，碰上	
移動	〔名・自他サ〕 移動，轉移	
運搬	〔名・他サ〕 搬運，運輸	
エンジン【engine】	〔名〕 發動機，引擎	
加速	〔名・自他サ〕 加速	
加速度	〔名〕 加速度；加速	
貨物	〔名〕 貨物；貨車	
下車	〔名・自サ〕 下車	
交通機関	〔名〕 交通機關，交通設施	
再開	〔名・自他サ〕 重新進行	
座席	〔名〕 座位，座席，乘坐，席位	
妨げる	〔他下一〕 阻礙，防礙，阻攔，阻撓	
時速	〔名〕 時速	
車輪	〔名〕 車輪；（演員）拼命，努力表現；拼命於，盡力於	
制限	〔名・他サ〕 限制，限度，極限	
速力	〔名〕 速率，速度	
出迎え	〔名〕 迎接；迎接的人	
トンネル【tunnel】	〔名〕 隧道	
配達	〔名・他サ〕 送，投遞	
発車	〔名・自サ〕 發車，開車	

ハンドル【handle】	〔名〕（門等）把手；（汽車、輪船）方向盤	
標識	〔名〕 標誌，標記，記號，信號	
ぶつかる	〔自五〕 碰，撞；偶然遇上；起衝突	
便	〔名・形動・漢造〕 便利，方便；大小便；信息，音信；郵遞；隨便，平常	
免許証	〔名〕（政府機關）批准，許可證，執照	
モノレール【monorail】	〔名〕 單軌電車，單軌鐵路	
輸送	〔名・他サ〕 輸送，傳送	
ヨット【yacht】	〔名〕 遊艇，快艇	

練習

Ⅰ [a～e]の中から適当な言葉を選んで、（　　）に入れなさい。（必要なら形を変えてください。）

> a. エンジン　　b. トンネル　　c. モノレール　　d. ハンドル　　e. ヨット

❶ （　　　　　　　　）を抜けるとそこは雪国だった。

❷ 子どもが飛び出してきて、とっさに（　　　　　　　　）を切った。

❸ （　　　　　　　　）をかけたまま車から離れてはいけませんよ。

❹ （　　　　　　　　）を走らせるエネルギーは風です。

❺ ここからだと、羽田空港には、京浜急行より（　　　　　　　　）で行くほうが早いと思います。

Ⅱ [a～e]の中から適当な言葉を選んで、（　　）に入れなさい。（必要なら形を変えてください。）

> a. 運搬する　　b. 下車する　　c. 配達する　　d. 発車する　　e. 輸送する

❶ 冷蔵庫を（　　　　　　　　）ときは、立てたまま運び出すのが基本だ。

❷ 小さな港町で途中（　　　　　　　　）、いつもと違うゆるやかな時間を楽しもう。

❸ 特急「イドビューしなの」は、名古屋駅では全列車が 10 番線から（　　　　　　　　）。

❹ あの米屋は注文の金額の多い少ないに関わらず、（　　　　　　　　）くれる。

❺ 旅客機は人を（　　　　　　　　）が、貨物も同時に（　　　　　　　　）。

Ⅲ [a～e]の中から適当な言葉を選んで、（　　）に入れなさい。（必要なら形を変えてください。）

> a. 標識　　b. 再開　　c. 制限　　d. 座席　　e. 時速

❶ データ容量の（　　　　　　　　）を超えています。

❷ 一方通行の（　　　　　　　　）をうっかり見落としてしまった。

❸ 公演は急遽中止となり、（　　　　　　　　）の予定も未定だそうだ。

❹ 目が悪いので、映画館ではいつも前の方の（　　　　　　　　）を予約する。

❺ 新幹線の最高（　　　　　　　　）は、約 320 キロメートルだそうだ。

37 交通 (2) 交通 (2)

◆ 鉄道、船、飛行機 鐵路、船隻、飛機

往復 おうふく	名・自サ	往返，來往；通行量
改札 かいさつ	名・自サ	(車站等)的驗票
機関車 きかんしゃ	名	機車，火車
航空 こうくう	名	航空；「航空公司」的簡稱
高度 こうど	名・形動	(地)高度，海拔；(地平線到天體的)仰角；(事物的水平)高度，高級
最終 さいしゅう	名	最後，最終，最末；(略)末班車
私鉄 してつ	名	私營鐵路
終点 しゅうてん	名	終點
乗車 じょうしゃ	名・自サ	乘車，上車；乘坐的車
乗車券 じょうしゃけん	名	車票
寝台 しんだい	名	床，床鋪，(火車)臥鋪
隻 せき	接尾	(單位量詞)計算船，箭，鳥的單位
船 せん	漢造	船
線路 せんろ	名	(火車、電車、公車等)線路；(火車、有軌電車的)軌道
操作 そうさ	名・他サ	操作(機器等)，駕駛；(設法)安排，(背後)操縱
脱線 だっせん	名・他サ	(火車、電車等)脫軌，出軌；(言語、行動)脫離常規，偏離本題
停車 ていしゃ	名・他サ・自サ	停車，剎車
鉄道 てつどう	名	鐵道，鐵路

通りかかる とお	自五	碰巧路過
通り過ぎる とお す	自上一	走過，越過
飛行 ひこう	名・自サ	飛行，航空
便 びん	名・漢造	書信；郵寄，郵遞；(交通設施等)班機，班車；機會，方便
踏切 ふみきり	名	(鐵路的)平交道，道口；(轉)決心
ヘリコプター 【helicopter】	名	直昇機
ボート【boat】	名	小船，小艇
満員 まんいん	名	(規定的名額)額滿；(車、船等)擠滿乘客，滿座；(會場等)塞滿觀眾
夜行 やこう	名・接頭	夜行；夜間列車；夜間活動
遊覧船 ゆうらんせん	名	渡輪

練習

Ⅰ [a 〜 e]の中から適当な言葉を選んで、（　　　）に入れなさい。（必要なら形を変えてくだ
さい。）

| a. ヘリコプター | b. 線路_{せんろ} | c. 機関車_{きかんしゃ} | d. ボート | e. 遊覧船_{ゆうらんせん} |

❶ （　　　　　　　　　　）が沈没し、消防隊による懸命な救助活動が続けられた。

❷ 高層ビルの屋上によく（　　　　　　　　　　）が離着陸できる場所がある。

❸ 山の向こうから、煙とともに（　　　　　　　　　）の音がどんどん近づいてきた。

❹ 学生時代、湖で恋人と（　　　　　　　　　）を漕いだのは、懐かしい思い出だ。

❺ この部屋は（　　　　　　　）の近くだが、心配したほど電車の音もせず、比較的静かだ。

Ⅱ [a 〜 e]の中から適当な言葉を選んで、（　　　）に入れなさい。（必要なら形を変えてくだ
さい。）

| a. 終点_{しゅうてん} | b. 改札_{かいさつ} | c. 操作_{そうさ} | d. 踏切_{ふみきり} | e. 停車_{ていしゃ} |

❶ （　　　　　　　　　）を出たら、東口の歩道橋を渡ってください。

❷ パソコンやスマホの（　　　　　　　）が苦手だ。

❸ その駅に特急は停まらないので、準急か各駅（　　　　　　　　　）に乗ってください。

❹ もし（　　　　　　　　　）で閉じこめられたら、そのまま車を進めて脱出してください。

❺ 電車が止まって降りてみたら（　　　　　　　）だったので、驚いた。眠ってしまった
らしい。

Ⅲ [a 〜 e]の中から適当な言葉を選んで、（　　　）に入れなさい。（必要なら形を変えてくだ
さい。）

| a. 通りかかる_{とお} | b. 往復する_{おうふく} | c. 通り過ぎる_{とお　す} | d. 脱線する_{だっせん} | e. 飛行する_{ひこう} |

❶ 最近、頻繁に日本と中国を（　　　　　　　）いる。

❷ 土砂崩れで列車が（　　　　　　）。

❸ 村を（　　　　　　　）と、ずっとキャベツ畑が続いていた。

❹ 西の上空に光を放ちながら（　　　　　　　）謎の物体を発見。

❺ ちょうど今、祭りのパレードが駅前を（　　　　　　　）。

38 交通 (3)
こうつう
交通 (3)

◆ 自動車、道路 （じどうしゃ、どうろ）汽車、道路

一方（いっぽう）	名・副助・接	一個方向；一個角度；一面，同時；（兩個中的）一個；只顧，愈來愈…；從另一方面說
横断（おうだん）	名・他サ	横斷；横渡，横越
凹凸（おうとつ）	名	凹凸，高低不平
大通り（おおどおり）	名	大街，大馬路
カー【car】	名	車，車的總稱，狹義指汽車
カーブ【curve】	名・自サ	轉彎處；彎曲；（棒球、曲棍球）曲線球
開通（かいつう）	名・自他サ	（鐵路、電話線等）開通，通車，通話
交差（こうさ）	名・自他サ	交叉
高速（こうそく）	名	高速
示す（しめす）	他五	出示，拿出來給對方看；表示，表明；指示，指點，開導；呈現，顯示
車庫（しゃこ）	名	車庫
車道（しゃどう）	名	車道
乗用車（じょうようしゃ）	名	自小客車
整備（せいび）	名・自他サ	配備，整備；整理，修配；擴充，加強；組裝；保養
駐車（ちゅうしゃ）	名・自サ	停車
通行（つうこう）	名・自サ	通行，交通，往來；廣泛使用，一般通用
通路（つうろ）	名	（人們通行的）通路，人行道；（出入通行的）空間，通道
飛び出す（とびだす）	自五	飛出，飛起來，起飛；跑出；（猛然）跳出；突然出現
パンク【puncture 之略】	名・自サ	爆胎；脹破，爆破
引き返す（ひきかえす）	自五	返回，折回
轢く（ひく）	他五	（車）壓，軋（人等）
人通り（ひとどおり）	名	人來人往，行人通行；來往的行人
凹む（へこむ）	自五	凹下，潰下；屈服，認輸；虧空，赤字
舗装（ほそう）	名・他サ	（用柏油等）鋪路
歩道（ほどう）	名	人行道
回り道（まわりみち）	名	繞道，繞遠路
道順（みちじゅん）	名	順路，路線；步驟，程序
緩い（ゆるい）	形	鬆，不緊；徐緩，不陡；不急；不嚴格；稀薄
横切る（よこぎる）	他五	横越，横跨

練 習

Ⅰ [a〜e]の中から適当な言葉を選んで、（　　）に入れなさい。（必要なら形を変えてください。）

a. 回り道	b. カーブ	c. 車道	d. 車庫	e. 道順

❶ （　　　　　　　　　）をしたからこそ、見えた景色がある。

❷ （　　　　　　　　　）に置いてある古い車は、父が若いときに買ったものだ。

❸ この先（　　　　　　　　　）がありますので、車は徐行運転してください。

❹ 小学校の通学路にはよく、子どもが（　　　　　　　　　）に飛び出して来る絵が描かれた看板がある。

❺ 目的地までの（　　　　　　　）を調べる。

Ⅱ [a〜e]の中から適当な言葉を選んで、（　　）に入れなさい。（必要なら形を変えてください。）

a. 示す	b. 轢く	c. 遅刻する	d. へこむ	e. 横切る

❶ 横断歩道のない道路を（　　　　　　　　　）ときは、左右に十分注意しよう。

❷ トラックが、急に飛び出した犬を（　　　　　　　）そうになった。

❸ 父が10年以上乗っている車は、あちこち（　　　　　　　）いる。

❹ 新入生にこのサークルの面白さを（　　　　　　　）入部を勧める。

❺ 忘れ物を取りに家に引き返したため、（　　　　　　　）しまった。

Ⅲ [a〜e]の中から適当な言葉を選んで、（　　）に入れなさい。（必要なら形を変えてください。）

a. 開通する	b. 駐車する	c. 整備する	d. 横断する	e. 交差する

❶ 赤ちゃん象は、群れで道路を（　　　　　　　）いる。

❷ 三つの線路が（　　　　　　　）。

❸ 近所の道路はきちんと（　　　　　　　）おらず、でこぼこです。

❹ 世界最長の海を渡る道路鉄道橋が（　　　　　　　）。

❺ 昨日の夜に自動車を駅前に違法（　　　　　　　）しまいました。

39 通信、報道
つうしん　ほうどう
通訊、報導

◆ 通信、電話、郵便　通訊、電話、郵件

一応 いちおう	(副) 大略做了一次，暫，先，姑且
印刷 いんさつ	(名・自他サ) 印刷
絵葉書 えはがき	(名) 圖畫明信片，照片明信片
応対 おうたい	(名・他サ) 應對，接待，應酬
雑音 ざつおん	(名) 雜音，噪音
受話器 じゅわき	(名) 聽筒
直通 ちょくつう	(名・自サ) 直達(中途不停)；直通
通信 つうしん	(名・自サ) 通信，通音信；通訊，聯絡；報導消息的稿件，通訊稿
包み つつみ	(名) 包袱，包裹
電線 でんせん	(名) 電線，電纜
電柱 でんちゅう	(名) 電線桿
電波 でんぱ	(名) (理)電波
問い合わせ といあわせ	(名) 詢問，打聽，查詢
取り上げる とりあげる	(他下一) 拿起，舉起；採納，受理；奪取，剝奪；沒收(財產)，徵收(稅金)
内線 ないせん	(名) 內線；(電話)內線分機
年賀状 ねんがじょう	(名) 賀年卡
話し中 はなしちゅう	(名) 通話中
呼び出す よびだす	(他五) 喚出，叫出；叫來，喚來，邀請；傳訊

◆ 伝達、通知、情報　傳達、告知、信息

跡 あと	(名) 印，痕跡；遺跡；跡象；行蹤下落；家業；後任，後繼者
お知らせ おしらせ	(名) 通知，訊息
掲示 けいじ	(名・他サ) 牌示，佈告欄；公佈
ご覧 ごらん	(名) (敬)看，觀覽；(親切的)請看；(接動詞連用形)試試看
通知 つうち	(名・他サ) 通知，告知
不通 ふつう	(名) (聯絡、交通等)不通，斷絕；沒有音信
募集 ぼしゅう	(名・他サ) 募集，征募
ポスター【poster】	(名) 海報

◆ 報道、放送　報導、廣播

アンテナ【antenna】	(名) 天線
解説 かいせつ	(名・他サ) 解說，說明
構成 こうせい	(名・他サ) 構成，組成，結構
公表 こうひょう	(名・他サ) 公布，發表，宣布
撮影 さつえい	(名・他サ) 攝影，拍照；拍電影
スピーチ【speech】	(名・自サ) (正式場合的)簡短演說，致詞，講話
世論・世論 せろん・よろん	(名) 世間一般人的意見，民意，輿論
騒々しい そうぞうしい	(形) 吵鬧的，喧囂的，宣嚷的；(社會上)動盪不安的
載る のる	(他五) 登上，放上；乘，坐，騎；參與；上當，受騙；刊載，刊登

ほうそう 放送	（名・他サ）廣播；（用擴音器）傳播， 散佈（小道消息、流言蜚語等）	ろんそう 論争	（名・自サ）爭論，爭辯，論戰

練習

Ⅰ [a～e]の中から適当な言葉を選んで、（　　）に入れなさい。（必要なら形を変えてください。）

a. 応対	b. 通信	c. 不通	d. 論争	e. 電波
おうたい	つうしん	ふつう	ろんそう	でんぱ

❶ 大地震のため一部地域で、固定電話が（　　　　　　　　）になっている。

❷ この事実については（　　　　　　　　）の余地がない。

❸ 瞬時停電により、（　　　　　　　　）がとだえた。

❹ 今日は夕方まで事務所で訪問客の（　　　　　　　　）で忙しかった。

❺ この旅館は山の中にあるので、スマホの（　　　　　　　　）が届かない。

Ⅱ [a～e]の中から適当な言葉を選んで、（　　）に入れなさい。（必要なら形を変えてください。）

a. 載る	b. 募集する	c. 放送する	d. 解説する	e. 呼び出す

❶ 来年度全国体育大会のポスターの図案を（　　　　　　　　）。

❷ 新聞に遺跡発掘の記事が（　　　　　　　　）と、読者からさまざまな反響があった。

❸ 映画は、残酷な場面がカットされた上でテレビ（　　　　　　　　）。

❹ 子ども向けに「時事問題」をやさしく（　　　　　　　　）。

❺ 弟を電話で（　　　　　　　　）、駅まで傘を持って来させた。

Ⅲ [a～e]の中から適当な言葉を選んで、（　　）に入れなさい。（必要なら形を変えてください。）

a. アンテナ	b. 世論	c. スピーチ	d. ポスター	e. 包み

❶ 防火を呼びかける（　　　　　　　　）の図案を募集します。

❷ （　　　　　　　　）の中に何が入っているかわからないので、楽しみだ。

❸ 結婚式で（　　　　　　　　）をお願いされた。

❹ （　　　　　　　　）は政治を動かすことも国を変えることもできるのだ。

❺ （　　　　　　　　）工事をすれば、すぐにテレビが見られますよ。

40 スポーツ (1) 體育運動 (1)

◆ 試合　比賽

アウト【out】	(名) 外，外邊；出界；出局
補う	(他五) 補償，彌補，貼補
収める	(他下一) 接受；取得，收藏，收存；收集，集中；繳納；供應，賣給；結束
躍り出る	(自下一) 躍進到，跳到
開始	(名・自他サ) 開始
却って	(副) 反倒，相反地，反而
稼ぐ	(名・他五)（為賺錢而）拼命的勞動；（靠工作、勞動）賺錢；爭取，獲得
競技	(名・自サ) 競賽，體育比賽
組み合わせ	(名) 組合，配合，編配
競馬	(名) 賽馬
券	(名) 票，証，券
貢献	(名・自サ) 貢獻
最中	(名) 動作進行中，最頂點，活動中
弱点	(名) 弱點，痛處；缺點
終了	(名・自他サ) 終了，結束；作完；期滿，屆滿
準	(接頭) 準，次
勝敗	(名) 勝負，勝敗
勝負	(名・自サ) 勝敗，輸贏；比賽，競賽
スタンド【stand】	(結尾・名) 站立；台，托，架；檯燈，桌燈；看台，觀眾席；（攤販式的）小酒吧
選手	(名) 選拔出來的人；選手，運動員
全力	(名) 全部力量，全力；（機器等）最大出力，全力
大会	(名) 大會；全體會議
チャンス【chance】	(名) 機會，時機，良機
入場	(名・自サ) 入場
入場券	(名) 門票，入場券
狙う	(他五) 看準，把…當做目標；把…弄到手；伺機而動
引き分け	(名)（比賽）平局，不分勝負
閉会	(名・自サ・他サ) 閉幕，會議結束
目指す	(他五) 指向，以…為努力目標，瞄準
メンバー【member】	(名) 成員，一份子；（體育）隊員
優勝	(名・自サ) 優勝，取得冠軍
様子	(名) 情況，狀態；容貌，樣子，光景；緣故；徵兆

練 習

Ⅰ [a〜e]の中から適当な言葉を選んで、（　　）に入れなさい。（**必要なら形を変えてください。**）

a. 稼ぐ	b. 補う	c. 狙う	d. 目指す	e. 躍り出る

❶ 逆転ホームランを（　　　　　　　　　）、打者はバッターボックスに立った。

❷ マラソン大会の完走を（　　　　　　　　　）、毎日ジョギングしている。

❸ 無名のチームが、選手を強化した結果、優勝候補に（　　　　　　　）。

❹ 小遣いが足りなくなったので、貯金を下ろして（　　　　　　　）。

❺ アルバイトをして、専門学校の入学金と授業料を（　　　　　　　）いる。

Ⅱ [a〜e]の中から適当な言葉を選んで、（　　）に入れなさい。（**必要なら形を変えてください。**）

a. 速攻	b. 引き分け	c. 弱点	d. アウト	e. チャンス

❶ （　　　　　　　　）で勝負をつけられた。

❷ 彼女の（　　　　　　　　）は、初めて会った人と話すときに緊張しやすいことだ。

❸ 時間通りなら問題ないが1秒でも遅刻すれば（　　　　　　）だ。

❹ その野球の試合は（　　　　　　）に終わった。

❺ 明日のデートは彼女に結婚を申し込む最後の（　　　　　　）だ。

Ⅲ [a〜e]の中から適当な言葉を選んで、（　　）に入れなさい。（**必要なら形を変えてください。**）

a. 競技	b. 全力	c. 勝敗	d. 大会	e. 開始

❶ 今度の試合ではお互いに（　　　　　　　　）で戦いたいですね。

❷ この（　　　　　　　　）はスポーツというより、芸術の領域だ。

❸ 両方のチームは実力に差がなく、なかなか（　　　　　　　）が決まらない。

❹ 次のスポーツ（　　　　　　　）ではぜひ優勝したいと思います。

❺ 試合（　　　　　　）5分でミスが続き、メンバーチェンジせざるを得なかった。

41 スポーツ (2) 體育運動 (2)

◆ スポーツ　體育運動

引退 いんたい	名・自サ 隱退，退職	
泳ぎ およぎ	名 游泳	
空手 からて	名 空手道	
監督 かんとく	名・他サ 監督，督促；監督者，管理人；（影劇）導演；（體育）教練	
加える くわえる	他下一 加，加上	
功績 こうせき	名 功績	
スケート【skate】	名 冰鞋，冰刀；溜冰，滑冰	
相撲 すもう	名 相撲	
正式 せいしき	名・形動 正式的，正規的	
体操 たいそう	名 體操；體育課	
適度 てきど	名・形動 適度，適當的程度	
潜る もぐる	自五 潛入（水中）；鑽進，藏入，躲入；潛伏活動，違法從事活動	
ランニング【running】	名 賽跑，跑步	

◆ 球技、陸上競技 きゅうぎ、りくじょうきょうぎ　球類、田徑賽

解散 かいさん	名・自他サ 散開，解散，（集合等）散會	
グラウンド【ground】	造語 運動場，球場，廣場，操場	
ゴール【goal】	名（體）決勝點，終點；球門；跑進決勝點，射進球門；奮鬥的目標	

転がす ころがす	他五 滾動，轉動；開動（車），推進；轉賣；弄倒，扳倒	
サイン【sign】	名・自サ 簽名，署名，簽字；記號，暗號，信號，作記號	
筋 すじ	名・接尾 筋；血管；線，條；紋絡，條紋；素質，血統；條理，道理	
トラック【track】	名（操場、運動場、賽馬場的）跑道	
逃げ切る にげきる	自五（成功地）逃跑	
能 のう	名・漢造 能力，才能，本領；功效；（日本古典戲劇）能樂	
マラソン【marathon】	名 馬拉松長跑	

練 習

Ⅰ [a～e]の中から適当な言葉を選んで、（　　　）に入れなさい。（必要なら形を変えてくだ
さい。）

| a. スケート | b. ゴール | c. 体操^{たいそう} | d. 引退^{いんたい} | e. マラソン |

❶（　　　　　　　　　）を決意^{けつい}したのは、勝負^{しょうぶ}に対する情熱^{じょうねつ}がなくなったからです。

❷ 相手^{あいて}チームの不意^{ふい}を突^ついて、見事^{みごと}な（　　　　　　　　　）を決^きめた。

❸（　　　　　　　　　）のコースは、ここから区役所前^{くやくしょまえ}で折^おり返^{かえ}すとちょうど 10 キロメート
ルです。

❹（　　　　　　　　　）をするときは、転^{ころ}んで手^てを怪我^{けが}しないように、必^{かなら}ず手袋^{てぶくろ}をしよう。

❺ 彼女^{かのじょ}は有名^{ゆうめい}な（　　　　　　　　　）選手^{せんしゅ}で、特^{とく}に平均台^{へいきんだい}の演技^{えんぎ}は素晴^{すば}らしい。

Ⅱ [a～e]の中から適当な言葉を選んで、（　　　）に入れなさい。（必要なら形を変えてくだ
さい。）

| a. 相撲^{すもう} | b. 能^{のう} | c. 泳^{およ}ぎ | d. グラウンド | e. 功績^{こうせき} |

❶ 長雨^{ながあめ}で（　　　　　　　　　）がぬかるんでいるので、整備^{せいび}が必要^{ひつよう}だ。

❷ クマは木登^{きのぼ}りや（　　　　　　　　　）の上手^{じょうず}な動物^{どうぶつ}だと知^しっていましたか。

❸ 田中^{たなか}さんは 20 年間^{ねんかん}の（　　　　　　　　　）が認^{みと}められて所長^{しょちょう}になった。

❹ 他^{ほか}の店^{みせ}の真似^{まね}ばかりしたメニューでは、あまりに（　　　　　　　　　）がない。

❺ 最近^{さいきん}、（　　　　　　　　　）に興味^{きょうみ}をもつ外国人^{がいこくじん}が増^ふえているということだ。

Ⅲ [a～e]の中から適当な言葉を選んで、（　　　）に入れなさい。（必要なら形を変えてくだ
さい。）

| a. 逃^にげ切^きる | b. 転^{ころ}がす | c. 潜^{もぐ}る | d. 解散^{かいさん}する | e. 加^{くわ}える |

❶ 祖父^{そふ}は、若^{わか}いとき、海^{うみ}に（　　　　　　　　　）貝^{かい}を獲^とる仕事^{しごと}をしていたそうだ。

❷ 高校^{こうこう}の体育祭^{たいいくさい}で、タイヤを（　　　　　　　　　）走^{はし}る競技^{きょうぎ}に出^でた。

❸ 強盗^{ごうとう}は警察^{けいさつ}の追跡^{ついせき}を（　　　　　　　　　）、結局^{けっきょく}、行方^{ゆくえ}がわからなくなった。

❹ 警察^{けいさつ}は催涙^{さいるい}スプレーを発射^{はっしゃ}して、デモ隊^{たい}を（　　　　　　　　　）。

❺ お風呂^{ふろ}の湯^ゆが熱^{あつ}かったので、水^{みず}を（　　　　　　　　　）ぬるくしてから入^{はい}った。

42 趣味、娯楽 （しゅみ、ごらく）

愛好、嗜好、娛樂

◆ 娯楽（ごらく）　娛樂

海水浴（かいすいよく）	（名）海水浴場
鑑賞（かんしょう）	（名・他サ）鑑賞，欣賞
キャンプ【camp】	（名・自サ）露營，野營；兵營，軍營；登山隊基地；（棒球等）集訓
娯楽（ごらく）	（名）娛樂，文娛
旅（たび）	（名・他サ）旅行，遠行
登山（とざん）	（名・自サ）登山；到山上寺廟修行
冒険（ぼうけん）	（名・自サ）冒險
巡る（めぐる）	（自五）循環，繞回原處，旋轉；巡遊；環繞，圍繞
レクリエーション【recreation】	（名）（身心）休養；娛樂，消遣
レジャー【leisure】	（名）空閒，閒暇，休閒時間；休閒時間的娛樂

◆ 趣味（しゅみ）　嗜好

当たり・当り（あたり・あたり）	（名）命中；感覺，觸感；味道；猜中；中獎；待人態度；如願；（接尾）每，平均
編み物（あみもの）	（名）編織；編織品
生け花（いけばな）	（名）插花，花道
占う（うらなう）	（他五）占卜，卜卦，算命
組み立てる（くみたてる）	（他下一）組織，組裝
碁（ご）	（名）圍棋
じゃん拳（じゃんけん）	（名）猜拳，划拳

将棋（しょうぎ）	（名）日本象棋，將棋
手品（てじな）	（名）戲法，魔術；騙術，奸計
童話（どうわ）	（名）童話
謎々（なぞなぞ）	（名）謎語
風船（ふうせん）	（名）氣球，氫氣球

練習

Ⅰ [a～e]の中から適当な言葉を選んで、（　　　）に入れなさい。（必要なら形を変えてください。）

a. 童話	b. 将棋	c. 謎々	d. 旅	e. 風船

❶ 私は子どものとき、よく母に（　　　　　　　　　　）を読んでもらっていた。

❷ 異国の地で自分探しの（　　　　　　　　　）に出掛ける。

❸ 小さい頃、よく兄と（　　　　　　　　　）をしたが絶対に勝てなかった。

❹ （　　　　　　　　　）をふくらまして、お尻で割ります。

❺ 哲学は（　　　　　　　　）から始まったという説がある。

Ⅱ [a～e]の中から適当な言葉を選んで、（　　　）に入れなさい。（必要なら形を変えてください。）

a. じゃんけん	b. キャンプ	c. 碁	d. 手品	e. 登山

❶ パーティで、トランプを使った新しい（　　　　　　　　　）を披露した。

❷ 子どもに（　　　　　　　）を習わせると、集中力が高まり落ち着きも出てくる。

❸ （　　　　　　　　）でこのゲームのリーダーを決めましょう。

❹ 河原にテントを張って（　　　　　　）を楽しんだ。

❺ （　　　　　　　）をはじめたきっかけは、親戚に山へ連れて行ってもらったことです。

Ⅲ [a～e]の中から適当な言葉を選んで、（　　　）に入れなさい。（必要なら形を変えてください。）

a. レジャー	b. 鑑賞	c. 娯楽	d. 生け花	e. 海水浴

❶ 私の趣味は映画（　　　　　　　）です。

❷ 私の田舎にはカラオケや映画館などの（　　　　　　　　　　）施設が少ない。

❸ ここはゴルフ場など、観光（　　　　　　　）産業の進展が著しい。

❹ このホテルは夏になると（　　　　　　　）客の予約でいっぱいだ。

❺ 私の趣味は、子どものときから続けている（　　　　　　　　）です。

43 芸術(1)
げいじゅつ
藝術(1)

◆ 芸術、絵画、彫刻　藝術、繪畫、雕刻

描く えが	(他五) 畫，描繪；以…為形式，描寫；想像
絵の具 え ぐ	(名) 顏料
絵画 かい が	(名) 繪畫，畫
刻む きざ	(他五) 切碎；雕刻；分成段；銘記，牢記
芸能 げいのう	(名) (戲劇，電影，音樂，舞蹈等的總稱)演藝，文藝，文娛
工芸 こうげい	(名) 工藝
写生 しゃせい	(名・他サ) 寫生，速寫；短篇作品，散記
習字 しゅうじ	(名) 習字，練毛筆字
書道 しょどう	(名) 書法
制作 せいさく	(名・他サ) 創作(藝術品等)，製作；作品
創作 そうさく	(名・他サ) (文學作品)創作；捏造(謊言)；創新，創造
素質 そ しつ	(名) 素質，本質，天分，天資
近寄る ちか よ	(自五) 走近，靠近，接近
彫刻 ちょうこく	(名・他サ) 雕刻
俳句 はい く	(名) 俳句
文芸 ぶんげい	(名) 文藝，學術和藝術；(詩、小說、戲劇等)語言藝術
彫り ほ	(名) 雕刻
彫る ほ	(他五) 雕刻；紋身

◆ 音楽　音樂

オーケストラ 【orchestra】	(名) 管絃樂(團)；樂池，樂隊席
オルガン【organ】	(名) 風琴
音 おん	(名) 聲音，響聲；發音
歌 か	(漢造) 唱歌；歌詞
楽器 がっ き	(名) 樂器
合唱 がっしょう	(名・他サ) 合唱，一齊唱；同聲高呼
歌謡 か よう	(名) 歌謠，歌曲
からから	(副・自サ) 乾的、硬的東西相碰的聲音(擬音)
がらがら	(名・副・自サ・形動) 手搖鈴玩具；硬物相撞聲；直爽；很空
曲 きょく	(名・漢造) 曲調；歌曲；彎曲
コーラス【chorus】	(名) 合唱；合唱團；合唱曲
古典 こ てん	(名) 古書，古籍；古典作品
コンクール 【concours】	(名) 競賽，競演會，會演
作曲 さっきょく	(名・他サ) 作曲，譜曲，配曲
太鼓 たい こ	(名) (大)鼓
テンポ【tempo】	(名) (樂曲的)速度，拍子；(局勢、對話或動作的)速度
童謡 どうよう	(名) 童謠；兒童詩歌
響き ひび	(名) 聲響，餘音；回音，迴響，震動；傳播振動；影響，波及

響く ひび	自五 響，發出聲音；發出回音， 震響；傳播震動；波及；出名
民謡 みんよう	名 民謡，民歌
リズム【rhythm】	名 節奏，旋律，格調，格律

43
藝術
(1)

練習

Ⅰ [a～e]の中から適当な言葉を選んで、(　　　)に入れなさい。(必要なら形を変えてください。)

| a. 絵画
かいが | b. 芸能
げいのう | c. 工芸
こうげい | d. 俳句
はいく | e. 写生
しゃせい |

❶ 物産展では、今まで見たこともない(　　　　　　　　)品がたくさん並んでいた。
ぶっさんてん　　　　　　いま　　　み　　　　　　　　　　　　　　　　　ひん　　　　　　なら

❷ 中学生の頃、美術の時間に外に出て、学校から見える富士山の(　　　　　　)をし
ちゅうがくせい　ころ　びじゅつ　じかん　そと　で　　がっこう　　　み　　ふじさん
たことがある。

❸ この美術館には世界中から有名な(　　　　　　　)が集まっている。
びじゅつかん　せかいじゅう　ゆうめい　　　　　　　　　　あつ

❹ 人気歌手の結婚が大きな(　　　　　　　)ニュースとして放送された。
にんきかしゅ　けっこん　おお　　　　　　　　　　　　　　ほうそう

❺ (　　　　　　　)は僅か17音という制約の中で作られる文学だ。
わず　おん　　せいやく　なか　つく　ぶんがく

Ⅱ [a～e]の中から適当な言葉を選んで、(　　　)に入れなさい。(必要なら形を変えてください。)

| a. 太鼓
たいこ | b. リズム | c. 楽器
がっき | d. コーラス | e. 歌謡
かよう |

❶ この曲の単調な(　　　　　　)が聴く人の眠気を誘う。
きょく　たんちょう　　　　　　　　　き　ひと　ねむけ　さそ

❷ ずっとほしかったギターを買うために(　　　　　　)店へ行った。
か　　　　　　　　　　てん　い

❸ 教会で聞いた子どもたちの(　　　　　　)はとても美しかった。
きょうかい　き　こ　　　　　　　　　　　　　うつく

❹ ラジオからよく知っている懐かしい(　　　　　　)曲が聞こえてきた。
し　　なつ　　　　　　　　　きょく　き

❺ (　　　　　　)の音が聞こえて来たので祭りに行きたくなった。
おと　き　　　き　　まつ　い

91

44 芸術（2）
げいじゅつ

藝術（2）

◆ 演劇、舞踊、映画　戯劇、舞蹈、電影
　えんげき　ぶよう　えいが

開く あ	（自五）開，打開；（店舗）開始營業
粗筋 あらすじ	（名）概略，梗概，概要
演技 えんぎ	（名・自サ）（演員的）演技，表演；做戲
開演 かいえん	（名・自他サ）開演
開会 かいかい	（名・自他サ）開會
観客 かんきゃく	（名）觀眾
客席 きゃくせき	（名）觀賞席；宴席，來賓席
稽古 けいこ	（名・自他サ）（學問、武藝等的）練習，學習；（演劇、電影、廣播等的）排演，排練
劇 げき	（名・接尾）劇，戲劇；引人注意的事件
傑作 けっさく	（名）傑作
芝居 しばい	（名）戲劇，話劇；假裝，花招；劇場
主役 しゅやく	（名）（戲劇）主角；（事件或工作的）中心人物
ステージ【stage】	（名）舞台，講台；階段，等級，步驟
せりふ	（名）台詞，讀白；（貶）使人不快的說法，說辭
題 だい	（名・自サ・漢造）題目，標題；問題；題辭
ダンス【dance】	（名・自サ）跳舞，交際舞
微妙 びみょう	（形動）微妙的

プログラム 【program】	（名）節目（單），說明書；計畫（表），程序（表）；編制（電腦）程式
幕 まく	（名・漢造）幕，布幕；（戲劇）幕；場合，場面；螢幕
見事 みごと	（形動）漂亮，好看；卓越，出色，巧妙；整個，完全
名作 めいさく	（名）名作，傑作
物語 ものがたり	（名）談話，事件；傳說；故事，傳奇；（平安時代後散文式的文學作品）物語

練習

Ⅰ [a～e]の中から適当な言葉を選んで、（　　）に入れなさい。（必要なら形を変えてください。）

a. 演技（えんぎ）	b. ステージ	c. せりふ	d. 芝居（しばい）	e. 主役（しゅやく）

❶ あの俳優（はいゆう）は長い（　　　　　　　）をすぐに覚（おぼ）えるらしい。

❷ 新（あたら）しい映画（えいが）を作（つく）るために（　　　　　　　）の新人（しんじん）を募集（ぼしゅう）している。

❸ 子（こ）どもの頃（ころ）に母（はは）と観（み）に行（い）った（　　　　　　　）はとても面白（おもしろ）かった。

❹ 人気（にんき）の俳優（はいゆう）が（　　　　　　　）に現（あらわ）れるのを観客（かんきゃく）は楽（たの）しみにしていた。

❺ 彼女（かのじょ）は新曲（しんきょく）の MV で妖艶（ようえん）な（　　　　　　　）を見（み）せた。

Ⅱ [a～e]の中から適当な言葉を選んで、（　　）に入れなさい。（必要なら形を変えてください。）

a. 題（だい）	b. 幕（まく）	c. 粗筋（あらすじ）	d. 観客（かんきゃく）	e. 物語（ものがたり）

❶ この（　　　　　　　）の主人公（しゅじんこう）は人間（にんげん）と魔法使（まほうつか）いの混血（こんけつ）だそうだ。

❷ 素晴（すば）らしい演奏（えんそう）に、（　　　　　　　）は盛大（せいだい）な拍手（はくしゅ）を送（おく）った。

❸ 大学生（だいがくせい）の頃（ころ）にこの映画（えいが）を観（み）たが、話（はなし）の（　　　　　　　）は忘（わす）れてしまった。

❹ （　　　　　　　）が下（お）りると、出口（でぐち）に押（お）し寄（よ）せる観客（かんきゃく）で、会場（かいじょう）は一時（いちじ）混乱（こんらん）した。

❺ 小説（しょうせつ）の（　　　　　　　）をつけるための、いくつかのポイントをご紹介（しょうかい）します。

Ⅲ [a～e]の中から適当な言葉を選んで、（　　）に入れなさい。（必要なら形を変えてください。）

a. ダンス	b. 客席（きゃくせき）	c. 名作（めいさく）	d. 稽古（けいこ）	e. 劇（げき）

❶ 初（はじ）めて舞台（ぶたい）から（　　　　　　　）を見（み）たときにはとても緊張（きんちょう）して足（あし）が震（ふる）えた。

❷ 運動会（うんどうかい）では流行（はや）りの曲（きょく）で（　　　　　　　）した。

❸ 剣道（けんどう）の（　　　　　　　）を一生懸命頑張（いっしょうけんめいがんば）っている。

❹ 幼稚園（ようちえん）のとき、「赤（あか）ずきん」の（　　　　　　　）で、オオカミの役（やく）を演（えん）じた。

❺ この講座（こうざ）では古今（ここん）の（　　　　　　　）を毎回（まいかい）1作（さく）ずつ取（と）り上（あ）げている。

45 数量、図形、色彩 (1)
すうりょう ずけい しきさい
数量、圖形、色彩 (1)

◆ 数　數目

一種 （いっしゅ）	㊝ 一種；獨特的；（說不出的）某種，稍許
各々 （おのおの）	㊝㊌ 各自，各，諸位
基準 （きじゅん）	㊝ 基礎，根基；規格，準則
急激 （きゅうげき）	㊔ 急遽
急速 （きゅうそく）	㊝㊔ 迅速，快速
位 （くらい）	㊝（數）位數；皇位，王位；官職，地位；（人或藝術作品的）品味，風格
偶数 （ぐうすう）	㊝ 偶數，雙數
極 （ごく）	㊌ 非常，最，極，至，頂
占める （し）	㊗ 佔有，佔據，佔領；表得到（重要的位置）
少子化 （しょうしか）	㊝ 少子化
数 （すう）	㊝㊝ 數，數目，數量；定數，天命；（數學中泛指的）數；數量
大半 （たいはん）	㊝ 大半，多半，大部分
大部分 （だいぶぶん）	㊝㊌ 大部分，多半
達する （たっ）	㊗㊗ 到達；精通，通過；完成，達成；實現；下達（指示、通知等）
単数 （たんすう）	㊝（數）單數，（語言中人事物的）單數
超過 （ちょうか）	㊝㊗ 超過
通り （とお）	㊗ 種類；套，組
半ば （なか）	㊝㊌ 一半，半數；中間，中央；半途；大約一半，一半左右
無し （な）	㊝ 無，沒有
何百 （なんびゃく）	㊝（數量）上百
一 （ひと）	㊗ 一個；一回；稍微；以前
等しい （ひと）	㊕（性質、數量、狀態、條件等）相等的，一樣的；相似的
一筋 （ひとすじ）	㊝ 一條，一根；常用「一筋に」；一心一意，一個勁兒
一通り （ひととお）	㊌ 大概，大略；（下接否定）普通，一般；一套；全部
標準 （ひょうじゅん）	㊝ 標準，水準，基準
分 （ぶ）	㊝㊗（優劣的）形勢，（有利的）程度；厚度；十分之一；百分之一
複数 （ふくすう）	㊝ 複數
略・粗 （ほぼ）	㊌ 大約，大致，大概
枚数 （まいすう）	㊝（紙、衣、版等薄物）張數，件數
稀 （まれ）	㊕ 稀少，稀奇，稀罕
メーター【meter】	㊝ 米，公尺；儀表，測量器
目安 （めやす）	㊝（大致的）目標，大致的推測，基準；標示
最も （もっと）	㊌ 最，頂
約 （やく）	㊝㊌㊘ 約定，商定；縮寫，略語；大約，大概；簡約，節約
予備 （よび）	㊝ 預備，準備

94

練 習

Ⅰ [a～e]の中から適当な言葉を選んで、（　）に入れなさい。（必要なら形を変えてください。）

a. 一通り	b. 半ば	c. ごく	d. 約	e. 最も

❶ （　　　　　　　　）真面目な話だが、来年彼女と結婚しようと思っている。

❷ 夏休みは（　　　　　　　　）を過ぎたのに、宿題はまだ全然やっていない。

❸ この鎮痛剤は、飲んで（　　　　　　　　）30分後に効いてくるだろう。

❹ 東京スカイツリーは、日本で（　　　　　　　　）高い建物である。

❺ 一人暮らしをするにあたり、必要な電化製品を（　　　　　　　　）揃えた。

Ⅱ [a～e]の中から適当な言葉を選んで、（　）に入れなさい。（必要なら形を変えてください。）

a. 一筋	b. おのおの	c. 予備	d. 位	e. 目安

❶ 治療薬開発のため、40年間研究（　　　　　　　　）で歩んでまいりました。

❷ 彼の先祖は武士だったが、（　　　　　　　　）が低かったため、家は貧しかった。

❸ 相談時間については一人につき30分を（　　　　　　　　）にしている。

❹ 持ち物は（　　　　　　　　）名前を書いて、この棚に置いてください。

❺ （　　　　　　　　）のお金をお財布に入れておくだけで、安心感と余裕が生まれる。

Ⅲ [a～d]の中から適当な言葉を選んで、（　）に入れなさい。（必要なら形を変えてください。）

a. 大半	b. 何百	c. 基準	d. 単数	e. なし

❶ 彼（　　　　　　　　）では勝てなかった。

❷ そのときまでは（　　　　　　　　）の人が彼の成功を信じていた。

❸ 日本語は（　　　　　　　　）と複数の区別をしないが、他の言語ではどうだろうか。

❹ テストの点数が80点以上であることが合格の（　　　　　　　　）だ。

❺ 彼は仮説に微調整を加えながら、（　　　　　　　　）回と実験を繰り返した。

◆ 量 ^{りょう} 量、容量

余る ^{あま}	(自五) 剩餘；超過，過分，承擔不了	**段** ^{だん}	(名・形名) 層，格，節；(印刷品的)排，段；樓梯；文章的段落
或る ^あ	(連體)(動詞「あり」的連體形轉變，表示不明確、不肯定)某，有	**中** ^{ちゅう}	(名・接尾・漢造) 中央，當中；中間；中等；…之中；正在…當中
有る・在る ^{あ　あ}	(自五) 有；持有，具有；舉行，發生；有過；在	**定員** ^{ていいん}	(名)(機關，團體的)編制的名額；(車輛等的)規定的人數
幾 ^{いく}	(接頭) 表數量不定，幾，多少，如「幾日」(幾天)；表數量、程度很大，如「幾千万」(幾千萬)	**どっと**	(副)(許多人)一齊(突然發聲)，哄堂；(人、物)湧來，雲集；(突然)病重，病倒
幾分 ^{いくぶん}	(副・名) 一點，少許，多少；(分成)幾分；(分成幾分中的)一部分	**莫大** ^{ばくだい}	(名・形動) 莫大，無尚，龐大
一定 ^{いってい}	(名・自他サ) 一定；規定，固定	**分** ^{ぶん}	(名・漢造) 部分；份；本分；地位
		分量 ^{ぶんりょう}	(名) 分量，重量，數量
うんと	(副) 多，大大地；用力，使勁地	**膨大** ^{ぼうだい}	(名・形動) 龐大的，臃腫的，膨脹
大 ^{おお}	(造語)(形狀、數量)大，多；(程度)非常，很；大體，大概	**豊富** ^{ほうふ}	(形動) 豐富
大いに ^{おお}	(副) 很，頗，大大地，非常地	**未満** ^{みまん}	(接尾) 未滿，不足
過半数 ^{かはんすう}	(名) 過半數，半數以上	**唯一** ^{ゆいいつ}	(名) 唯一，獨一
巨大 ^{きょだい}	(形動) 巨大，雄偉	**余計** ^{よけい}	(形動・副) 多餘的，無用的，用不著的；過多的；更多，格外，更加，越發
限度 ^{げんど}	(名) 限度，界限		
全て ^{すべ}	(名・副) 全部，一切，通通；總計，共計	**余分** ^{よぶん}	(名・形動) 剩餘，多餘的；超量的，額外的
多少 ^{たしょう}	(名・副) 多少，多寡；一點，稍微	**量** ^{りょう}	(名・漢造) 數量，份量，重量；推量；器量
だらけ	(接尾)(接名詞後)滿，淨，全；多，很多	**僅か** ^{わず}	(副・形動)(數量、程度、價值、時間等)很少，僅僅；一點也(後加否定)
多量 ^{たりょう}	(名・形動) 大量		
足る ^た	(自五) 足夠，充足；值得，滿足		

練習

Ⅰ [a～e]の中から適当な言葉を選んで、（　　　）に入れなさい。（必要なら形を変えてください。）

a. 余計	b. 豊富	c. 莫大	d. 余分	e. 巨大

❶ 近くのコンビニは弁当の種類が（　　　　　　　　）なので、よく利用している。

❷ 新しい空港を造るためには、（　　　　　　　　）な建設費と年月が必要だ。

❸ 一人でちゃんと帰れるから、（　　　　　　　　）な心配はしなくていいよ。

❹ 人数が増えてもいいように、（　　　　　　　　）に宅配ピザを注文した。

❺ エジプトに行って、（　　　　　　　　）なピラミッドを写真に撮りたい。

Ⅱ [a～e]の中から適当な言葉を選んで、（　　　）に入れなさい。（必要なら形を変えてください。）

a. うんと	b. 幾分	c. どっと	d. わずか	e. 大いに

❶ 100人以上受験したが、（　　　　　　　　）10人しか合格しなかった。

❷ 今夜のパーティーは、（　　　　　　　　）食べ、楽しく歌いましょう。

❸ 結婚したら二人で（　　　　　　　　）働いて、マンションを購入したい。

❹ ピエロのおどけたしぐさを見て、園児たちは（　　　　　　　　）笑った。

❺ 頭が痛かったので薬を飲んだら、痛みは（　　　　　　　　）やわらいだ。

Ⅲ [a～e]の中から適当な言葉を選んで、（　　　）に入れなさい。（必要なら形を変えてください。）

a. 定員	b. 唯一	c. 分量	d. 限度	e. 分

❶ このボートの（　　　　　　　　）は40人なので、あと二人乗れますよ。

❷ 最近の彼女のわがままは、（　　　　　　　　）を超えていると思う。

❸ ご飯を炊いたのですが、水の（　　　　　　　　）を間違えて激硬ご飯になってしまった。

❹ （　　　　　　　　）のママ友が海外へ引っ越してしまって、寂しいです。

❺ 辛いのは苦手なので、私の（　　　　　　　　）には辛子をあまり入れないで。

数量、図形、色彩 (3)
すうりょう　ず　けい　しきさい

數量、圖形、色彩 (3)

◆ 計算　計算
けいさん

円周 えんしゅう	(名)(數)圓周
確率 かくりつ	(名)機率，概率
加減 かげん	(名・他サ)加法與減法；調整，斟酌；程度，狀態；(天氣等)影響；身體狀況
過剰 かじょう	(名・形動)過剩，過量
加わる くわ	(自五)加上，添上
激増 げきぞう	(名・自サ)激增，劇增
合計 ごうけい	(名・他サ)共計，合計，總計
増加 ぞうか	(名・自他サ)增加，增多，增進
増減 ぞうげん	(名・自他サ)增減
統計 とうけい	(名・他サ)統計
ぴたり	(副)突然停止；緊貼地，緊緊地；正好，正合適，正對
方程式 ほうていしき	(名)(數學)方程式
増し ま	(名・形動)增，增加；勝過，強
率 りつ	(名)率，比率，成數；有力或報酬等的程度
割る わ	(他五)打，劈開；用除法計算

◆ 長さ、広さ、重さなど　長度、面積、重量等
なが　　ひろ　　おも

一部 いちぶ	(名)一部分，(書籍、印刷物等)一冊，一份，一套
重たい おも	(形)(份量)重的，沉的；心情沉重
間隔 かんかく	(名)間隔，距離

差 さ	(名)差別，區別，差異；差額，差數
重量 じゅうりょう	(名)重量，分量；沈重，有份量
小 しょう	(名)小(型)，(尺寸，體積)小的；小月；謙稱
垂直 すいちょく	(名・形動)(數)垂直；(與地心)垂直
寸法 すんぽう	(名)長短，尺寸；(預定的)計畫，順序，步驟；情況
測量 そくりょう	(名・他サ)測量，測繪
大 だい	(名・漢造)(事物、體積)大的；量多的；優越，好；宏大，大量；宏偉，超群
大小 だいしょう	(名)(尺寸)大小；大和小
体積 たいせき	(名)(數)體積，容積
束 たば	(名)把，捆
長 ちょう	(名・漢造)長，首領；長輩；長處
長短 ちょうたん	(名)長和短；長度；優缺點，長處和短處；多和不足
直径 ちょっけい	(名)(數)直徑
等分 とうぶん	(名・他サ)等分，均分；相等的份量
半径 はんけい	(名)半徑
面積 めんせき	(名)面積
容積 ようせき	(名)容積，容量，體積
リットル【liter】	(名)升，公升

練習

Ⅰ [a～e]の中から適当な言葉を選んで、（　　）に入れなさい。（必要なら形を変えてください。）

a. 加減	b. 増加	c. 増し	d. 率	e. 確率

❶ この旅館では、土曜日の宿泊料は平日の2割（　　　　　　　　　）になる。

❷ カレーを作るには火の（　　　　　　　　　）が大事だと思う。

❸ この実験は、準備の時間が足りなかったため、成功の（　　　　　　　　　）が低い。

❹ 世論調査の結果、与党の支持（　　　　　　　　　）は2ポイント減少し、50％を割った。

❺ 空き家の（　　　　　　　　　）が著しい。

Ⅱ [a～e]の中から適当な言葉を選んで、（　　）に入れなさい。（必要なら形を変えてください。）

a. 長短	b. 寸法	c. 体積	d. リットル	e. 間隔

❶ この薬を飲むときは8時間ずつ（　　　　　　　　　）をあけて飲んでください。

❷ 人間の血液は何（　　　　　　　　　）ぐらいあるのでしょうか？

❸ この箱の（　　　　　　　　　）は1立方メートル位だと思います。

❹ 調理時間の（　　　　　　　　　）は、使う調理器具によっても変わります。

❺ このベッドは（　　　　　　　　　）が大きすぎて部屋が狭く感じる。

Ⅲ [a～d]の中から適当な言葉を選んで、（　　）に入れなさい。（必要なら形を変えてください。）

a. 等分する	b. 割る	c. 測量する	d. 加わる

❶ 6人で食べた食事代を6で（　　　　　　　　　）、割り勘にすることにした。

❷ ドローンを飛ばして土地を（　　　　　　　　　）。

❸ 元プロ野球選手が（　　　　　　　　　）ので、チームは強くなるだろう。

❹ 兄弟3人だから遺産を3（　　　　　　　　　）のが公平だ。

48 数量、図形、色彩 (4)

すうりょう　ずけい　しきさい

數量、圖形、色彩 (4)

◆ 回数、順番　次數、順序

回数 かいすう	(名) 次數，回數
重なる かさ	(自五) 重疊，重複；(事情、日子)撞在一起
級 きゅう	(名・漢造) 等級，階段；班級，年級；頭
後者 こうしゃ	(名) 後來的人；(兩者中的)後者
今回 こんかい	(名) 這回，這次，此番
再 さい	(漢造) 再，又一次
再三 さいさん	(副) 屢次，再三
しばしば	(副) 常常，每每，屢次，再三
重 じゅう	(接尾) (助數詞用法)層，重
順々 じゅんじゅん	(副) 按順序，依次；一點點，漸漸地，逐漸
順序 じゅんじょ	(名) 順序，次序，先後；手續，過程，經過
前者 ぜんしゃ	(名) 前者
続々 ぞくぞく	(副) 連續，紛紛，連續不斷地
第 だい	(漢造) 順序；考試及格，錄取；住宅，宅邸
度 たび	(名・接尾) 次，回，度；(反覆)每當，每次；(接數詞後)回，次
度々 たびたび	(副) 屢次，常常，再三
ダブる	(自五) 重複；撞期
次ぐ つ	(自五) 緊接著，繼…之後；次於，併於

番目 ばんめ	(接尾) (助數詞用法，計算事物順序的單位)第
引っくり返す ひ　　かえ	(他五) 推倒，弄倒，碰倒，顛倒過來；推翻，否決
毎度 まいど	(名) 曾經，常常，屢次；每次
やたらに	(形動・副) 胡亂的，隨便的，任意的，馬虎的；過分，非常，大膽

練習

I [a～e]の中から適当な言葉を選んで、（　　　）に入れなさい。（必要なら形を変えてください。）

| a. 再三 | b. 順々 | c. 続々 | d. やたらに | e. しばしば |

❶ 医師は（　　　　　　　　　）禁煙を勧めたが、彼はたばこをやめなかった。

❷ 大きな地震があった地方のニュースが、（　　　　　　　　　）と入っている。

❸ この高級ホテルは、（　　　　　　　　　）外国の要人が利用している。

❹ 受付で名前を書いて、前から（　　　　　　　　　）に席に着いてください。

❺ 食べ放題だからといって、（　　　　　　　　　）食べてはお腹を壊すよ。

II [a～e]の中から適当な言葉を選んで、（　　　）に入れなさい。（必要なら形を変えてください。）

| a. 今回 | b. 順序 | c. 後者 | d. 毎度 | e. 回数 |

❶ 作業は（　　　　　　　　　）よく進めていますので、ご安心ください。

❷ （　　　　　　　　　）のご来店ありがとうございます。

❸ 健康のためには、食べ物をかむ（　　　　　　　　　）を増やした方がいい。

❹ あきらめるか続けるか３日間考えて、（　　　　　　　　　）を選んだ。

❺ （　　　　　　　　　）の試験には必ず合格したいとチーム全員が思っている。

III [a～d]の中から適当な言葉を選んで、（　　　）に入れなさい。（必要なら形を変えてください。）

| a. 重なる | b. ダブる | c. 次ぐ | d. 引っくり返す |

❶ 研究論文の発表は、A氏に（　　　　　　　　　）私がする予定である。

❷ 結婚祝いでもらった品が、前に買った物と（　　　　　　　　　）しまった。

❸ 我が家は、兄の結婚と私の大学合格というお祝い事が度（　　　　　　　　　）。

❹ テーブルの上の花瓶を（　　　　　　　　　）しまった。

◆ 図形、模様、色彩　圖形、花紋、色彩

青白い あおじろ	形 (臉色)蒼白的；青白色的	**対角線** たいかくせん	名 對角線
円 えん	名 (幾何)圓，圓形；(明治後日本貨幣單位)日元	**楕円** だえん	名 橢圓
角度 かくど	名 (數學)角度；(觀察事物的)立場	**長方形** ちょうほうけい	名 長方形，矩形
括弧 かっこ	名 括號；括起來	**直角** ちょっかく	名・形動 (數)直角
柄 がら	名・接尾 身材；花紋，花樣；性格，人品，身分；表示性格，身分的適合性	**凸凹** でこぼこ	名・自サ 凹凸不平，坑坑窪窪；不平衡，不均勻
カラー【color】	名 色，彩色；(繪畫用)顏料	**点々** てんてん	副 點點，分散在；(液體)點點地，滴滴地往下落
記号 きごう	名 符號，記號	**表** ひょう	名・漢造 表，表格；奏章；表面，外表；表現；代表；表率
球 きゅう	名・漢造 球；(數)球體，球形	**真四角** ましかく	名 正方形
曲線 きょくせん	名 曲線	**真っ赤** まか	名・形 鮮紅；完全
銀 ぎん	名 銀，白銀；銀色	**丸** まる	名・接尾 圓形，球狀；句點；完全
グラフ【graph】	名 圖表，圖解，座標圖；畫報	**真ん丸い** ままる	形 溜圓，圓溜溜
形・型 けい・けい	漢造 型，模型；樣板，典型，模範；樣式；形成，形容	**模様** もよう	名 花紋，圖案；情形，狀況；徵兆，趨勢
紺 こん	名 深藍，深青	**横長** よこなが	名・形動 長方形的，橫寬的
四角い しかく	形 四角的，四方的	**四つ角** よかど	名 十字路口；四個犄角
図 ず	名 圖，圖表；地圖；設計圖；圖畫	**螺旋** らせん	名 螺旋狀物；螺旋
図形 ずけい	名 圖形，圖樣；(數)圖形	**緑黄色** りょくおうしょく	名 黃綠色
正 せい	名・漢造 正直；(數)正號；正確，正當；更正，糾正；主要的，正的	**輪** わ	名 圈，環，箍；環節；車輪
正方形 せいほうけい	名 正方形		

練習

Ⅰ [a～e]の中から適当な言葉を選んで、（　　）に入れなさい。（必要なら形を変えてください。）

a. 丸_{まる}	b. 柄_{がら}	c. 紺_{こん}	d. 図_ず	e. 輪_わ

❶ 小学校_{しょうがっこう}の先生_{せんせい}は、私_{わたし}の作文_{さくぶん}にいつも二重_{にじゅう}（　　　　　　　）を付_つけてくれた。

❷ 我_わが社_{しゃ}の社長_{しゃちょう}は、いつも派手_{はで}な（　　　　　　　）のネクタイをしている。

❸ これから簡単_{かんたん}にご説明_{せつめい}しますので、この（　　　　　　　）をご覧_{らん}ください。

❹ 就職説明会_{しゅうしょくせつめいかい}に出_でるために（　　　　　　　）のスーツと水色_{みずいろ}のネクタイを買_かった。

❺ 子_こどもたちは（　　　　　　　）になって踊_{おど}っていた。

Ⅱ [a～e]の中から適当な言葉を選んで、（　　）に入れなさい。（必要なら形を変えてください。）

a. グラフ	b. 括弧_{かっこ}	c. 記号_{きごう}	d. 螺旋_{らせん}	e. 四_よつ角_{かど}

❶ 理科_{りか}のテストで、化学_{かがく}（　　　　　　　）を書_かく難_{むずか}しい問題_{もんだい}が出_でた。

❷ 「（　　　　　　　）の中_{なか}の言葉_{ことば}を正_{ただ}しい形_{かたち}に直_{なお}しなさい。」という問題_{もんだい}が出_でた。

❸ おしゃれな（　　　　　　　）階段_{かいだん}をリビングに造_{つく}りたいです。

❹ この（　　　　　　　）を見_みて、その下_{した}にある三_{みっ}つの質問_{しつもん}に答_{こた}えてください。

❺ 川_{かわ}の手前_{てまえ}の（　　　　　　　）を左_{ひだり}へ曲_まがると、神社_{じんじゃ}の鳥居_{とりい}が立_たっている。

Ⅲ [a～e]の中から適当な言葉を選んで、（　　）に入れなさい。（必要なら形を変えてください。）

a. 図形_{ずけい}	b. 曲線_{きょくせん}	c. 模様_{もよう}	d. 直角_{ちょっかく}	e. 凸凹_{でこぼこ}

❶ 山_{やま}の上_{うえ}から遠_{とお}くの水平線_{すいへいせん}を見_みると、かすかに（　　　　　　　）を描_かいている。

❷ 息子_{むすこ}は中学校_{ちゅうがっこう}で空間_{くうかん}（　　　　　　　）の勉強_{べんきょう}をしていますが、なかなか難_{むずか}しそうです。

❸ 長方形_{ちょうほうけい}の内側_{うちがわ}の4個_この角_{かど}はそれぞれ（　　　　　　　）だ。

❹ 村_{むら}の女性_{じょせい}たちが織_おる複雑_{ふくざつ}な（　　　　　　　）の絨毯_{じゅうたん}は実_{じつ}に見事_{みごと}だった。

❺ この（　　　　　　　）の道路状況_{どうろじょうきょう}で車_{くるま}を運転_{うんてん}するのはとても大変_{たいへん}だ。

50 教育(1)　教育(1)

きょういく

◆ 教育、学習　教育、學習

きょういく　がくしゅう

学 がく	名・漢造	學校；知識，學問，學識
学習 がくしゅう	名・他サ	學習
学術 がくじゅつ	名	學術
学問 がくもん	名・自サ	學業，學問；科學，學術；見識，知識
学会 がっかい	名	學會，學社
課程 かてい	名	課程
基礎 きそ	名	基石，基礎，根基；地基
教養 きょうよう	名	教育，教養，修養；（專業以外的）知識學問
講演 こうえん	名・自サ	演說，講演
参考 さんこう	名・他サ	參考，借鑑
しくじる	他五	失敗，失策；（俗）被解雇
自習 じしゅう	名・他サ	自習，自學
自然科学 しぜんかがく	名	自然科學
実験 じっけん	名・他サ	實驗，實地試驗；經驗
実習 じっしゅう	名・他サ	實習
指導 しどう	名・他サ	指導；領導，教導
社会科学 しゃかいかがく	名	社會科學
上級 じょうきゅう	名	（層次、水平高的）上級，高級
上達 じょうたつ	名・自他サ	（學術、技藝等）進步，長進；上呈，向上傳達

初級 しょきゅう	名	初級
初歩 しょほ	名	初學，初步，入門
人文科学 じんぶんかがく	名	人文科學，文化科學（哲學、語言學、文藝學、歷史學領域）
専攻 せんこう	名・他サ	專門研究，專修，專門
体育 たいいく	名	體育；體育課
哲学 てつがく	名	哲學；人生觀，世界觀
道徳 どうとく	名	道德
倣う なら	自五	仿效，學
方針 ほうしん	名	方針；（羅盤的）磁針
保健 ほけん	名	保健，保護健康
学ぶ まな	他五	學習；掌握，體會
身 み	名	身體；自身，自己；身份，處境；心，精神；肉；力量，能力

練習

I [a〜e]の中から適当な言葉を選んで、（　　　）に入れなさい。（必要なら形を変えてください。）

a. 参考（さんこう）	b. 自習（じしゅう）	c. 上達（じょうたつ）	d. 基礎（きそ）	e. 道徳（どうとく）

❶ 生徒（せいと）は専用（せんよう）ルームで自学（じがく）（　　　　　　　　）を行（おこ）う。

❷ 子（こ）どもの名前（なまえ）をつけるにあたって、姓名判断（せいめいはんだん）の本（ほん）を（　　　　　　　　）にした。

❸ こんな（　　　　　　　　）的（てき）なことがわからないようでは困（こま）ります。

❹ 興味（きょうみ）があると（　　　　　　　　）が速（はや）い。

❺ 小学生（しょうがくせい）の頃（ころ）は、お話（はなし）が聞（き）ける（　　　　　　　　）の時間（じかん）が楽（たの）しみだった。

II [a〜e]の中から適当な言葉を選んで、（　　　）に入れなさい。（必要なら形を変えてください。）

a. 学（まな）ぶ	b. 倣（なら）う	c. しくじる	d. 専攻（せんこう）する	e. 実習（じっしゅう）する

❶ 彼（かれ）はケンブリッジ大学（だいがく）で化学（かがく）を（　　　　　　　　）いる。

❷ 病院（びょういん）で（　　　　　　　　）際（さい）には、患者（かんじゃ）さんと接（せっ）する機会（きかい）が多（おお）くあります。

❸ 父（ちち）に（　　　　　　　　）早起（はやお）きし、公園（こうえん）をジョギングすることにした。

❹ 俳句（はいく）を（　　　　　　　　）ため、日本（にほん）の大学（だいがく）に留学（りゅうがく）することにした。

❺ パソコン操作（そうさ）を（　　　　　　　　）、実験（じっけん）データが消（き）えてしまった。

III [a〜e]の中から適当な言葉を選んで、（　　　）に入れなさい。（必要なら形を変えてください。）

a. 学術（がくじゅつ）	b. 講演（こうえん）	c. 指導（しどう）	d. 学習（がくしゅう）	e. 初級（しょきゅう）

❶ 学校（がっこう）の教育方針（きょういくほうしん）に沿（そ）った（　　　　　　　　）を心掛（こころが）けている。

❷ （　　　　　　　　）の後（あと）、30分（ぷん）ほど質疑応答（しつぎおうとう）の時間（じかん）を設（もう）けます。

❸ この単語（たんご）は（　　　　　　　　）の授業（じゅぎょう）で習（なら）ったが意味（いみ）は忘（わす）れてしまった。

❹ 彼（かれ）の話（はなし）は（　　　　　　　　）的（てき）過（す）ぎて、中学生（ちゅうがくせい）や高校生（こうこうせい）にはわかりにくい。

❺ 今（いま）を大切（たいせつ）に、（　　　　　　　　）に励（はげ）もう。

51 教育 (2) 教育 (2)

きょういく

◆ 学生生活 (1)　學生生活 (1)

がくせいせいかつ

あらわ　　あらわ 現れ・表れ	(名)（為「あらわれる」的名詞形）表現；現象；結果
あん き 暗記	(名・他サ) 記住，背誦，熟記
い いん 委員	(名) 委員
いっせい 一斉に	(副) 一齊，一同
う も 受け持つ	(他五) 擔任，擔當，掌管
えんそく 遠足	(名・自サ) 遠足，郊遊
お つ 追い付く	(自五) 追上，趕上；達到；來得及
おうよう 応用	(名・他サ) 應用，運用
か 課	(名・漢造)（教材的）課；課業；（公司等）科
かいてん 回転	(名・自サ) 旋轉，轉動，迴轉；轉彎，轉換（方向）；（表次數）周，圈；（資金）週轉
かいとう 解答	(名・自サ) 解答
がくねん 学年	(名) 學年（度）；年級
がくりょく 学力	(名) 學習實力
か せん 下線	(名) 下線，字下畫的線，底線
がっきゅう 学級	(名) 班級，學級
かつどう 活動	(名・自サ) 活動，行動
か もく 科目	(名) 科目，項目；（學校的）學科，課程
きゅうこう 休講	(名・自サ) 停課
くみ 組	(名) 套，組，隊；班，班級；（黑道）幫派

こうてい 校庭	(名) 學校的庭園，操場
サークル【circle】	(名) 伙伴，小組；周圍，範圍
さいてん 採点	(名・他サ) 評分數
さわ 騒がしい	(形) 吵鬧的，吵雜的，喧鬧的；（社會輿論）議論紛紛的，動盪不安的
しいんと	(副・自サ) 安靜，肅靜，平靜，寂靜
じ かんわり 時間割	(名) 時間表
しゅうかい 集会	(名・自サ) 集會
しゅうごう 集合	(名・自他サ) 集合；群體，集群；（數）集合
しゅうだん 集団	(名) 集體，集團
しょう 賞	(名・漢造) 獎賞，獎品，獎金；欣賞
せいしょ 清書	(名・他サ) 謄寫清楚，抄寫清楚

練 習

I [a〜e]の中から適当な言葉を選んで、(　　　)に入れなさい。（必要なら形を変えてください。）

a. 学力	b. 暗記	c. 解答	d. 表れ	e. 回転

❶ 金メダルがとれたことは、チーム一人一人の努力の(　　　　　　)だ。

❷ 毎日少しずつ勉強すれば必ず(　　　　　　)が上がるから頑張って。

❸ 子どもの頃と比べて(　　　　　　)ができなくなった。

❹ 彼は頭の(　　　　　　)が速く、どんな質問にも即座に答えてみせた。

❺ 問題の(　　　　　　)をようやく見つけ出した。

II [a〜e]の中から適当な言葉を選んで、(　　　)に入れなさい。（必要なら形を変えてください。）

a. サークル	b. 休講	c. 遠足	d. 採点	e. 科目

❶ 大学では、4年間テニス(　　　　　　)に入っていました。

❷ 私が得意な(　　　　　)は英語で、苦手な(　　　　　　)は数学と理科です。

❸ あの先生は(　　　　　)が甘い。

❹ 今日は暴風雨のため(　　　　　)になった。

❺ 明日の(　　　　　)は雨天中止です。但し、小雨の場合は決行します。

III [a〜e]の中から適当な言葉を選んで、(　　　)に入れなさい。（必要なら形を変えてください。）

a. 学級	b. 集会	c. 委員	d. 校庭	e. 集団

❶ 子どもたちは休み時間になるといっせいに(　　　　　　)に走り出た。

❷ 小学生たちが先生に連れられて(　　　　　　)で動物園に入って行った。

❸ 鈴木さんは今年のスポーツ大会の実行(　　　　　　)に選ばれた。

❹ 授業が終わった後、(　　　　　　)会で生活委員や保健委員を決めた。

❺ 大統領の支持者らが(　　　　　　)を開いた。

52 教育 (3)

きょういく

教育 (3)

◆ 学生生活 (2)　學生生活 (2)
がくせいせいかつ

成績 せいせき	名	成績，效果，成果
ゼミ【seminar 之略】	名	（跟著大學裡教授的指導）課堂討論；研究小組，研究班
全員 ぜんいん	名	全體人員
選択 せんたく	名・他サ	選擇，挑選
卒業証書 そつぎょうしょうしょ	名	畢業證書
単位 たんい	名	學分；單位
中退 ちゅうたい	名・自サ	中途退學
通学 つうがく	名・自サ	上學
問い と	名	問，詢問，提問；問題
答案 とうあん	名	試卷，卷子
当番 とうばん	名・自サ	值班（的人）
図書室 としょしつ	名	閱覽室
取り出す とだ	他五	（用手從裡面）取出，拿出；（從許多東西中）挑出，抽出
パス【pass】	名・自サ	免票，免費；定期票，月票；合格，通過
ばつ	名	（表否定的）叉號
筆記 ひっき	名・他サ	筆記；記筆記
筆記試験 ひっきしけん	名	筆試
冬休み ふゆやすみ	名	寒假
満点 まんてん	名	滿分；最好，完美無缺，登峰造極

見直す みなおす	自他五	（見）起色，（病情）轉好；重看，重新看；重新評估，重新認識
役割 やくわり	名	分配任務（的人）；（分配的）任務，角色，作用
欄 らん	名・漢造	（表格等）欄目；欄杆；（書籍、刊物、版報等的）專欄
零点 れいてん	名	零分；毫無價值，不夠格；零度，冰點

◆ 学校　學校
がっこう

裏口 うらぐち	名	後門，便門；走後門
学科 がっか	名	科系
学期 がっき	名	學期
キャンパス【campus】	名	（大學）校園，校內
休校 きゅうこう	名・自サ	停課
校歌 こうか	名	校歌
高等 こうとう	名・形動	高等，上等，高級
在校 ざいこう	名・自サ	在校
室 しつ	名・漢造	房屋，房間；（文）夫人，妻室；家族；窖，洞；鞘
実技 じつぎ	名	實際操作
受験 じゅけん	名・他サ	參加考試，應試，投考
私立 しりつ	名	私立，私營
進路 しんろ	名	前進的道路

推薦 (すいせん)	(名・他サ) 推薦，舉薦，介紹	**引き出す** (ひきだす)	(他五) 抽出，拉出；引誘出，誘騙；（從銀行）提取，提出
スクール【school】	(名・造) 學校；學派；花式滑冰規定動作	**付属** (ふぞく)	(名・自サ) 附屬
正門 (せいもん)	(名) 大門，正門		

練習

I [a〜e]の中から適当な言葉を選んで、(　　)に入れなさい。（必要なら形を変えてください。）

a. 進路 (しんろ)	b. 私立 (しりつ)	c. 付属 (ふぞく)	d. キャンパス	e. 裏口 (うらぐち)

❶ 最近は(　　　　　　　　)中学に進学させる親が増えているらしい。

❷ 今回、地方の国立大学(　　　　　　　　)小学校に、長女が合格しました。

❸ 先生、(　　　　　　　)についてご相談したいのですがよろしいですか。

❹ 入学した当時は、(　　　　　　　　)のどこに何があるのかわからなかった。

❺ 会社の正面玄関が閉まっていたので、(　　　　　　　)から入った。

II [a〜e]の中から適当な言葉を選んで、(　　)に入れなさい。（必要なら形を変えてください。）

a. 零点 (れいてん)	b. 単位 (たんい)	c. ゼミ	d. 実技 (じつぎ)	e. 当番 (とうばん)

❶ 彼女の具合が悪そうだから、(　　　　　　　)を代わってあげた。

❷ 4年間、遊んでばかりいたので、卒業に必要な(　　　　　　　)が取れなかった。

❸ 試験は何も書けなくて(　　　　　　)を取った。

❹ 音楽や体育などの(　　　　　　　)科目はなかなか成績が上がらない。

❺ 来週は(　　　　　　)の発表をする番なので、資料を準備しなければならない。

53 行事、一生の出来事

ぎょうじ　いっしょう　で　き　ごと

儀式活動、一輩子會遇到的事情

ぎ しき **儀式**	(名) 儀式，典禮
き ちょう **貴重**	(形動) 貴重，寶貴，珍貴
き ねん **記念**	(名・他サ) 紀念
き ねんしゃしん **記念写真**	(名) 紀念照
ぎょう じ **行事**	(名)（按慣例舉行的）儀式，活動
さいじつ **祭日**	(名) 節日；日本神社祭祀日；宮中舉行重要祭祀活動日；祭靈日
しき **式**	(名・漢造) 儀式，典禮，（特指）婚禮；方式；樣式，類型，風格；做法；算式，公式
しきたり	(名) 慣例，常規，成規，老規矩
しゅくじつ **祝日**	(名)（政府規定的）節日
じんせい **人生**	(名) 人的一生；生涯，人的生活
そうしき **葬式**	(名) 葬禮
そんぞく **存続**	(名・自他サ) 繼續存在，永存，長存
つ **突く**	(他五) 扎，刺，戳；撞，頂；支撐；冒著，不顧；沖，撲（鼻）；攻擊，打中
でんとう **伝統**	(名) 傳統
はなばな **華々しい**	(形) 華麗，豪華；輝煌；壯烈
ぼん **盆**	(名・漢造) 拖盤，盆子；中元節略語
め で た **目出度い**	(形) 可喜可賀，喜慶的；順利，幸運，圓滿；頭腦簡單，傻氣；表恭喜慶祝

練習

Ⅰ [a～e]の中から適当な言葉を選んで、（　　）に入れなさい。（必要なら形を変えてください。）

a. 祝日	b. 葬式	c. 儀式	d. 伝統	e. 記念写真

❶ （　　　　　　　　　　）には黒い服とネクタイで行くのが日本のマナーです。

❷ 今まで宗教的な（　　　　　　　　　　）に出席したことがありますか。

❸ 柔道は、（　　　　　　　　　）的な日本のスポーツだったが、今は国際的に人気がある。

❹ 明日は水曜日ですが、（　　　　　　　　　）なので学校はお休みです。

❺ これは息子が中学に入学したときに家族で撮った（　　　　　　　）です。

Ⅱ [a～e]の中から適当な言葉を選んで、（　　）に入れなさい。（必要なら形を変えてください。）

a. 祭日	b. 人生	c. 存続	d. 式	e. しきたり

❶ このままでは、会社の（　　　　　　　　）が危うくなります。

❷ 彼に会えたことは、私の（　　　　　　　）で一番の幸せかもしれない。

❸ この村には古い（　　　　　　　）がたくさん残っています。

❹ （　　　　　　　　）とは、もともと皇室に関わりのある日で、今ではそのほとんどが祝日になっている。

❺ いとこの結婚（　　　　　　　）に出席するため、新幹線で故郷に帰った。

Ⅲ [a～c]の中から適当な言葉を選んで、（　　）に入れなさい。（必要なら形を変えてください。）

a. 華々しい	b. 貴重	c. めでたい

❶ 彼女はバレーボールの試合で、（　　　　　　　　）活躍をした。

❷ （　　　　　　　）新年には、「おせち料理」を食べる習慣がある。

❸ 砂漠地帯に住む住民にとって、水はとても（　　　　　　）である。

54 道具(1) 工具(1)

◆ 道具(1) 工具(1)

扱う (あつか)	他五 操作，使用；對待，待遇；調停，仲裁	シーツ【sheet】	名 床單
粗い (あら)	形 大；粗糙	磁石 (じしゃく)	名 磁鐵；指南針
刀 (かたな)	名 刀的總稱	蛇口 (じゃぐち)	名 水龍頭
鐘 (かね)	名 鐘，吊鐘	銃 (じゅう)	名・漢造 槍，槍形物；有槍作用的物品
紙くず (かみ)	名 廢紙，沒用的紙	鈴 (すず)	名 鈴鐺，鈴
剃刀 (かみそり)	名 剃刀，刮鬍刀；頭腦敏銳（的人）	栓 (せん)	名 栓，塞子；閥門，龍頭，開關；阻塞物
乾電池 (かんでんち)	名 乾電池	扇子 (せんす)	名 扇子
冠 (かんむり)	名 冠，冠冕；字頭，字蓋；有點生氣	雑巾 (ぞうきん)	名 抹布
器械 (きかい)	名 機械，機器	タイプライター 【typewriter】	名 打字機
器具 (きぐ)	名 器具，用具，器械	タイヤ【tire】	名 輪胎
鎖 (くさり)	名 鎖鏈，鎖條；連結，聯繫；（喻）段，段落	試し (ため)	名 嘗試，試驗；驗算
管 (くだ)	名 細長的筒，管		
口紅 (くちべに)	名 口紅，唇膏		
包む (くる)	他五 包，裹		
コード【cord】	名（電）軟線		
香水 (こうすい)	名 香水		
琴 (こと)	名 古琴，箏		
コレクション 【collection】	名 蒐集，收藏；收藏品		
コンセント 【consent】	名 電線插座		

練 習

I [a～e]の中から適当な言葉を選んで、（　　）に入れなさい。（必要なら形を変えてください。）

a. コード	b. タイヤ	c. 蛇口（じゃぐち）	d. 紙くず（かみ）	e. 磁石（じしゃく）

❶ ばらばらになった金属（きんぞく）を（　　　　　　　　　　）で集めてリサイクルする。

❷ 雪（ゆき）の日（ひ）に普通（ふつう）の（　　　　　　　　　）で道路（どうろ）を走（はし）るのは、大変危険（たいへんきけん）だ。

❸ サッカーの試合（しあい）の後（あと）、（　　　　　　　　　）から出（で）る水（みず）を頭（あたま）からかぶった。

❹ 延長（えんちょう）（　　　　　　　　）につないでパソコンの電源（でんげん）を入（い）れた。

❺ （　　　　　　　　）は全部集（ぜんぶあつ）めてゴミ箱（ばこ）に捨（す）ててから帰（かえ）ってください。

II [a～e]の中から適当な言葉を選んで、（　　）に入れなさい。（必要なら形を変えてください。）

a. シーツ	b. 銃（じゅう）	c. コレクション	d. 剃刀（かみそり）	e. 雑巾（ぞうきん）

❶ ホテルには歯（は）ブラシはあるが（　　　　　　　　　）がないのでひげが剃（そ）れない。

❷ 彼（かれ）の古（ふる）い切手（きって）の（　　　　　　　）は、どれもすばらしい。

❸ 夏（なつ）はよく汗（あせ）をかくので、（　　　　　　　）は毎日取（まいにちと）り替（か）えて洗濯（せんたく）している。

❹ 国（くに）によって、個人（こじん）の（　　　　　　　）の保有（ほゆう）に関（かん）する法律（ほうりつ）に違（ちが）いがある。

❺ 明日（あした）は教室（きょうしつ）の大掃除（おおそうじ）をするので、全員（ぜんいん）（　　　　　　　）を持（も）って来（き）なさい。

III [a～e]の中から適当な言葉を選んで、（　　）に入れなさい。（必要なら形を変えてください。）

a. 乾電池（かんでんち）	b. タイプライター	c. 器械（きかい）	d. 鎖（くさり）	e. 琴（こと）

❶ 医療（いりょう）（　　　　　　　）の発達（はったつ）で、患者（かんじゃ）の苦痛（くつう）はだいぶ少（すく）なくなった。

❷ 壁（かべ）の時計（とけい）が止（と）まったので、（　　　　　　　）を交換（こうかん）したら、また動（うご）き出（だ）した。

❸ （　　　　　　　）でつながれていたサーカスのライオンが逃（に）げ出（だ）した。

❹ 従妹（いとこ）は5歳（さい）から（　　　　　　）を習（なら）い始（はじ）めて、今（いま）はどんな曲（きょく）でも弾（ひ）ける。

❺ これは100年前（ねんまえ）に使（つか）われていた（　　　　　　　）です。

54

工具

(1)

55 道具 (2) 工具 (2)

◆ 道具 (2) 工具 (2)

中古 ちゅうこ	名（歷史）中古（日本一般是指平安時代，或包含鎌倉時代）；半新不舊
中性 ちゅうせい	名（化學）非鹼非酸，中性；（特徵）不男不女，中性；（語法）中性詞
調節 ちょうせつ	名・他サ 調節，調整
ちり紙 がみ	名 衛生紙；粗草紙
綱 つな	名 粗繩，繩索，纜繩；命脈，依靠，保障
トイレットペーパー【toilet paper】	名 衛生紙，廁紙
縄 なわ	名 繩子，繩索
日用品 にちようひん	名 日用品
ねじ	名 螺絲，螺絲釘
パイプ【pipe】	名 管，導管；煙斗；煙嘴；管樂器
歯車 はぐるま	名 齒輪
バケツ【bucket】	名 木桶
はしご	名 梯子；挨家挨戶
ばね	名 彈簧，發條；（腰、腿的）彈力，彈跳力
針 はり	名 縫衣針；針狀物；（動植物的）針，刺
針金 はりがね	名 金屬絲，（鉛、銅、鋼）線；電線
必需品 ひつじゅひん	名 必需品，日常必須用品

ピン【pin】	名 大頭針，別針；（機）拴，樞
笛 ふえ	名 橫笛；哨子
ブラシ【brush】	名 刷子
風呂敷 ふろしき	名 包巾
棒 ぼう	名・漢造 棒，棍子；（音樂）指揮；（畫的）直線，粗線
箒 ほうき	名 掃帚
マスク【mask】	名 面罩，假面；防護面具；口罩；防毒面具；面相，面貌
目覚まし めざ	名 叫醒，喚醒；小孩睡醒後的點心；醒後為打起精神吃東西；鬧鐘
目覚まし時計 めざ どけい	名 鬧鐘
面 めん	名・接尾・漢造 臉，面；面具，假面；防護面具；用以計算平面的單位；會面
モーター【motor】	名 發動機；電動機；馬達
用途 ようと	名 用途，用處
蝋燭 ろうそく	名 蠟燭

練 習

I [a 〜 e]の中から適当な言葉を選んで、（　　　）に入れなさい。（必要なら形を変えてください。）

a. バケツ	b. はしご	c. 針金 はりがね	d. ピン	e. ろうそく

❶ （　　　　　　　　）で支柱をしっかりしばる。

❷ 重い石を入れて運ぶので、もっと頑丈な（　　　　　　　　）がいいです。

❸ （　　　　　　　　）で髪を固定しようとすると、うまくできない。

❹ 屋根に積もった雪を下ろすため、屋根に（　　　　　　　　）をかける。

❺ ふぅー！と（　　　　　　　）を消して願い事をしました。

II [a 〜 e]の中から適当な言葉を選んで、（　　　）に入れなさい。（必要なら形を変えてください。）

a. 目覚まし時計 め ざ ど けい	b. 縄 なわ	c. モーター	d. 風呂敷 ふ ろ しき	e. 歯車 は ぐるま

❶ （　　　　　　　　）がセットした時間に鳴らなかった。

❷ とうとう（　　　　　　　　）がいかれたのか、おもちゃの車が動かなくなっちゃったよ。

❸ （　　　　　　　　）でお弁当箱を包む。

❹ もがけばもがくほど、（　　　　　　　　）は体にきつく食い込んだ。

❺ （　　　　　　　）の一つにはなりたくない、最初から最前線で働きたい。

III [a 〜 e]の中から適当な言葉を選んで、（　　　）に入れなさい。（必要なら形を変えてください。）

a. ねじ	b. パイプ	c. マスク	d. 笛 ふえ	e. ちり紙 がみ

❶ 風邪をひいたので、鼻をかむための（　　　　　　　　）がたくさんほしい。

❷ この（　　　　　　　）で水を送ります。

❸ 今は（　　　　　　　　）をつけることが当たり前の世の中になりました。

❹ 交差点に近づいたとき、警察官が（　　　　　　　　）を吹いて私の車を止めた。

❺ （　　　　　　　　）がゆるんでいないかどうかを点検してください。

56 道具(3) 工具(3)

◆ 家具、工具、文房具　傢俱、工作器具、文具

釘 くぎ	(名) 釘子
くっ付ける	(他下一) 把…粘上，把…貼上，使靠近
削る けず	(他五) 削，刨，刮；刪減，削去，削減
座布団 ざ ぶ とん	(名)（舖在席子上的）棉坐墊
シャープペンシル 【(和) sharp + pencil】	(名) 自動鉛筆
芯 しん	(名) 蕊；核；枝條的頂芽
墨 すみ	(名) 墨；墨汁，墨水；墨狀物；（章魚、烏賊體內的）墨狀物
装置 そう ち	(名・他サ) 裝置，配備，安裝；舞台裝置
そろばん	(名) 算盤，珠算
戸棚 と だな	(名) 壁櫥，櫃櫥
糊 のり	(名) 膠水，漿糊
はんこ	(名) 印章，印鑑
筆 ふで	(名・接尾) 毛筆；（用毛筆）寫的字，畫的畫；（接數詞）表蘸筆次數
部品 ぶ ひん	(名)（機械等）零件
分解 ぶんかい	(名・他サ・自サ) 拆開，拆卸；（化）分解；解剖；分析（事物）
ペンチ 【pinchers 之略】	(名) 鉗子
包装 ほうそう	(名・他サ) 包裝，包捆
本箱 ほんばこ	(名) 書箱
メモ【memo】	(名・他サ) 筆記；備忘錄，便條；紀錄

◆ 計器、容器、入れ物、衛生器具　測量儀器、容器、器皿、衛生用具

入れ物 い もの	(名) 容器，器皿
籠 かご	(名) 籠子，筐，籃
空 から	(名) 空的；空，假，虛
空っぽ から	(名・形動) 空，空洞無一物
器 き	(名・漢造) 有才能，有某種才能的人；器具，器皿；起作用的，才幹
ぎっしり	(副)（裝或擠的）滿滿的
金庫 きん こ	(名) 保險櫃；（國家或公共團體的）金融機關，國庫
ケース【case】	(名) 盒，箱，袋；場合，情形，事例
収納 しゅうのう	(名・他サ) 收納，收藏
釣り合う つ あ	(自五) 平衡，均衡；勻稱，相稱
計り はか	(名) 秤，量，計量；份量；限度
秤 はかり	(名) 秤，天秤
瓶 びん	(名) 瓶，瓶子
物差し もの さ	(名) 尺；尺度，基準
容器 よう き	(名) 容器

◆ 照明、光学機器、音響、情報機器　燈光照明、光學儀器、音響、信息器具

明かり あ	(名) 燈，燈火；光，光亮；消除嫌疑的證據，證明清白的證據
圧縮 あっしゅく	(名・他サ) 壓縮；（把文章等）縮短
顕微鏡 けん び きょう	(名) 顯微鏡

照明 しょうめい	(名・他サ) 照明，照亮，光亮，燈光；舞台燈光
スイッチ【switch】	(名・他サ) 開關；接通電路；(喻) 轉換（為另一種事物或方法）
スピーカー【speaker】	(名) 談話者，發言人；揚聲器；喇叭；散播流言的人
スライド【slide】	(名・自サ) 滑動；幻燈機，放映裝置；(棒球) 滑進（壘）；按物價指數調整工資
立ち上がる た あ	(自五) 站起，起來；升起，冒起；重振，恢復；著手，開始行動

ビデオ【video】	(名) 影像，錄影；錄影機；錄影帶
複写 ふくしゃ	(名・他サ) 複印，複制；抄寫，繕寫
プリント【print】	(名・他サ) 印刷（品）；油印（講義）；印花，印染
望遠鏡 ぼうえんきょう	(名) 望遠鏡
レンズ【(荷) lens】	(名) (理) 凹凸透鏡，鏡片；照相機的鏡頭

練習

I [a〜e]の中から適当な言葉を選んで、（　　　）に入れなさい。（必要なら形を変えてください。）

a. 部品 ぶ ひん	b. スイッチ	c. 計り はか	d. レンズ	e. ケース

❶ 修理でテレビ内部の主要（　　　　　　）を交換する。
しゅうり　　　　　　　　　　　ないぶ　　しゅよう　　　　　　　　　　　こうかん

❷ パソコンを旅行に持って行くために、新しい（　　　　　　）を買った。
りょこう　も　い　　　　　　　あたら　　　　　　　　　　か

❸ 家庭ではデジタル（　　　　　　）を使いますが、お店は天秤式のものを使うんです。
かてい　　　　　　　　　　　　　　　つか　　　　　みせ　てんびんしき　　　　つか

❹ この前、めがねの（　　　　　　）が割れてしまい、交換に行きました。
まえ　　　　　　　　　　　　　　わ　　　　　　こうかん　い

❺ エアコンは冷えた空気を暖めようと、（　　　　　　）を入れたときに一番電力を使う。
ひ　くうき　あたた　　　　　　　　　　　　い　　　　　　　いちばんでんりょく　つか

II [a〜e]の中から適当な言葉を選んで、（　　　）に入れなさい。（必要なら形を変えてください。）

a. 明かり あ	b. のり	c. 座布団 ざ ぶ とん	d. 物差し もの さ	e. スライド

❶ 遠くに見える（　　　　　　）に向かって一人で歩きつづけた。
とお　　み　　　　　　　　　　　む　　　　　ひとり　ある

❷ お客さんがいらっしゃるので（　　　　　　）を出しておいてね。
きゃく　　　　　　　　　　　　　　　　　　　　　だ

❸ 線の長さを（　　　　　　）で計る。
せん　なが　　　　　　　　　　はか

❹ 富士山の四季折々の雄大な風景を、（　　　　　　）に映す。
ふ じ さん　し き おりおり　ゆうだい　ふうけい　　　　　　　　　　　うつ

❺ 液体（　　　　　　）で紙を貼る。
えきたい　　　　　　　　　　かみ　は

57 職業、仕事 (1)
しょくぎょう　しごと
職業、工作 (1)

◆ 仕事、職場 (1)　工作、職場 (1)
しごと　しょくば

一流 いちりゅう	(名) 一流，頭等；一個流派；獨特		転がる ころ	(自五) 滾動，轉動；倒下，躺下；擺著，放著，有
打ち合わせ う あ	(名・他サ) 事先商量，碰頭		最終的 さいしゅうてき	(形動) 最後
打ち合わせる う あ	(他下一) 使…相碰，(預先)商量		催促 さいそく	(名・他サ) 催促，催討
有無 う む	(名) 有無；可否，願意與否		作業 さぎょう	(名・自サ) 工作，操作，作業，勞動
延期 えん き	(名・他サ) 延期		至急 し きゅう	(名・副) 火速，緊急；急速，加速
応接 おうせつ	(名・自サ) 接待，接應		指示 し じ	(名・他サ) 指示，指點
活力 かつりょく	(名) 活力，精力		実績 じっせき	(名) 實績，實際成績
兼ねる か	(他下一・接尾) 兼備；不能，無法		事務 じ む	(名) 事務 (多為處理文件、行政等庶務工作)
記入 き にゅう	(名・他サ) 填寫，寫入，記上		締切る しめ き	(他五) (期限)屆滿，截止，結束
基盤 き ばん	(名) 基礎，底座，底子；基岩		重視 じゅう し	(名・他サ) 重視，認為重要
休暇 きゅう か	(名) (節假日以外的)休假		出勤 しゅっきん	(名・自サ) 上班，出勤
休業 きゅうぎょう	(名・自サ) 停課		出張 しゅっちょう	(名・自サ) 因公前往，出差
救助 きゅうじょ	(名・他サ) 救助，搭救，救援，救濟		使用 し よう	(名・他サ) 使用，利用，用(人)
組合 くみあい	(名) (同業)工會，合作社		商社 しょうしゃ	(名) 商社，貿易商行，貿易公司
研修 けんしゅう	(名・他サ) 進修，培訓		人事 じん じ	(名) 人事，人力能做的事；人事(工作)；世間的事，人情世故
構造 こうぞう	(名) 構造，結構		優れる すぐ	(自下一) (才能、價值等)出色，優越，傑出，精湛；(身體、精神、天氣)好，爽朗，舒暢
交替 こうたい	(名・自サ) 換班，輪流，替換，輪換		清掃 せいそう	(名・他サ) 清掃，打掃
行動 こうどう	(名・自サ) 行動，行為		せっせと	(副) 拼命地，不停的，一個勁兒地，孜孜不倦的
腰掛け こし か	(名) 凳子；暫時棲身之處，一時落腳處		送別 そうべつ	(名・自サ) 送行，送別

組織 そしき	（名・他サ）組織，組成；構造，構成；（生）組織；系統，體系
対する たい	（自サ）面對，面向；對於，關於；對立，相對，對比；對待，招待

練 習

Ⅰ [a～e]の中から適当な言葉を選んで、（　　　）に入れなさい。（必要なら形を変えてください。）

a. 対する たい	b. 打ち合わせる う あ	c. 優れる すぐ	d. 締切る しめ き	e. 兼ねる か

❶ 午後の会議で、来週の出張について（　　　　　　　）つもりだ。
ご ご かい ぎ　らいしゅう しゅっちょう

❷ 少々値段が高くても、品質の（　　　　　　　）冷蔵庫を買いたい。
しょうしょう ね だん たか　ひんしつ　れいぞう こ か

❸ このソファーはベッドも（　　　　　　　）いて、とても便利である。
べん り

❹ よい上司は顧客や部下に（　　　　　　　）態度も柔和です。
じょう し こ きゃく ぶ か　たい ど にゅう わ

❺ 入学願書の申し込みは、2月28日午後5時で（　　　　　　　）。
にゅうがくがんしょ もう こ　がつ にちご ご じ

Ⅱ [a～e]の中から適当な言葉を選んで、（　　　）に入れなさい。（必要なら形を変えてください。）

a. 実績 じっせき	b. 組合 くみあい	c. 基盤 き ばん	d. 事務 じ む	e. 腰掛け こしか

❶ 田中さんは（　　　　　　　）が認められて、今年から課長になった。
た なか　　　　　　　　　　みと　ことし か ちょう

❷ 社員一人一人の健康こそ、この会社の経営の（　　　　　　　）だ。
しゃいんひとりひとり けんこう　かいしゃ けいえい

❸ 田中さんは自分の卒業した大学で（　　　　　　　）員として働いている。
た なか じ ぶん そつぎょう だいがく　いん はたら

❹ （　　　　　　　）に座って待っていたが、鈴木さんはなかなか来なかった。
すわ ま　すず き こ

❺ 私は入社後2年目に労働（　　　　　　　）の役員になったので、とても忙しい。
わたし にゅうしゃ ご ねん め ろうどう　やくいん いそが

119

58 職業、仕事 (2)
しょくぎょう　しごと

職業、工作 (2)

◆ 仕事、職場 (2)　工作、職場 (2)
しごと　しょくば

担当 たんとう	(名・他サ) 擔任，擔當，擔負
中途 ちゅうと	(名) 中途，半路
調整 ちょうせい	(名・他サ) 調整，調節
勤め つとめ	(名) 工作，職務，差事
務める つとめる	(他下一) 任職，工作；擔任（職務）；扮演（角色）
潰れる つぶれる	(自下一) 壓壞，壓碎；坍塌，倒塌；倒產，破產；磨損，磨鈍；（耳）聾，（眼）瞎
出入り でいり	(名・自サ) 出入，進出；（因有買賣關係而）常往來；收支；（數量的）出入；糾紛，爭吵
同僚 どうりょう	(名) 同事，同僚
独特 どくとく	(名・形動) 獨特
採る とる	(他五) 採取，採用，錄取；採集；採光
逃がす にがす	(他五) 放掉，放跑；使跑掉，沒抓住；錯過，丟失
入社 にゅうしゃ	(名・自サ) 進公司工作，入社
能率 のうりつ	(名) 效率
発揮 はっき	(名・他サ) 發揮，施展
一休み ひとやすみ	(名・自サ) 休息一會兒
部 ぶ	(名・漢造) 部分；部門；冊
不正 ふせい	(名・形動) 不正當，不正派，非法；壞行為，壞事
プラン【plan】	(名) 計畫，方案；設計圖，平面圖；方式

放る ほうる	(他五) 拋，扔；中途放棄，棄置不顧，不加理睬
本来 ほんらい	(名) 本來，天生，原本；按道理，本應
役目 やくめ	(名) 責任，任務，使命，職務
厄介 やっかい	(名・形動) 麻煩，難為，難應付的；照料，照顧，幫助；寄食，寄宿（的人）
雇う やとう	(他五) 雇用
用事 ようじ	(名)（應辦的）事情，工作
流 りゅう	(名・接尾)（表特有的方式、派系）流，流派
労働 ろうどう	(名・自サ) 勞動，體力勞動，工作；（經）勞動力

練習

Ⅰ [a〜e]の中から適当な言葉を選んで、（　　　）に入れなさい。（必要なら形を変えてくだ
さい。）

a. 務（つと）める	b. 潰（つぶ）れる	c. 採（と）る	d. 放（ほう）る	e. 逃（に）がす

❶ 子（こ）どものとき、父（ちち）と一緒（いっしょ）に川（かわ）に石（いし）を（　　　　　　　　　）遊（あそ）んだものだ。

❷ 来月（らいげつ）の友（とも）だちの結婚式（けっこんしき）で、司会（しかい）を（　　　　　　　　　）ことになった。

❸ 10年間（ねんかんつと）勤めた会社（かいしゃ）が（　　　　　　　　　）ので、新（あたら）しい仕事（しごと）を探（さが）している。

❹ 釣（つ）りを楽（たの）しんだ後（あと）、小（ちい）さい魚（さかな）は川（かわ）に（　　　　　　　　　）やった。

❺ あの会社（かいしゃ）は、来年（らいねん）、新卒（しんそつ）の大学生（だいがくせい）を5人（にん）（　　　　　　　　　）そうだ。

Ⅱ [a〜e]の中から適当な言葉を選んで、（　　　）に入れなさい。（必要なら形を変えてくだ
さい。）

a. 本来（ほんらい）	b. 役目（やくめ）	c. 用事（ようじ）	d. 労働（ろうどう）	e. プラン

❶ 患者（かんじゃ）の深刻（しんこく）な病状（びょうじょう）を告知（こくち）するのも医者（いしゃ）の（　　　　　　　　）だ。

❷ （　　　　　　　　　）の目的（もくてき）を見失（みうしな）うことなく、行動（こうどう）し続（つづ）けよう。

❸ 今回（こんかい）は、キャリア（　　　　　　　　）を立（た）てる考（かんが）え方（かた）についてご紹介（しょうかい）します。

❹ 急（きゅう）な（　　　　　　　　）が入（はい）り、参加（さんか）をキャンセルしたいのです。

❺ 工場（こうじょう）での相次（あいつ）ぐ事故（じこ）に、（　　　　　　　）環境（かんきょう）の見直（みなお）しが求（もと）められる。

Ⅲ [a〜e]の中から適当な言葉を選んで、（　　　）に入れなさい。（必要なら形を変えてくだ
さい。）

a. 中途（ちゅうと）	b. 同僚（どうりょう）	c. 務（つと）め	d. 担当（たんとう）	e. 出入（でい）り

❶ 物（もの）ごとを（　　　　　　　　）でやめてしまうと、後悔（こうかい）が残（のこ）りますよ。

❷ 雑誌（ざっし）の納品（のうひん）は私（わたし）の（　　　　　　　）です。

❸ 店（みせ）の（　　　　　　　）口（ぐち）の前（まえ）に自転車（じてんしゃ）を止（と）めないようにお願（ねが）いします。

❹ （　　　　　　　）は仕事（しごと）が早（はや）いので、私（わたし）はいつも助（たす）けられている。

❺ 子（こ）どもを叱（しか）る前（まえ）に、親（おや）としての（　　　　　　　）を果（は）たさなければならない。

121

59 職業、仕事 (3)
しょくぎょう、しごと

職業、工作 (3)

◆ 職業、事業　職業、事業

外部 がいぶ	(名) 外面，外部
警備 けいび	(名・他サ) 警備，戒備
資本 しほん	(名) 資本
商業 しょうぎょう	(名) 商業
消防 しょうぼう	(名) 消防；消防隊員，消防車
職 しょく	(名・漢造) 職業，工作；職務；手藝，技能；官署名
職業 しょくぎょう	(名) 職業
職場 しょくば	(名) 工作岡位，工作單位
ちゃんと	(副) 端正地，規矩地；按期，如期；整潔，整齊；完全，老早；的確，確鑿
躓く つまず	(自五) 跌倒，絆倒；(中途遇障礙而) 失敗，受挫
発展 はってん	(名・自サ) 擴展，發展；活躍，活動

◆ 地位　地位職稱

位 い	(漢造) 位；身分，地位；(對人的敬稱) 位
就任 しゅうにん	(名・自サ) 就職，就任
重役 じゅうやく	(名) 擔任重要職務的人；重要職位，重任者；(公司的) 董事與監事的通稱
相当 そうとう	(名・自サ・形動) 相當，適合，相稱；相當於，相等於，值得，應該；過得去，相當好；很，頗
地位 ちい	(名) 地位，職位，身份，級別

就く つ	(自五) 就位；登上；就職；跟…學習；起程
同格 どうかく	(名) 同級，同等資格，等級相同；同級的 (品牌)；(語法) 同格語
留まる とど	(自五) 停留，停頓；留下，停留；止於，限於
命じる・命ずる めい・めい	(他上一・他サ) 命令，吩咐；任命，委派；命名
有能 ゆうのう	(名・形動) 有才能的，能幹的
リード【lead】	(名・自他サ) 領導，帶領；(比賽) 領先，贏；(新聞報導文章的) 內容提要

◆ 家事　家務

家事 かじ	(名) 家事，家務；家裡 (發生) 的事
使い・遣い つか・つか	(名) 使用；派去的人；派人出去 (買東西、辦事)，跑腿；(迷) (神仙的) 侍者；(前接某些名詞) 使用的方法，使用的人
手間 てま	(名) (工作所需的) 勞力、時間與功夫；(手藝人的) 計件工作，工錢
日課 にっか	(名) (規定好) 每天要做的事情，每天習慣的活動；日課
掃く は	(他五) 掃，打掃；(拿刷子) 輕塗
干す ほ	(他五) 曬乾；把 (池) 水弄乾；乾杯

練習

Ⅰ [a～e]の中から適当な言葉を選んで、（　　　）に入れなさい。（必要なら形を変えてください。）

a. 警備	b. 遣い	c. 家事	d. 日課	e. 手間
けいび	つか	かじ	にっか	てま

❶ 安い材料でも（　　　　　　　　　）をかけて作った料理はおいしい。

❷ 俺は武士道を尊び、瞑想、滝行を（　　　　　　　　　）としている。

❸ 一人暮らしが長かったので大概の（　　　　　　　　　）は自分でできる。

❹ その男が国王の（　　　　　　　　　）として隣の国へ行くことになった。

❺ サミット会場付近の道路は（　　　　　　　　）のため封鎖された。

Ⅱ [a～e]の中から適当な言葉を選んで、（　　　）に入れなさい。（必要なら形を変えてください。）

a. 命じられる	b. 躓く	c. 発展する	d. 留まる	e. 就く
めい	つまず	はってん	とど	つ

❶ わが社は東京を拠点とし、そして海外へと（　　　　　　　　　）おります。

❷ 祖母は木の根に（　　　　　　　　）転び、右の足首を骨折してしまった。

❸ 今年の春、父は東京に転勤し、支店長の任務に（　　　　　　　）。

❹ 部長に海外出張を（　　　　　　　）、今、その準備で忙しい。

❺ 一週間京都に（　　　　　　　）、京都のお寺を巡ることにした。

Ⅲ [a～d]の中から適当な言葉を選んで、（　　　）に入れなさい。（必要なら形を変えてください。）

a. 干す	b. 掃く	c. リードする	d. 就任する
ほ	は		しゅうにん

❶ 庭や玄関を（　　　　　　　　）、大事なお客様を迎える準備をした。

❷ この度、理事会において理事長に（　　　　　　　）。

❸ 日本の自動車はかつて世界を（　　　　　　）いた。

❹ 私が生まれた漁村では、魚を（　　　　　　）干物を作っている。

◆ せいさん さんぎょう
生産、産業 生産、產業

オートメーション 【automation】	名 自動化，自動控制裝置，自動操縱
かんり **管理**	名・他サ 管理，管轄；經營，保管
きのう **機能**	名・自サ 機能，功能，作用
けっかん **欠陥**	名 缺陷，致命的缺點
げんさん **原産**	名 原產
こういん **工員**	名 工廠的工人，(產業)工人
こうば **工場**	名 工廠，工作坊
さか **盛り**	名・接尾 最旺盛時期，全盛狀態；壯年；(動物)發情；(接動詞連用形)表正在最盛的時候
じんこう **人工**	名 人工，人造
じんぞう **人造**	名 人造，人工合成
ストップ【stop】	名・自他サ 停止，中止；停止信號；(口令)站住，不得前進，止住；停車站
せいぞう **製造**	名・他サ 製造，加工
だいいち **第一**	名・副 第一，第一位，首先；首屈一指的，首要，最重要
ていし **停止**	名・他サ・自サ 禁止，停止；停住，停下；(事物、動作等)停頓
でんし **電子**	名 (理)電子
へ **経る**	自下一 (時間、空間、事物)經過，通過
みやげ **土産**	名 (贈送他人的)禮品，禮物；(出門帶回的)土產

◆ のうぎょう ぎょぎょう りんぎょう
農業、漁業、林業 農業、漁業、林業

ぎょぎょう **漁業**	名 漁業，水產業
さんち **産地**	名 產地；出生地
しゅうかく **収穫**	名・他サ 收獲(農作物)；成果，收穫；獵獲物
すいさん **水産**	名 水產(品)，漁業
た **田**	名 田地；水稻，水田
たう **田植え**	名・他サ (農)插秧
たがや **耕す**	他五 耕作，耕田
た **田んぼ**	名 米田，田地
のうさんぶつ **農産物**	名 農產品
のうそん **農村**	名 農村，鄉村
のうやく **農薬**	名 農藥
はたけ **畑**	名 田地，旱田；專業的領域
ほかく **捕獲**	名・他サ (文)捕獲
ぼくじょう **牧場**	名 牧場
ぼくちく **牧畜**	名 畜牧
めいぶつ **名物**	名 名產，特產；(因形動奇特而)有名的人

練 習

Ⅰ [a～e]の中から適当な言葉を選んで、（　　　）に入れなさい。（**必要なら形を変えてくだ**
さい。）

a. 欠陥	b. 第一	c. 盛り	d. オートメーション	e. 捕獲

❶ （　　　　　　　　　　）化で多くの製品を安く作れるようになった。

❷ 暑い（　　　　　　　　　　）にスポーツをするときは、熱中症に注意しよう。

❸ （　　　　　　　　　　）印象が大切だから、面接では清楚な服装にしよう。

❹ 新しく建てられたマンションに大変な（　　　　　　　　　　）が見つかったらしい。

❺ 住宅街に猪が出て、警察が（　　　　　　　　　）を試みたが失敗した。

Ⅱ [a～e]の中から適当な言葉を選んで、（　　　）に入れなさい。（**必要なら形を変えてくだ**
さい。）

a. 水産	b. 田んぼ	c. 名物	d. 田植え	e. 牧畜

❶ 大麦のサラダがこの地方の（　　　　　　　　　）だと薦められた。

❷ （　　　　　　　　　　）には驚くほどたくさんの生物が生きています。

❸ ニュージーランドは（　　　　　　　　　）が盛んだ、というより主産業なのだ。

❹ 叔母は（　　　　　　　　　）物を加工する工場で朝早くから働いています。

❺ 春は（　　　　　　　　　）の準備から始まります。

Ⅲ [a～e]の中から適当な言葉を選んで、（　　　）に入れなさい。（**必要なら形を変えてくだ**
さい。）

a. 製造する	b. 耕す	c. 停止する	d. 経る	e. 機能する

❶ 研究室ではうまく（　　　　　　　　）AI が、現実世界でうまく（　　　　　　　　　）ない

ことはしばしばある。

❷ これは食品を（　　　　　　　　　）工場です。

❸ 田舎の祖父母は、畑を（　　　　　　　　　）さまざまな野菜を作っている。

❹ 運転士は、異常を感じたため、列車を（　　　　　　　）。

❺ 兄が台北でレストランを開店してから、早くも5年を（　　　　　　　）。

生産、産業 (2)

せいさん さんぎょう

生產、產業 (2)

◆ 工業、鉱業、商業　工業、礦業、商業

こうぎょう こうぎょう しょうぎょう

煙突 えんとつ	名 煙囪
改造 かいぞう	名・他サ 改造，改組，改建
完了 かんりょう	名・自他サ 完了，完畢；(語法)完了，完成
建設 けんせつ	名・他サ 建設
現場 げんば	名 (事故等的)現場；(工程等的)現場，工地
公害 こうがい	名 (汚水、噪音等造成的)公害
製作 せいさく	名・他サ (物品等)製造，製作，生產
設計 せっけい	名・他サ (機械、建築、工程的)設計；計畫，規則
騒音 そうおん	名 噪音；吵雜的聲音，吵鬧聲
造船 ぞうせん	名・自サ 造船
炭鉱 たんこう	名 煤礦，煤井
着々 ちゃくちゃく	副 逐步地，一步步地
鉄橋 てっきょう	名 鐵橋，鐵路橋
鉄鋼 てっこう	名 鋼鐵
掘る ほる	他五 掘，挖，刨；挖出，掘出
喧しい やかま	形 (聲音)吵鬧的，喧擾的；囉唆的，嘮叨的；難以取悅；嚴格的，嚴厲的

練 習

Ⅰ [a～e]の中から適当な言葉を選んで、(　　　)に入れなさい。(必要なら形を変えてください。)

a. 公害 こうがい	b. 鉄橋 てっきょう	c. 現場 げんば	d. 鉄鉱 てっこう	e. 煙突 えんとつ

❶ 事故の(　　　　　　　　)には、たくさんの人が花を持って訪れていた。

❷ (　　　　　　　　)石を積んだトラックが、山道を何台も通っていった。

❸ 工場の(　　　　　　　　)から出る煙のために病気になった人がいた。

❹ (　　　　　　　　)を渡る電車を写真に撮って、コンテストに優勝した。

❺ 世界では、大気汚染などの(　　　　　　　　)のために亡くなる人は年々増えている。

Ⅱ [a～e]の中から適当な言葉を選んで、(　　　)に入れなさい。(必要なら形を変えてください。)

a. 造船 ぞうせん	b. 騒音 そうおん	c. 炭鉱 たんこう	d. 建設 けんせつ	e. 設計 せっけい

❶ 建築家の先生に(　　　　　　　　)をお願いして家を建てる。

❷ 祖父は若いころから(　　　　　　　　)で石炭を掘っていたらしい。

❸ ここに引っ越し来てからずっと(　　　　　　　　)に悩まされている。

❹ 保育所の(　　　　　　　　)を嫌がる地域住民が反対している。

❺ 港町として栄えた尾道には(　　　　　　　　)所がたくさんある。

Ⅲ [a～d]の中から適当な言葉を選んで、(　　　)に入れなさい。(必要なら形を変えてください。)

a. 改造する かいぞう	b. 掘る ほ	c. 制作する せいさく	d. 完了する かんりょう

❶ 自分なりのミニ映画を(　　　　　　　　)たいです。

❷ 資料集めが(　　　　　　　　)、ようやく明日から作業に着手できる。

❸ スコップで畑の土を(　　　　　　　　)と、小さい虫がたくさん出てきた。

❹ 内閣を(　　　　　　　　)総理大臣が会見を行いました。

◆ 経済 經濟
けいざい

安定 あんてい	(名・自サ) 安定，穩定；（物體）安穩
回復 かいふく	(名・自他サ) 恢復，康復；挽回，收復
開放 かいほう	(名・他サ) 打開，敞開；開放，公開
課税 かぜい	(名・自サ) 課稅
金融 きんゆう	(名・自サ) 金融，通融資金
景気 けいき	(名)（事物的）活動狀態，活潑，精力旺盛；（經濟的）景氣
傾向 けいこう	(名)（事物的）傾向，趨勢
参入 さんにゅう	(名・自サ) 進入；進宮
刺激 しげき	(名・他サ)（物理的，生理的）刺激；（心理的）刺激，使興奮
日 にち	(名・漢造) 日本；星期天；日子，天，晝間
マーケット 【market】	(名) 商場，市場；（商品）銷售地區

◆ 取り引き 交易
とりひき

承る うけたまわ	(他五) 聽取；遵從，接受；知道，知悉；傳聞
受け取り うけとり	(名) 收領；收據；計件工作（的工錢）
受け取る うけとる	(他五) 領，接收，理解，領會
卸す おろす	(他五) 批發，批售，批賣
株 かぶ	(名・接尾) 株，顆；（樹的）殘株；股票；（職業等上）特權；擅長；地位
為替 かわせ	(名) 匯款，匯兌

供給 きょうきゅう	(名・他サ) 供給，供應
署名 しょめい	(名・自サ) 署名，簽名；簽的名字
手続き てつづき	(名) 手續，程序
不当 ふとう	(形動) 不正當，非法，無理

◆ 売買 買賣
ばいばい

売り切れ うりきれ	(名) 賣完
売り切れる うりきれる	(自下一) 賣完，賣光
売れ行き うれゆき	(名)（商品的）銷售狀況，銷路
売れる うれる	(自下一) 商品賣出，暢銷；變得廣為人知，出名，聞名
勘定 かんじょう	(名・他サ) 計算；算帳；（會計上的）帳目，戶頭，結帳；考慮，估計
需要 じゅよう	(名) 需要，要求；需求
代金 だいきん	(名) 貸款，借款
同様 どうよう	(形動) 同樣的，一樣的
特売 とくばい	(名・他サ) 特賣；（公家機關不經標投）賣給特定的人
残り のこり	(名) 剩餘，殘留
売買 ばいばい	(名・他サ) 買賣，交易
発売 はつばい	(名・他サ) 賣，出售
販売 はんばい	(名・他サ) 販賣，出售
割引 わりびき	(名・他サ)（價錢）打折扣，減價；（對說話內容）打折；票據兌現

練習

Ⅰ [a〜e]の中から適当な言葉を選んで、(　　　)に入れなさい。（必要なら形を変えてください。）

a. 代金	b. 割引	c. 為替	d. 株	e. 勘定
だいきん	わりびき	かわせ	かぶ	かんじょう

❶ 海外生活をしていると、(　　　　　　　　　)の値動きが気になる。

❷ スマホを(　　　　　　　　)価格で売っている。

❸ 最近、伯父は(　　　　　　　)を保有している会社の業績が良くなり、大きな利益を得た。

❹ 品物の(　　　　　　　)は、あちらのお会計でお支払いください。

❺ お(　　　　　　)は別々だけど、わたしがみんなの分をまとめて払っておく。精算は後で。

Ⅱ [a〜e]の中から適当な言葉を選んで、(　　　)に入れなさい。（必要なら形を変えてください。）

a. 売れる	b. 承る	c. 受け取る	d. 開放する	e. 卸す

❶ このお茶は、かなり安い価格で問屋に(　　　　　　　)いるらしい。

❷ 通信販売で買った靴を、早くも2日後、宅配便で(　　　　　　　)。

❸ スーツのご注文ありがとうございます。確かに(　　　　　　　)。

❹ この城は現在では観光名所として一般に(　　　　　　)いる。

❺ このコンビニでは、お菓子とアイスクリームがよく(　　　　　　)。

Ⅲ [a〜e]の中から適当な言葉を選んで、(　　　)に入れなさい。（必要なら形を変えてください。）

a. 参入する	b. 発売する	c. 署名する	d. 売り切れる	e. 刺激する

❶ 新製品はついに来月(　　　　　　)。

❷ 彼は、自分の意志に反して契約書に(　　　　　)。

❸ 未開拓の市場に(　　　　　)。

❹ 政府は景気を(　　　　　　)ために非常手段を講じる。

❺ 駅前のパン屋のメロンパンは評判で、すぐに(　　　　　　)。

◆ かかく
価格　價格

かかく 価格	名 價格
がく 額	名・漢造 名額，數額；匾額，畫框
かち 価値	名 價值
こうか 高価	名・形動 高價錢
すいじゅん 水準	名 水準，水平面；水平器；（地位、質量、價值等的）水平；（標示）高度
それなり	名・副 恰如其分；就那樣
ていか 定価	名 定價
てごろ 手頃	名・形動 （大小輕重）合手，合適，相當；適合（自己的經濟能力、身份）
ね 値	名 價錢，價格，價值
むりょう 無料	名 免費；無須報酬
ゆうりょう 有料	名 收費
りょうきん 料金	名 費用，使用費，手續費
りょうしゅう 領収	名・他サ 收到

◆ そんとく　たいしゃく
損得、貸借　損益、借貸

うりあげ 売り上げ	名 （一定期間的）銷售額，營業額
しゃっきん 借金	名・自サ 借款，欠款，舉債
しょうひん 賞品	名 獎品
せいきゅう 請求	名・他サ 請求，要求，索取
せお 背負う	他五 背；擔負，承擔，肩負

そん 損	名・自サ・形動・漢造 虧損，賠錢；吃虧，不划算；減少；損失
そんがい 損害	名・他サ 損失，損害，損耗
そんしつ 損失	名・自サ 損害，損失
そんとく 損得	名 損益，得失，利害
てっ 徹する	自サ 貫徹，貫穿；通宵，徹夜；徹底，貫徹始終
ほけん 保険	名 保險；（對於損害的）保證
もう 儲かる	自五 賺到，得利；賺得到便宜，撿便宜
もう 儲ける	他下一 賺錢，得利；（轉）撿便宜，賺到
りえき 利益	名 利益，好處；利潤，盈利
りがい 利害	名 利害，得失，利弊，損益

◆ しゅうし　ちんぎん
収支、賃金　收支、工資報酬

きゅうよ 給与	名・他サ 供給（品），分發，待遇；工資，津貼
げっきゅう 月給	名 月薪，工資
さ ひ 差し引く	他五 扣除，減去；抵補，相抵（的餘額）；（潮水的）漲落，（體溫的）升降
しきゅう 支給	名・他サ 支付，發給
しゅうにゅう 収入	名 收入，所得
ただ	名・副・接 免費；普通，平凡；只是，僅僅；（對前面的話做出否定）但是，不過

| 頂戴
ちょうだい | 名・他サ（「もらう、食べる」的謙虚説法）領受，得到，吃；（女性、兒童請求別人做事）請 |

| 有効
ゆうこう | 形動 有効的 |

練習

Ⅰ [a〜e]の中から適当な言葉を選んで、（　　）に入れなさい。（必要なら形を変えてください。）

| a. 徹する
てっ | b. 儲かる
もう | c. 領収する
りょうしゅう | d. 背負う
せ お | e. 差し引く
さ ひ |

❶ 伯父
おじは、今度
こんどの仕事
しごとでかなり（　　　　　　　）マンションを買
かった。

❷ 地震
じしんによる行方不明者
ゆくえ ふ めいしゃの救助作業
きゅうじょ さぎょうは、夜
よるを（　　　　　　　）なされた。

❸ 上記
じょうきの通
とおりに（　　　　　　　）。

❹ 先週
せんしゅうの日曜日
にちよう び、友
ともだちとリュックを（　　　　　　　）登山
と ざんをした。

❺ アルバイト代
だいから、前
まえに借
かりたお金
かねを（　　　　　　　）もらう。

Ⅱ [a〜e]の中から適当な言葉を選んで、（　　）に入れなさい。（必要なら形を変えてください。）

| a. 借金
しゃっきん | b. 損得
そんとく | c. 賞品
しょうひん | d. 有料
ゆうりょう | e. 月給
げっきゅう |

❶ 当日
とうじつは、花火会場
はな び かいじょうへの入場
にゅうじょうは（　　　　　　　）となります。

❷ （　　　　　　　）ばかり考
かんがえて生
いきていると、つまらないのではないでしょうか。

❸ クリスマスパーティのゲームで勝
かって（　　　　　　　）をもらった。

❹ 彼
かれは親
おやの残
のこした（　　　　　　　）を20年
ねんかかって清算
せいさんしたそうだ。

❺ 初
はじめて（　　　　　　　）をもらったら、両親
りょうしんや家族
か ぞくにプレゼントをしようと思
おもう。

けいざい

◆ 消費、費用　消費、費用

かいけい **会計**	副・自サ	會計；付款，結帳
きんがく **金額**	名	金額
きんせん **金銭**	名	錢財，錢款；金幣
こうか **硬貨**	名	硬幣，金屬貨幣
こうきょう **公共**	名	公共
しはら **支払い**	名・他サ	付款，支付（金錢）
しはら **支払う**	他五	支付，付款
しゅうきん **集金**	名・自他サ	（水電、瓦斯等）收款，催收的錢
つ **釣り**	名	釣，釣魚；找錢，找的錢
はぶ **省く**	他五	省，省略，精簡，簡化；節省
はら こ **払い込む**	他五	繳納
はら もど **払い戻す**	他五	退還（多餘的錢），退費；（銀行）付還（存戶存款）
ひよう **費用**	名	費用，開銷
ぶんたん **分担**	名・他サ	分擔
めんぜい **免税**	名・他サ・自サ	免税

◆ 財産、金銭　財産、金錢

うんよう **運用**	名・他サ	運用，活用
げんきん **現金**	名	（手頭的）現款，現金；（經濟的）現款，現金
こしら **拵える**	他下一	做，製造；捏造，虛構；化妝，打扮；籌措，填補

こづか **小遣い**	名	零用錢
ざいさん **財産**	名	財產；文化遺產
さつ **札**	名・漢造	紙幣，鈔票；（寫有字的）木牌，紙片；信件；門票，車票
しへい **紙幣**	名	紙幣
しょうがくきん **奨学金**	名	獎學金，助學金
ぜい **税**	名・漢造	税，税金
そうぞく **相続**	名・他サ	承繼（財產等）
たいきん **大金**	名	巨額金錢，巨款
ちょぞう **貯蔵**	名・他サ	儲藏
ちょちく **貯蓄**	名・他サ	儲蓄
つうか **通貨**	名	通貨，（法定）貨幣
つうちょう **通帳**	名	（存款、賒帳等的）折子，帳簿
はさん **破産**	名・自サ	破產

◆ 貧富　貧富

えんじょ **援助**	名・他サ	援助，幫助
ききん **飢饉**	名	飢饉，飢荒；缺乏，…荒
きふ **寄付**	名・他サ	捐贈，捐助，捐款
ごうか **豪華**	形動	奢華的，豪華的
さべつ **差別**	名・他サ	輕視，區別

贅沢(ぜいたく)	名・形動 奢侈，奢華，浪費，鋪張；過份要求，奢望
貧(まず)しい	形（生活）貧窮的，窮困的；（經驗、才能的）貧乏，淺薄
恵(めぐ)まれる	自下一 得天獨厚，被賦予，受益，受到恩惠

練 習

Ⅰ [a～e]の中から適当な言葉を選んで、（　　）に入れなさい。（必要なら形を変えてください。）

a. 省(はぶ)く	b. こしらえる	c. 恵(めぐ)まれる	d. 寄付(きふ)する	e. 支払(しはら)う

❶ この会(かい)の収益(しゅうえき)の一部(いちぶ)は、福祉団体(ふくしだんたい)に（　　　　　　　）。

❷ コンビニへ行(い)き、電話代(でんわだい)と電気料金(でんきりょうきん)を（　　　　　　　）。

❸ 誕生日(たんじょうび)のケーキを（　　　　　　　）、家族(かぞく)みんなでお祝(いわ)いをする。

❹ 細(こま)かい点(てん)は（　　　　　　　）、まず新製品(しんせいひん)の素晴(すば)らしさを説明(せつめい)した。

❺ 今日(きょう)の遊園地(ゆうえんち)は、好天(こうてん)に（　　　　　　　）多(おお)くの家族連(かぞくづ)れで賑(にぎ)わった。

Ⅱ [a～e]の中から適当な言葉を選んで、（　　）に入れなさい。（必要なら形を変えてください。）

a. 通帳(つうちょう)	b. 小遣(こづか)い	c. 会計(かいけい)	d. 通貨(つうか)	e. 飢饉(ききん)

❶ 弟(おとうと)は、母(はは)からもらった（　　　　　　　）を毎月大切(まいつきたいせつ)に貯金(ちょきん)していた。

❷ 私(わたし)はこの会社(かいしゃ)の事務(じむ)や（　　　　　　　）を担当(たんとう)しています。

❸ その金貨(きんか)が、1000年前(ねんまえ)に使(つか)われていた（　　　　　　　）だと知(し)って驚(おどろ)いた。

❹ 泥棒(どろぼう)に入(はい)られたが、預金(よきん)（　　　　　　　）もパスポートも盗(ぬす)まれなかった。

❺ （　　　　　　　）で苦(くる)しむ世界(せかい)の子(こ)どもたちのために寄付金(きふきん)を集(あつ)めた。

◆ せいじ **政治**　政治

あん **案**	(名) 計畫，提案，意見；預想，意料
う け **打ち消す**	(他五) 否定，否認；熄滅，消除
おさ **治める**	(他下一) 治理；鎮壓
かいかく **改革**	(名・他サ) 改革
かげ **陰**	(名) 日陰，背影處；背面；背地裡，暗中
かん **関する**	(自サ) 關於，與…有關
げんじょう **現状**	(名) 現狀
こっか **国家**	(名) 國家
さら **更に**	(副) 更加，更進一步；並且，還；再，重新；(下接否定) 一點也不，絲毫不
じじょう **事情**	(名) 狀況，內情，情形；(局外人所不知的) 原因，緣故，理由
じつげん **実現**	(名・自他サ) 實現
しゅぎ **主義**	(名) 主義，信條；作風，行動方針
ず のう **頭脳**	(名) 頭腦，判斷力，智力；(團體的) 決策部門，首腦機構，領導人
せいかい **政界**	(名) 政界，政治舞台
せい ふ **政府**	(名) 政府；內閣，中央政府
せんせい **専制**	(名) 專制，獨裁；獨斷，專斷獨行
だんかい **段階**	(名) 梯子，台階，樓梯；階段，時期，步驟；等級，級別

デモ 【demonstration 之略】	(名) 抗議行動
にら **睨む**	(他五) 瞪著眼看，怒目而視；盯著，注視，仔細觀察；估計，揣測，意料；盯上

◆ こくさい がいこう **国際、外交**　國際、外交

がいこう **外交**	(名) 外交；對外事務，外勤人員
かっこく **各国**	(名) 各國
こんらん **混乱**	(名・自サ) 混亂
さいほう **再訪**	(名・他サ) 再訪，重遊
じ たい **事態**	(名) 事態，情形，局勢
じっし **実施**	(名・他サ) (法律、計畫、制度的) 實施，實行
しゅよう **主要**	(名・形動) 主要的
じょうきょう **状況**	(名) 狀況，情況
しょこく **諸国**	(名) 各國
しんこく **深刻**	(形動) 嚴重的，重大的，莊重的；意味深長的，發人省思的，尖銳的
じんしゅ **人種**	(名) 人種，種族；(某) 一類人；(俗)(生活環境、愛好等不同的) 階層
ぜいかん **税関**	(名) 海關
たいせい **体制**	(名) 體制，結構；(統治者行使權力的) 方式

通用 つうよう	(名・自サ) 通用，通行；兼用，兩用；（在一定期間內）通用，有效；通常使用
整う ととの	(自五) 備齊，完整；整齊端正，協調；（協議等）達成，談妥
とんでもない	(連語・形) 出乎意料，不合情理；豈有此理，不可想像；（用在堅決的反駁或表示客套）哪裡的話
不利 ふ り	(名・形動) 不利
求める もと	(他下一) 想要，渴望，需要；謀求，探求；征求，要求；購買

催し もよお	(名) 舉辦，主辦；集會，文化娛樂活動；預兆，兆頭
要求 ようきゅう	(名・他サ) 要求，需求
来日 らいにち	(名・自サ) （外國人）來日本，到日本來
領事 りょうじ	(名) 領事
連合 れんごう	(名・他サ・自サ) 聯合，團結；（心）聯想

練習

Ⅰ [a～e]の中から適当な言葉を選んで、（　　　）に入れなさい。（必要なら形を変えてください。）

a. 治める おさ	b. 求める もと	c. 関する かん	d. 睨む にら	e. 打ち消す う　け

❶ 20年間国を（　　　　　　　　）きた国王は、民衆に支持されている。

❷ コンビニの前でたむろしている不良に（　　　　　　　）て、怖くて逃げた。

❸ 昨日言ったことを（　　　　　　　）、行き先を変更した。

❹ 環境保護に（　　　　　　　）論文を書くために、毎日図書館に通っている。

❺ マンション建設のために、周辺住民の同意と協力を（　　　　　　　）。

Ⅱ [a～e]の中から適当な言葉を選んで、（　　　）に入れなさい。（必要なら形を変えてください。）

a. デモ	b. 実施 じっし	c. 税関 ぜいかん	d. 専制 せんせい	e. 催し もよお

❶ メーデーには、賃上げを要求して各地で（　　　　　　　）が行われる。

❷ 今日は成人の日なので、各地で成人を祝う（　　　　　　　）があった。

❸ （　　　　　　　）政治の時代にもどりたいとは誰も思わないだろう。

❹ この法律はまだ（　　　　　　　）段階に至っていません。

❺ 空港の（　　　　　　　）で荷物検査に30分ほどかかったので、遅くなった。

66 政治 (2)
せいじ

政治 (2)

◆ 議会、選挙　議會、選舉
ぎかい、せんきょ

演説 えんぜつ	(名・自サ) 演說
会合 かいごう	(名・自サ) 聚會，聚餐
可決 かけつ	(名・他サ)（提案等）通過
傾く かたむく	(自五) 傾斜；有…的傾向；（日月）偏西；衰弱，衰微
議会 ぎかい	(名) 議會，國會
共産 きょうさん	(名) 共產；共產主義
議論 ぎろん	(名・他サ) 爭論，討論，辯論
具体 ぐたい	(名) 具體
結論 けつろん	(名・自サ) 結論
公衆 こうしゅう	(名) 公眾，公共，一般人
候補 こうほ	(名) 候補，候補人；候選，候選人
国会 こっかい	(名) 國會，議會
実際 じっさい	(名・副) 實際；事實，真面目；確實，真的，實際上
実例 じつれい	(名) 實例
主張 しゅちょう	(名・他サ) 主張，主見，論點
承認 しょうにん	(名・他サ) 批准，認可，通過；同意；承認
政党 せいとう	(名) 政黨
成立 せいりつ	(名・自サ) 產生，完成，實現；成立，組成；達成
総理大臣 そうりだいじん	(名) 總理大臣，首相

他 た	(名・漢造) 其他，他人，別處，別的事物；他心二意；另外
大臣 だいじん	(名)（政府）部長，大臣
大統領 だいとうりょう	(名) 總統
代理 だいり	(名・他サ) 代理，代替；代理人，代表
力強い ちからづよい	(形) 強而有力的；有信心的，有依仗的
知事 ちじ	(名) 日本都、道、府、縣的首長
党 とう	(名・漢造) 鄉里；黨羽，同夥；黨，政黨
統一 とういつ	(名・他サ) 統一，一致，一律
投票 とうひょう	(名・自サ) 投票
取り入れる とりいれる	(他下一) 收穫，收割；收進，拿入；採用，引進，採納
取り消す とりけす	(他五) 取消，撤銷，作廢
設ける もうける	(他下一) 預備，準備；設立，制定；生，得（子女）
元・基 もと・もと	(名) 起源，本源；基礎，根源；原料；原因；本店；出身；成本

練習

I [a～e]の中から適当な言葉を選んで、（　　）に入れなさい。（必要なら形を変えてください。）

a. 取り入れる	b. 傾く	c. 取り消す	d. 対立する	e. 設ける

❶ 出張の日程が変更になり、ホテルの予約を（　　　　　　　　）。

❷ 工場に新しい機械を（　　　　　　　　）ら、生産量が2倍になった。

❸ 壁に掛けた絵が（　　　　　　　　）ので、椅子に乗って真っ直ぐに掛け直した。

❹ 講演会の会場に、お年寄りのための優先席を（　　　　　　　　）。

❺ この件については、政府と野党の認識が鋭く（　　　　　　　　）いる。

II [a～e]の中から適当な言葉を選んで、（　　）に入れなさい。（必要なら形を変えてください。）

a. 政党	b. 共産	c. 会合	d. 実例	e. 主張

❶ この薬品を使った実験が成功したという（　　　　　　　　）はない。

❷ 昔、日本では、（　　　　　　　　）主義の人が警察につかまることもあった。

❸ 今後2か月に1度、（　　　　　　　　）を開催していく予定です。

❹ 自分の（　　　　　　　　）をわかりやすく伝えよう。

❺ 支持している（　　　　　　　　）は特にないという人が増えている。

III [a～e]の中から適当な言葉を選んで、（　　）に入れなさい。（必要なら形を変えてください。）

a. 投票	b. 具体	c. 結論	d. 承認	e. 成立

❶ 国会では、ワクチンの無料接種のための法案が（　　　　　　　　）した。

❷ この件について、社長の（　　　　　　　　）がなかなか得られていない。

❸ 日本の若者は政治に無関心で、20代の（　　　　　　　　）率は3分の1程度だ。

❹ だから彼は小心者であると（　　　　　　　　）づけられています。

❺ わかりにくいので、もっと（　　　　　　　　）的に説明してください。

67 政治 (3)
せい じ

政治 (3)

◆ 行政、公務員　行政、公務員
ぎょうせい こう む いん

公務 こう む	名 公務，國家及行政機關的事務
自治 じ ち	名 自治，地方自治
重点 じゅうてん	名 重點（物）作用點
徐々に じょじょ	副 徐徐地，慢慢地，一點點；逐漸，漸漸
制度 せい ど	名 制度；規定
全体 ぜんたい	名・副 全身，整個身體；全體，總體；根本，本來；究竟，到底
増大 ぞうだい	名・自他サ 增多，增大
体系 たいけい	名 體系，系統
対策 たいさく	名 對策，應付方法
投書 とうしょ	名・他サ・自サ 投書，信訪，匿名投書；（向報紙、雜誌）投稿
防止 ぼう し	名・他サ 防止
保証 ほ しょう	名・他サ 保証，擔保
役 やく	名・漢造 職務，官職；責任，任務，（負責的）職位；角色；使用，作用
役人 やくにん	名 官員，公務員
予算 よ さん	名 預算
臨時 りん じ	名 臨時，暫時，特別

◆ 軍事　軍事
ぐん じ

甘い あま	形 甜的；淡的；寬鬆，好說話；鈍，鬆動；藐視；天真的；樂觀的；淺薄的；愚蠢的
演習 えんしゅう	名・自サ 演習，實際練習；（大學內的）課堂討論，共同研究
解放 かいほう	名・他サ 解放，解除，擺脫
基地 き ち	名 基地，根據地
強化 きょう か	名・他サ 強化，加強
砕く くだ	他五 打碎，弄碎
くっ付く つ	自五 緊貼在一起，附著
軍 ぐん	名 軍隊；（軍隊編排單位）軍
軍隊 ぐんたい	名 軍隊
訓練 くんれん	名・他サ 訓練
攻撃 こうげき	名・他サ 攻擊，進攻；抨擊，指責，責難；（棒球）擊球
合同 ごうどう	名・自他サ 合併，聯合；（數）全等
合流 ごうりゅう	名・自サ （河流）匯合，合流；聯合，合併
サイレン【siren】	名 警笛，汽笛
自衛 じ えい	名・他サ 自衛
支配 し はい	名・他サ 指使，支配；統治，控制，管轄；決定，左右
縮小 しゅくしょう	名・他サ 縮小
攻める せ	他下一 攻，攻打
潜水 せんすい	名・自サ 潛水
大戦 たいせん	名・自サ 大戰，大規模戰爭；世界大戰

<ruby>戦<rt>たたか</rt></ruby>い	名 戦鬥；鬥爭；競賽，比賽	<ruby>発射<rt>はっしゃ</rt></ruby>	名・他サ 發射（火箭、子彈等）
<ruby>弾<rt>たま</rt></ruby>	名 子彈	<ruby>武器<rt>ぶ き</rt></ruby>	名 武器，兵器；（有利的）手段，武器
<ruby>抵抗<rt>ていこう</rt></ruby>	名・自サ 抵抗，抗拒，反抗；（物理）電阻，阻力；（產生）抗拒心理，不願接受	<ruby>本部<rt>ほん ぶ</rt></ruby>	名 本部，總部
<ruby>鉄砲<rt>てっぽう</rt></ruby>	名 槍，步槍		

練 習

I [a〜e]の中から適当な言葉を選んで、（　　　）に入れなさい。（必要なら形を変えてください。）

a. <ruby>保証<rt>ほ しょう</rt></ruby>する	b. <ruby>潜水<rt>せんすい</rt></ruby>する	c. <ruby>解放<rt>かいほう</rt></ruby>する	d. <ruby>抵抗<rt>ていこう</rt></ruby>する	e. <ruby>発射<rt>はっしゃ</rt></ruby>する

❶ <ruby>深<rt>ふか</rt></ruby>く（　　　　　　　）とき、<ruby>垂直<rt>すいちょく</rt></ruby>に<ruby>潜<rt>もぐ</rt></ruby>っていくので<ruby>尻尾<rt>しっぽ</rt></ruby>が<ruby>高<rt>たか</rt></ruby>く<ruby>上<rt>あ</rt></ruby>がります。

❷ <ruby>敵<rt>てき</rt></ruby>が<ruby>頑強<rt>がんきょう</rt></ruby>に（　　　　　　　）。

❸ 1<ruby>日約<rt>にちやく</rt></ruby>50<ruby>円<rt>えん</rt></ruby>で<ruby>家事<rt>か じ</rt></ruby>から（　　　　　　　）お<ruby>掃除<rt>そうじ</rt></ruby>ロボットをご<ruby>紹介<rt>しょうかい</rt></ruby>します。

❹ <ruby>彼<rt>かれ</rt></ruby>の<ruby>人物<rt>じんぶつ</rt></ruby>は<ruby>私<rt>わたし</rt></ruby>が（　　　　　　　）。

❺ <ruby>米海軍<rt>べいかいぐん</rt></ruby>が<ruby>無人艇<rt>む じんてい</rt></ruby>からミサイルを（　　　　　　　）<ruby>初<rt>はつ</rt></ruby>の<ruby>実験<rt>じっけん</rt></ruby>を<ruby>行<rt>おこな</rt></ruby>った。

II [a〜e]の中から適当な言葉を選んで、（　　　）に入れなさい。（必要なら形を変えてください。）

a. <ruby>臨時<rt>りん じ</rt></ruby>	b. サイレン	c. <ruby>防止<rt>ぼう し</rt></ruby>	d. <ruby>役人<rt>やくにん</rt></ruby>	e. <ruby>強化<rt>きょう か</rt></ruby>

❶ 1<ruby>日<rt>にち</rt></ruby>10<ruby>分<rt>ぶん</rt></ruby>のトレーニングで<ruby>体力増進<rt>たいりょくぞうしん</rt></ruby>、<ruby>老化<rt>ろう か</rt></ruby>（　　　　　　　）に<ruby>有効<rt>ゆうこう</rt></ruby>です。

❷ <ruby>遠<rt>とお</rt></ruby>くからパトカーの（　　　　　　　）が<ruby>聞<rt>き</rt></ruby>こえてきた。<ruby>何<rt>なに</rt></ruby>があったのだろう。

❸ <ruby>競争力<rt>きょうそうりょく</rt></ruby>の（　　　　　　　）を<ruby>図<rt>はか</rt></ruby>る。

❹ <ruby>兄<rt>あに</rt></ruby>は<ruby>外務省<rt>がい む しょう</rt></ruby>の（　　　　　　　）だ。

❺ <ruby>本日<rt>ほんじつ</rt></ruby><ruby>台風<rt>たいふう</rt></ruby>10<ruby>号<rt>ごう</rt></ruby><ruby>接近<rt>せっきん</rt></ruby>のため、（　　　　　　　）<ruby>休業<rt>きゅうぎょう</rt></ruby><ruby>致<rt>いた</rt></ruby>します。

68 法律(1)
ほうりつ

法律(1)

◆ 規則　規則
きそく

あ 当てはまる	自五 適用，適合，合適，恰當
あ 当てはめる	他下一 適用；應用
エチケット【etiquette】	名 禮節，禮儀，(社交)規矩
おこた 怠る	他五 怠慢，懶惰；疏忽，大意
かいせい 改正	名・他サ 修正，改正
かいぜん 改善	名・他サ 改善，改良，改進
ぎむ 義務	名 義務
きょか 許可	名・他サ 許可，批准
きりつ 規律	名 規則，紀律，規章
けいしき 形式	名 形式，樣式；方式
けいとう 系統	名 系統，體系
けん 権	名・漢造 權力；權限
けんり 権利	名 權利
こうしき 公式	名・形動 正式；(數)公式
したが 従う	自五 跟隨，服從，遵從；按照；順著，沿著；隨著，伴隨
つ くわ 付け加える	他下一 添加，附帶
ふ 不	漢造 不；壞；醜；笨
ふか 不可	名 不可，不行；(成績評定等級)不及格
ほう 法	名・漢造 法律；佛法；方法，作法；禮節；道理

モデル【model】	名 模型；榜樣，典型，模範；(文學作品中)典型人物，原型；模特兒
もと 基づく	自五 根據，按照；由…而來，因為，起因

◆ 裁判、刑罰　判決、審判、刑罰
さいばん　けいばつ

かしつ 過失	名 過錯，過失
けいじ 刑事	名 刑事；刑事警察
こうせい 公正	名・形動 公正，公允，不偏
こうへい 公平	名・形動 公平，公道
さいばん 裁判	名・他サ 裁判，評斷，判斷；(法)審判，審理
しき 頻りに	副 頻繁地，再三地，屢次；不斷地，一直地；熱心，強烈
じじつ 事実	名 事實；(作副詞用)實際上
しじゅう 始終	名・副 開頭和結尾；自始至終；經常，不斷，總是
しだい 次第	名・接尾 順序，次序；依序，依次；經過，緣由；任憑，取決於
しょり 処理	名・他サ 處理，處置，辦理
しんぱん 審判	名・他サ 審判，審理，判決；(體育比賽等的)裁判；(上帝的)審判
ぜんしん 前進	名・他サ 前進
ていしゅつ 提出	名・他サ 提出，交出，提供
とくしゅ 特殊	名・形動 特殊，特別

罰_{ばつ}	（名・漢造）懲罰，處罰
罰_{ばっ}する	（他サ）處罰，處分，責罰；（法）定罪，判罪
非_ひ	（名・漢造）非，不是

練習

Ⅰ [a～e]の中から適当な言葉を選んで、(   )に入れなさい。（必要なら形を変えてください。）

a. 従_{したが}う　b. 基_{もと}づく　c. 怠_{おこた}る　d. 当_あてはまる　e. 付_つけ加_{くわ}える

❶ お客様_{きゃくさま}のご要望_{ようぼう}にぴったり (   ) マンションを探_{さが}します。

❷ 論文作成_{ろんぶんさくせい}を (   ) いたので、今_{いま}になって締_しめ切_きりに追_おわれている。

❸ 教授_{きょうじゅ}は実験_{じっけん}データに (   ) 論文_{ろんぶん}を書_かき、発表_{はっぴょう}した。

❹ 不満_{ふまん}はあると思_{おも}うが、学校_{がっこう}の規則_{きそく}には (   ) べきである。

❺ 薬_{くすり}の副作用_{ふくさよう}についても患者_{かんじゃ}に (   ) おくことが必要_{ひつよう}だ。

Ⅱ [a～e]の中から適当な言葉を選んで、(   )に入れなさい。（必要なら形を変えてください。）

a. エチケット　b. モデル　c. 形式_{けいしき}　d. 系統_{けいとう}　e. 処理_{しょり}

❶ (   ) にばかりとらわれていると、本質_{ほんしつ}が見_みえなくなる。

❷ ごみの (   ) はきちんと行_{おこな}いましょう。

❸ ビルの火事_{かじ}は、電気_{でんき} (   ) に問題_{もんだい}があったためだとわかった。

❹ 咳_{せき}が出_でるときはハンカチやマスクを使_{つか}うのが (   ) だ。

❺ ここは防犯_{ぼうはん} (   ) 地区_{ちく}に選定_{せんてい}された。

69 法律 (2)
ほうりつ
法律 (2)

◆ 法律 ほうりつ　法律

違反 いはん	（名・自サ）違反，違規
斬る き	（他五）砍；切
警告 けいこく	（名・他サ）警告
憲法 けんぽう	（名）憲法
生じる しょう	（自他サ）生，長；出生，產生；發生；出現
適用 てきよう	（名・他サ）適用，應用

◆ 犯罪 はんざい　犯罪

誤り あやま	（名）錯誤
誤る あやま	（自五・他五）錯誤，弄錯；耽誤
一致 いっち	（名・自サ）一致，相符
訴える うった	（他下一）控告，控訴，申訴；求助於；使…感動，打動
奪う うば	（他五）剝奪；強烈吸引；除去
大凡 おおよそ	（副）大體，大概，一般；大約，差不多
着せる き	（他下一）給穿上（衣服）；鍍上；嫁禍，加罪
厳重 げんじゅう	（形動）嚴重的，嚴格的，嚴厲的
強盗 ごうとう	（名）強盜；行搶
こっそり	（副）悄悄地，偷偷地，暗暗地
自力 じりき	（名）憑自己的力量
侵入 しんにゅう	（名・自サ）侵入，侵略；（非法）闖入
迫る せま	（自五・他五）強迫，逼迫；臨近，迫近；變狹窄，縮短；陷於困境，窘困

逮捕 たいほ	（名・他サ）逮捕，拘捕，捉拿
繋がり つな	（名）相連，相關；系列；關係，聯繫
罪 つみ	（名・形動）（法律上的）犯罪；（宗教上的）罪惡，罪孽；（道德上的）罪責，罪過
どうか	（副）（請求他人時）請；設法，想辦法；（情況）和平時不一樣，不正常；（表示不確定的疑問，多用かどうか）是…還是怎麼樣
盗難 とうなん	（名）失竊，被盜
捕らえる と	（他下一）捉住，逮捕；緊緊抓住；捕捉，掌握；令陷入…狀態
犯罪 はんざい	（名）犯罪
ピストル【pistol】	（名）手槍
物騒 ぶっそう	（名・形動）騷亂不安，不安定；危險
防犯 ぼうはん	（名）防止犯罪
未然 みぜん	（名）尚未發生
認める みと	（他下一）看出，看到；認識，賞識，器重；承認；斷定，認為；許可，同意
遣っ付ける やっ	（他下一）（俗）幹完（工作等，「やる」的強調表現）；教訓一頓；幹掉；打敗，擊敗
行方 ゆくえ	（名）去向，目的地；下落，行蹤；前途，將來
行方不明 ゆくえふめい	（名）下落不明
要素 ようそ	（名）要素，因素；（理、化）要素，因子

練 習

Ⅰ [a～e]の中から適当な言葉を選んで、（　　　）に入れなさい。（必要なら形を変えてくだ
さい。）

a. 奪う	b. 斬る	c. 捕らえる	d. 迫る	e. 生じる

❶ 小屋から逃げ出したウサギを、係員が追いかけて（　　　　　　　　）。

❷ 銀行で大金を（　　　　　　　）強盗は、3時間後に逮捕された。

❸ 日本映画の時代劇には、侍が刀で人を（　　　　　　　）場面が多い。

❹ 労働者が、会社に賃金の値上げと待遇の向上を（　　　　　　　）。

❺ 新しい問題が（　　　　　　　）。

Ⅱ [a～e]の中から適当な言葉を選んで、（　　　）に入れなさい。（必要なら形を変えてくだ
さい。）

a. 盗難	b. ピストル	c. 自力	d. 未然	e. 行方

❶ 3年前に家を出て行ったきり、弟は今も（　　　　　　　）がわからない。

❷ 昨夜、（　　　　　　　）事件のあったスーパーは、この店です。

❸ （　　　　　　　）を突きつけられて「手を挙げろ」と言われた。

❹ これは犯罪を（　　　　　　　）に防ぐための看板です。

❺ 彼はだれにも助けを求めず（　　　　　　　）で問題を解決した。

Ⅲ [a～e]の中から適当な言葉を選んで、（　　　）に入れなさい。（必要なら形を変えてくだ
さい。）

a. やっつける	b. 認める	c. 誤る	d. 侵入する	e. 着せる

❶ 乗り換える電車を（　　　　　　　）、約束の時間に遅れてしまった。

❷ 逆転のホームランで、優勝候補のチームを（　　　　　　　）。

❸ 妹は私のスマホを使ったことを（　　　　　　　）、素直に謝った。

❹ 小学校の入学式に息子にスーツを（　　　　　　　）、写真を撮った。

❺ 空き巣被害の大半は、窓から家の中に（　　　　　　　）います。

70 心理、感情 (1)
しんり　かんじょう

心理、感情 (1)

◆ 心 (1)　心、內心 (1)
こころ

呆れる あき	(自下一) 吃驚，愕然，嚇呆，發楞
熱い あつ	(形) 熱的，燙的；熱情的，熱烈的
飢える う	(自下一) 飢餓，渴望
疑う うたが	(他五) 懷疑，疑惑，不相信，猜測
敬う うやま	(他五) 尊敬
羨む うらや	(他五) 羨慕，嫉妒
運 うん	(名) 命運，運氣
惜しい お	(形) 遺憾；可惜的，捨不得；珍惜
思い込む おも こ	(自五) 確信不疑，深信；下決心
思い遣り おも や	(名) 同情心，體貼
覚悟 かく ご	(名·自他サ) 精神準備，決心；覺悟
がっかり	(副·自サ) 失望，灰心喪氣；筋疲力盡
感 かん	(名·漢造) 感覺，感動；感
感覚 かんかく	(名·他サ) 感覺
感激 かんげき	(名·自サ) 感激，感動
感じ かん	(名) 知覺，感覺；印象
感情 かんじょう	(名) 感情，情緒
関心 かんしん	(名) 關心，感興趣
気がする き	(慣) 好像，感到，覺得

期待 き たい	(名·他サ) 期待，期望，指望
気にする き	(慣) 介意，在乎
気になる き	(慣) 擔心，放心不下
気の毒 き どく	(名·形動) 可憐的，可悲；可惜，遺憾；過意不去，對不起
気分転換 き ぶんてんかん	(連語·名) 轉換心情
気楽 き らく	(名·形動) 輕鬆，安閒，無所顧慮
空想 くうそう	(名·他サ) 空想，幻想
狂う くる	(自五) 發狂，發瘋，失常，不準確，有毛病；落空，錯誤；過度著迷，沉迷
恋しい こい	(形) 思慕的，眷戀的，懷念的
幸運 こううん	(名·形動) 幸運，僥倖
好奇心 こう き しん	(名) 好奇心

練 習

I [a～e]の中から適当な言葉を選んで、（　）に入れなさい。（必要なら形を変えてくだ
さい。）

a. 敬う	b. 呆れる	c. 飢える	d. 羨む	e. 疑う

❶ 自分の都合のいいように計画を立てる友だちに（　　　　　　　）しまった。

❷ アジアの多くの国の人々は、先祖や家族を（　　　　　　　）意識が強い。

❸ 私の祖母はみんなが（　　　　　　　）ほど、カラオケが上手である。

❹ 世界中で、（　　　　　　　）いる子どもが今でも数多くいる実態を知るべきだ。

❺ 癌を（　　　　　　　）精密検査を受けたが、幸い癌ではなかった。

II [a～e]の中から適当な言葉を選んで、（　）に入れなさい。（必要なら形を変えてくだ
さい。）

a. 感激	b. 幸運	c. 感じ	d. 関心	e. 感覚

❶ あの人とは金銭（　　　　　　　）にずれがあって、ちょっと付き合いにくい。

❷ テレビ番組で、幼い頃に生き別れた兄弟がスタジオで（　　　　　　　）の対面をした。

❸ 宝くじを1枚買ったら、（　　　　　　　）にもそれが3等賞であった。

❹ あのレストランの料理はとてもおいしいが、店員は（　　　　　　　）が悪い。

❺ 子どもは、いろいろなことに（　　　　　　　）をもって大人に質問する。

III [a～d]の中から適当な言葉を選んで、（　）に入れなさい。（必要なら形を変えてくだ
さい。）

a. 覚悟する	b. 狂う	c. 期待する	d. 思い込む

❶ 決裂も（　　　　　　　）いたが、話し合いは極めてスムーズに進んだ。

❷ 隣の家の飼い犬が、なぜか、（　　　　　　　）ように吠えている。

❸ 国産だと（　　　　　　　）いた大豆が、実は輸入品だった。

❹ 本日は入社おめでとう。諸君の若いエネルギーに（　　　　　　　）いる。

◆ 心 (2)　心、內心 (2)

心当たり こころ あ	(名) 想像，(估計、猜想) 得到；線索，苗頭
堪える こら	(他下一) 忍耐，忍受；忍住，抑制住；容忍，寬恕
幸い さいわ	(名・形動・副) 幸運，幸福；幸虧，好在；對…有幫助，對…有利，引起好影響
仕方がない し かた	(連語) 沒有辦法；沒有用處，無濟於事，迫不得已；受不了，…得不得了；不像話
実感 じっかん	(名・他サ) 真實感，確實感覺到；真實的感情
しみじみ	(副) 痛切，深切地；親密，懇切；仔細，認真的
占めた し	(連語・感)(俗)太好了，好極了，正中下懷
真剣 しんけん	(名・形動) 真刀，真劍；認真，正經
心中 しんじゅう	(名・自サ)(古)守信義；(相愛男女因不能在一起而感到悲哀)一同自殺，殉情；(轉)兩人以上同時自殺
心理 しんり	(名) 心理
澄む す	(自五) 清澈；澄清；晶瑩，光亮；(聲音)清脆悅耳；清靜，寧靜
ずるい	(形) 狡猾，奸詐，耍滑頭，花言巧語
精神 せいしん	(名)(人的)精神，心；心神，精力，意志；思想，心意；(事物的)根本精神
善 ぜん	(名・漢造) 好事，善行；善良；優秀，卓越；妥善，擅長；關係良好

大した たい	(連體) 非常的，了不起的；(下接否定詞)沒什麼了不起，不怎麼樣
大して たい	(副)(一般下接否定語)並不太…，並不怎麼
堪らない たま	(連語・形) 難堪，忍受不了；難以形容，…得不得了；按耐不住
躊躇う ためら	(自五) 猶豫，躊躇，遲疑，躊躇不前
誓う ちか	(他五) 發誓，起誓，宣誓
尖る とが	(自五) 尖；發怒；神經過敏，神經緊張
何となく なん	(副)(不知為何)總覺得，不由得；無意中
なんとも	(副・連) 真的，實在；(下接否定，表無關緊要)沒關係，沒什麼；(下接否定)怎麼也不…
願い ねが	(名) 願望，心願；請求，請願；申請書，請願書
膨らます ふく	(他五)(使)弄鼓，吹鼓
面倒臭い めんどうくさ	(形) 非常麻煩，極其費事的
油断 ゆだん	(名・自サ) 缺乏警惕，疏忽大意

◆ 感謝、後悔　感謝、悔恨

かんしゃ こうかい

有り難い あ がた	(形) 難得，少有；值得感謝，感激，值得慶幸
祝い いわ	(名) 祝賀，慶祝；賀禮；慶祝活動
恨み うら	(名) 恨，怨，怨恨

恨む（うら）	他五 抱怨，恨；感到遺憾，可惜；雪恨，報仇	請う（こ）	他五 請求，希望
お詫び（わ）	名・自サ 道歉	（どうも）ありがとう	感 謝謝
恩（おん）	名 恩情，恩	誇り（ほこ）	名 自豪，自尊心；驕傲，引以為榮
恩恵（おんけい）	名 恩惠，好處，恩賜	誇る（ほこ）	自五 誇耀，自豪
悔やむ（く）	他五 懊悔的，後悔的	詫びる（わ）	自五 道歉，賠不是，謝罪

練習

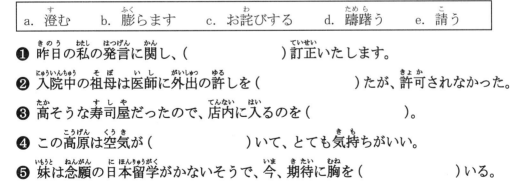

I [a～e]の中から適当な言葉を選んで、（　　）に入れなさい。（必要なら形を変えてください。）

a. 詫びる（わ）　　b. 誇る（ほこ）　　c. 尖る（とが）　　d. 堪える（た）　　e. 恨む（うら）

❶ 母は、免許を取ってから無事故無違反なのを（　　　　　　　）いる。

❷ 会議の開始時間に遅れたことを、出席者のみんなに（　　　　　　　）。

❸ 劇で、（　　　　　　　）帽子をかぶったピエロの役を演じた。

❹ 優勝を逃した悔しさを（　　　　　　　）、笑って家に帰った。

❺ 自分はライバルに負けたが、（　　　　　　　）つもりはまったくない。

II [a～e]の中から適当な言葉を選んで、（　　）に入れなさい。（必要なら形を変えてください。）

a. 澄む（す）　　b. 膨らます（ふく）　　c. お詫びする（わ）　　d. 躊躇う（ためら）　　e. 請う（こ）

❶ 昨日の私の発言に関し、（　　　　　　　）訂正いたします。

❷ 入院中の祖母は医師に外出の許しを（　　　　　　　）たが、許可されなかった。

❸ 高そうな寿司屋だったので、店内に入るのを（　　　　　　　）。

❹ この高原は空気が（　　　　　　　）いて、とても気持ちがいい。

❺ 妹は念願の日本留学がかないそうで、今、期待に胸を（　　　　　　　）いる。

◆ 意志　意志

諦める	(他下一) 死心，放棄；想開	為す	(他五)（文）做，為
飽くまで(も)	(副) 徹底，到底	願う	(他五) 請求，請願，懇求；願望，希望；祈禱，許願
新た	(形動) 重新；新的，新鮮的	望み	(名) 希望，願望，期望；抱負，志向；眾望
改める	(他下一) 改正，修正，革新；檢查	拝見	(名・他サ)（「みる」的自謙語）看，瞻仰
意気	(名) 意氣，氣概，氣勢，氣魄	張り切る	(自五) 拉緊；緊張，幹勁十足，精神百倍
意志	(名) 意志，志向，心意	必死	(名・形動) 必死；拼命，殊死
追い掛ける	(他下一) 追趕；緊接著	吹き飛ばす	(他五) 吹跑；吹牛；趕走
追う	(他五) 追；趕走；逼催，忙於；趨趕；追求；遵循，按照	自ら	(代・名・副) 我；自己，自身；親身，親自
贈る	(他五) 贈送，餽贈；授與，贈給	目標	(名) 目標，指標
思いっ切り	(副) 死心；下決心；狠狠地，徹底的		
気を付ける	(慣) 當心，留意		
決心	(名・自他サ) 決心，決意		
さっさと	(副)（毫不猶豫、毫不耽擱時間地）趕緊地，痛快地，迅速地		
早速	(副) 立刻，馬上，火速，趕緊		
集中	(名・自他サ) 集中；作品集		
救う	(他五) 拯救，搭救，救援，解救；救濟，賑災；挽救		
精々	(副) 盡量，盡可能；最大限度，充其量		
責める	(他下一) 責備，責問；苛責，折磨，摧殘；嚴加催討；馴服馬匹		
常に	(副) 時常，經常，總是		

練習

I [a～e]の中から適当な言葉を選んで、( )に入れなさい。(必要なら形を変えてください。)

a. 救う	b. なす	c. 改める	d. 追う	e. 責める

❶ 優勝候補の走者を、10メートル遅れて( )走者がいる。

❷ 夜更かしの習慣を( )、早寝早起きを心がけるようにした。

❸ 薬の飲みすぎは、かえって体に害を( )と言われている。

❹ 兄は泳ぎが上手で、海で溺れていた子どもを( )ことがある。

❺ 無断欠勤をしてチームワークを乱した同僚を( )。

II [a～e]の中から適当な言葉を選んで、( )に入れなさい。(必要なら形を変えてください。)

a. 張り切る	b. 贈る	c. 追い掛ける	d. 諦める	e. 吹き飛ばす

❶ 素敵な鞄を見付けたが、値段が高かったので買うのを( )。

❷ 弁当を忘れて出かけた妹を( )、渡してあげた。

❸ 友だちの出産祝いに、ベビーベッドを( )つもりだ。

❹ 学校代表になったからには、( )試合に臨もう。

❺ 強風で、庭に干していた洗濯物が( )しまった。

III [a～e]の中から適当な言葉を選んで、( )に入れなさい。(必要なら形を変えてください。)

a. 意気	b. 意志	c. 自ら	d. 目標	e. 決心

❶ チームの( )が上がっているから、きっと優勝できるよ。

❷ 君の( )が本当に固いものなら、もうすでに希望の半分は実現している。

❸ 営業部は「残業ゼロ」という( )を掲げているが、達成については疑問だ。

❹ 強い( )がなければ、この試合には絶対に勝てない。

❺ インターネットの情報ではなく、( )の目で商品を確かめた。

73 心理、感情 (4)
心理、感情(4)

◆ 好き、嫌い　喜歡、討厭

愛情（あいじょう）	(名) 愛，愛情
愛する（あい）	(他サ) 愛，愛慕；喜愛，有愛情，疼愛，愛護；喜好
憧れる（あこが）	(自下一) 嚮往，憧憬，愛慕；眷戀
嫌がる（いや）	(他五) 討厭，不願意，逃避
裏切る（うらぎ）	(他五) 背叛，出賣，通敵；辜負，違背
抱える（かか）	(他下一)（雙手）抱著，夾（在腋下）；擔當，負擔；雇佣
気に入る（き・い）	(連語) 稱心如意，喜歡，寵愛
嫌う（きら）	(他五) 嫌惡，厭惡；憎惡；區別
恋（こい）	(名・自他サ) 戀，戀愛；眷戀
好み（この）	(名) 愛好，喜歡，願意
好む（この）	(他五) 愛好，喜歡，願意；挑選，希望；流行，時尚
失恋（しつれん）	(名・自サ) 失戀
好き嫌い（す・きら）	(名) 好惡，喜好和厭惡；挑肥揀瘦，挑剔
好き好き（す・ず）	(名・副・自サ)（各人）喜好不同，不同的喜好
皮肉（ひにく）	(名・形動) 皮和肉；挖苦，諷刺，冷嘲熱諷；令人啼笑皆非
批判（ひはん）	(名・他サ) 批評，批判，評論
批評（ひひょう）	(名・他サ) 批評，批論
不平（ふへい）	(名・形動) 不平，不滿意，牢騷

◆ 悲しみ、苦しみ　悲傷、痛苦

哀れ（あわ）	(名・形動) 可憐，憐憫；悲哀，哀愁；情趣，風韻
いきなり	(副) 突然，冷不防，馬上就…
浮かべる（う）	(他下一) 浮，泛；露出；想起
浮く（う）	(自五) 飄浮；動搖，鬆動；高興，愉快；結餘，剩餘；輕薄
悲しむ（かな）	(他五) 感到悲傷，痛心，可嘆
可哀相・可哀想（かわいそう・かわいそう）	(形動) 可憐
きつい	(形) 嚴厲的，嚴苛的；剛強，好強；緊的，瘦小的；強烈的；累人的，費力的
苦心（くしん）	(名・自サ) 苦心，費心
草臥れる（くたび）	(自下一) 疲勞，疲乏
苦痛（くつう）	(名) 痛苦
苦しい（くる）	(形) 艱苦；困難；難過；勉強
苦しむ（くる）	(自五) 感到痛苦，感到難受
苦労（くろう）	(名・形動・自サ) 辛苦，辛勞
困難（こんなん）	(名・形動) 困難，困境；窮困
失望（しつぼう）	(名・他サ) 失望
突き当たる（つ・あ）	(自五) 撞上，碰上；走到道路的盡頭；(轉)遇上，碰到（問題）
辛い（つら）	(形・接尾) 痛苦的，難受的，吃不消；刻薄的，殘酷的；難…，不便…
慰める（なぐさ）	(他下一) 安慰，慰問；使舒暢；慰勞，撫慰

悲劇 ひげき	(名) 悲劇	惨め みじ	(形動) 悽惨，惨痛
不運 ふうん	(名・形動) 運氣不好的，倒楣的， 不幸的		
増す ま	(自五・他五)（數量）增加，增長， 增多；（程度）增進，增高；勝 過，變的更甚		

練習

I [a～e]の中から適当な言葉を選んで、（　　）に入れなさい。（必要なら形を変えてください。）

a. 裏切る うらぎ	b. 抱える かか	c. 慰める なぐさ	d. 嫌がる いや	e. 好む この

❶ 祖母はよく、トイレ掃除を（　　　　　　　）はいけないと言う。

❷ （　　　　　　　）残業をする人はいないだろうが、せざるを得ないのだ。

❸ 課長は多くの仕事を（　　　　　　）いて、いつも残業している。

❹ 信じていた友人に（　　　　　）、とてもショックである。

❺ 第一希望の大学に落ちて泣いている友だちを（　　　　　　　）。

II [a～e]の中から適当な言葉を選んで、（　　）に入れなさい。（必要なら形を変えてください。）

a. 皮肉 ひにく	b. 苦労 くろう	c. 不平 ふへい	d. 悲劇 ひげき	e. 困難 こんなん

❶ 栄養を考えて作っている給食に、（　　　　　　）を言ってはいけない。

❷ 彼はさまざまな（　　　　　　）に打ち勝って、会社を発展させていった。

❸ 私が良い点を取ったら、「明日は雨だね」と（　　　　　　）を言われた。

❹ この映画は（　　　　　　）に見舞われる労働者階級の家族を描いた。

❺ 金持ちの大臣に庶民の（　　　　　　）がわかるものか。

74 心理、感情 (5)
しんり かんじょう

心理、感情 (5)

◆ 驚き、恐れ、怒り 驚懼、害怕、憤怒
おどろ　おそ　おこ

暴れる あば	(自下一) 胡鬧；放蕩，橫衝直撞
危うい あや	(形) 危險的；令人擔憂，靠不住
偉い えら	(形) 偉大，卓越，了不起；(地位)高，(身分)高貴；(出乎意料)嚴重
恐れる おそ	(自下一) 害怕，恐懼；擔心
恐ろしい おそ	(形) 可怕；驚人，非常，厲害
脅かす おど	(他五) 威脅，逼迫；嚇唬
驚かす おどろ	(他五) 使吃驚，驚動；嚇唬；驚喜；使驚覺
思い掛けない おも　が	(形) 意想不到的，偶然的，意外的
気味が悪い きみ　わる	(形) 毛骨悚然的；令人不快的
奇妙 きみょう	(形動) 奇怪，出奇，奇異，奇妙
恐怖 きょうふ	(名・自サ) 恐怖，害怕
偶然 ぐうぜん	(名・形動・副) 偶然，偶而；(哲)偶然性
苦情 くじょう	(名) 不平，抱怨
下らない くだ	(連語・形) 沒有價值，無聊，無趣；不下於…
光景 こうけい	(名) 景象，情況，場面，樣子
御免 ごめん	(名・感) 原諒；表拒絕
怖がる こわ	(自五) 害怕
災難 さいなん	(名) 災難，災禍
しまった	(連語・感) 糟糕，完了

展開 てんかい	(名・他サ・自サ) 開展，打開；展現；進展；(隊形)散開
怒鳴る どな	(自五) 大聲喊叫，大聲申訴
何で なん	(副) 為什麼，何故
憎い にく	(形) 可憎，可惡；(說反話)漂亮，令人佩服
憎む にく	(他五) 憎恨，厭惡；嫉妒
除く のぞ	(他五) 消除，刪除，撤除，剷除；除了…，…除外；殺死
反発 はんぱつ	(名・他サ・自サ) 回彈，排斥；拒絕，不接受；反攻，反抗
びっくり	(副・自サ) 吃驚，嚇一跳
招く まね	(他五) (搖手、點頭)招呼；招待，宴請；招聘，聘請；招惹，招致
妙 みょう	(名・形動・漢造) 奇怪的，異常的，不可思議；格外，分外；妙處，奧妙；巧妙
滅多に めった	(副) (後接否定語)不常，很少

練習

I [a～e]の中から適当な言葉を選んで、（　　　）に入れなさい。（必要なら形を変えてください。）

a. くだらない	b. 危うい	c. 憎い	d. 偉い	e. 気味が悪い

❶ 残金が（　　　　　　　　　）と思って、ATMでお金を下ろすことにした。

❷ 夜の墓地の辺りは（　　　　　　　　　）ので、遠回りしよう。

❸ （　　　　　　　　　）失敗をしてしまって、上司にひどく叱られた。

❹ 彼が（　　　　　　　　　）のは、人が嫌がることを進んで引き受けるところだ。

❺ （　　　　　　　　　）害虫が、せっかく育てた野菜を枯らしてしまった。

II [a～e]の中から適当な言葉を選んで、（　　　）に入れなさい。（必要なら形を変えてください。）

a. 憎む	b. 招く	c. 怖がる	d. 暴れる	e. 怒鳴る

❶ 創立30周年のパーティーに、多くのお得意様を（　　　　　　　　　）。

❷ 妹は暗い所を（　　　　　　　　　）、夜、トイレに一人で行けない。

❸ 多くの子どもたちの尊い生命を奪ってしまう戦争を（　　　　　　　　　）。

❹ 隣の部屋の人に、「テレビの音がうるさい」と（　　　　　　　　　）。

❺ 牧場主が、（　　　　　　　　　）馬を必死で押さえてなだめている。

III [a～e]の中から適当な言葉を選んで、（　　　）に入れなさい。（必要なら形を変えてください。）

a. 反発	b. 光景	c. 苦情	d. 恐怖	e. 災難

❶ 電車が脱線して、パニック状の（　　　　　　　　　）に襲われました。

❷ ホテルのサービスが悪かったので（　　　　　　　　　）のメールを書いた。

❸ 山の頂上に立つと、目の前に美しい（　　　　　　　　　）が一面に広がった。

❹ 財布を忘れたりメガネをなくしたり、今日は（　　　　　　　　　）ばかりだ。

❺ 君の言ってることは正しいが、その言い方じゃみんなの（　　　　　　　　　）を買うよ。

75 思考、言語(1)
しこう　げんご

思考、語言(1)

◆ 判断　判斷
はんだん

生憎 あいにく	副・形動	不巧，偏偏
改めて あらた	副	重新；再
依頼 いらい	名・自他サ	委託，請求，依靠
応じる・応ずる おう　おう	自上一	響應；答應；允應，滿足；適應
主に おも	副	主要，重要；(轉)大部分，多半
勘 かん	名	直覺，第六感；領悟力
気の所為 き せい	連語	神經過敏；心理作用
区別 くべつ	名・他サ	區別，分清
決断 けつだん	名・自他サ	果斷明確地做出決定，決斷
決定 けってい	名・自他サ	決定，確定
限界 げんかい	名	界限，限度，極限
検討 けんとう	名・他サ	研討，探討；審核
考慮 こうりょ	名・他サ	考慮
断る ことわ	他五	預先通知，事前請示；謝絕
ざっと	副	粗略地，簡略地，大體上的；(估計)大概，大略；潑水狀
信用 しんよう	名・他サ	堅信，確信；信任，相信；信用，信譽；信用交易，非現款交易
信頼 しんらい	名・他サ	信賴，相信
推定 すいてい	名・他サ	推斷，判定；(法)(無反證之前的)推定，假定
せい	名	原因，緣故，由於；歸咎
そのため	接	(表原因)正是因為這樣…
それでも	接續	儘管如此，雖然如此，即使這樣
それなのに	他五	雖然那樣，儘管如此
それなら	他五	要是那樣，那樣的話，如果那樣
だけど	接續	然而，可是，但是
だって	接・提助	可是，但是，因為；即使是，就算是
妥当 だとう	名・形動・自サ	妥當，穩當，妥善
たとえ	副	縱然，即使，哪怕
試す ため	他五	試，試驗，試試
断定 だんてい	名・他サ	斷定，判斷
違いない ちが	形	一定是，肯定，沒錯，的確是
どうせ	副	(表示沒有選擇餘地)反正，總歸就是，無論如何
ところが	接・接助	然而，可是，不過；一…，剛要…
判断 はんだん	名・他サ	判斷；推斷，推測；占卜
無視 むし	名・他サ	忽視，無視，不顧
用いる もち	自五	使用；採用，採納；任用，錄用
やむを得ない え	形	不得已的，沒辦法的
止す よ	他五	停止，做罷；戒掉；辭掉

練習

Ⅰ [a〜e]の中から適当な言葉を選んで、(　　　)に入れなさい。（必要なら形を変えてくだ
さい。）

a. 考慮	b. 区別	c. 勘	d. せい	e. 限界

❶ 色の (　　　　　　　　) がつかない色覚異常の多くは先天性のものです。

❷ 彼女は (　　　　　　　　) がいいから、嘘をついてもすぐにばれると思うよ。

❸ 生活費や教育費なども (　　　　　　) に入れなければならない。

❹ 給料は上がらず仕事は増える一方で、社員の我慢は (　　　　　　　) だ。

❺ 彼は遅刻ばかりしている (　　　　　　) で、なかなか人に信用されない。

Ⅱ [a〜e]の中から適当な言葉を選んで、(　　　)に入れなさい。（必要なら形を変えてくだ
さい。）

a. 応じる	b. よす	c. 試す	d. 用いる	e. 断る

❶ この書類は、黒のボールペンを (　　　　　　　　) 書いてください。

❷ 日本語能力試験の N2 を受けて、日本語の力を (　　　　　　　)。

❸ アルバイトが忙しいので、夏休みの合宿の参加を (　　　　　　　)。

❹ 陰でこそこそと根拠のないうわさを流すのは (　　　　　　) なさい。

❺ ご希望に (　　　　　　)、洋食でも和食でもご提供いたします。

Ⅲ [a〜e]の中から適当な言葉を選んで、(　　　)に入れなさい。（必要なら形を変えてくだ
さい。）

a. ざっと	b. 改めて	c. どうせ	d. あいにく	e. 主に

❶ この小説の登場人物は、(　　　　　　　　) スポーツが好きな学生たちだ。

❷ 結婚式の招待客を (　　　　　　　) 計算してみたら、100 人ほどだった。

❸ 来週 (　　　　　　) お伺いして、ご希望の商品をお持ちいたします。

❹ 頑張って洗っても、(　　　　　　) この靴下の汚れは落ちないよ。

❺ (　　　　　　) の雨で、野外コンサートは屋内に変更になった。

76 思考、言語(2) 思考、語言(2)

◆ 理解　理解

有らゆる	連體 一切，所有
異見	名・他サ 不同的意見，不同的見解，異議
観念	名・自他サ 觀念；決心；斷念，不抱希望
区切る	他四 (把文章)斷句，分段
区分	名・他サ 區分，分類
結局	名・副 結果，結局；最後，最終，終究
見解	名 見解，意見
肯定	名・他サ 肯定，承認
項目	名 文章項目，財物項目；(字典的)詞條，條目
心得る	他下一 懂得，領會，理解；有體驗；答應，應允記在心上的
流石	副・形動 真不愧是，果然名不虛傳；雖然…，不過還是；就連…也都，甚至
承知	名・他サ 同意，贊成，答應；知道；許可，允許
相違	名・自サ 不同，懸殊，互不相符
そうっと	副 悄悄地(同「そっと」)
存じる・存ずる	自他サ 有，存，生存；在於
単なる	連體 僅僅，只不過
単に	副 單，只，僅
抽象	名・他サ 抽象

比較	名・他サ 比，比較
比較的	副・形動 比較地
分類	名・他サ 分類，分門別類
べつ	名・形動・漢造 分別，區分；分別
まさに	副 真的，的確，確實
見方	名 看法，看的方法；見解，想法
みたい	助動・形動型 (表示和其他事物相像)像…一樣；(表示具體的例子)像…這樣；表示推斷或委婉的斷定
明確	名・形動 明確，準確
別	副 (強調)如果，萬一，倘若
以って	連語・接續 (…をもって形式，格助詞用法)以，用，拿；因為；根據；(時間或數量)到；(加強語感)把；而且；因此；對此
尤も	連語・接續 合理，正當，理所當有的；話雖如此，不過
より	副 更，更加
連想	名・他サ 聯想
割と・割に	副 比較；分外，格外，出乎意料

練習

I [a〜e]の中から適当な言葉を選んで、（　　）に入れなさい。（必要なら形を変えてください。）

a. 見方	b. 観念	c. 異見	d. 解釈	e. 相違

❶ 松本清張さんが『古代史疑』という本で（　　　　　　　　　）を述べました。

❷ 多くの中国人と日本人では衛生（　　　　　　　　　）が異なる。

❸ 意見の（　　　　　　　　　）を適切に処理したい。

❹ この問題は（　　　　　　　　　）や考え方を変えないと解けない。

❺ 前号で発表した儀礼の（　　　　　　　　　）は間違いであることに気がついた。

II [a〜e]の中から適当な言葉を選んで、（　　）に入れなさい。（必要なら形を変えてください。）

a. 肯定	b. 項目	c. 区分	d. 比較	e. 抽象

❶ 購入した不動産の土地と建物の（　　　　　　　　　）がわかりません。

❷ 彼は好き嫌いが激しく、人の評価も（　　　　　　　　　）か否定かの両極しかない。

❸ 試験までにあと三つの（　　　　　　　　　）を勉強しなければならない。

❹ 後輩にアドバイスする場合、なるべく（　　　　　　　　　）的に言わないほうが良い。

❺ 神戸の夜景は「日本三大夜景」の一つで、他の場所の夜景とは（　　　　　　　　　）にならないほど美しい。

III [a〜e]の中から適当な言葉を選んで、（　　）に入れなさい。（必要なら形を変えてください。）

a. より	b. さすが	c. まさに	d. 割と	e. もしも

❶ 首にピンクのスカーフを巻くと、（　　　　　　　　　）若々しく見えるよ。

❷ （　　　　　　　　　）地震が起きたら、まず、すぐに火を消してください。

❸ 日本に10年間住んでいただけあって、（　　　　　　　　　）日本語が上手だ。

❹ （　　　　　　　　　）君の言うとおり、ガソリン代は高くなっている。

❺ 12月の北海道は寒いと聞いていたが、（　　　　　　　　　）暖かった。

77 思考、言語 (3) 思考、語言 (3)

◆ 知識 (1)　知識 (1)

明らか	形動	顯然，清楚，明確；明亮
回答	名・自サ	回答，答覆
確実	形動	確實，準確；可靠
活用	名・他サ	活用，利用，使用
カバー【cover】	名・他サ	罩，套；補償，補充；覆蓋
勘違い	名・自サ	想錯，判斷錯誤，誤會
記憶	名・他サ	記憶，記憶力；記性
気付く	自五	察覺，注意到，意識到；（神志昏迷後）甦醒過來
吸収	名・他サ	吸收
現に	副	做為不可忽略的事實，實際上，親眼
原理	名	原理；原則
合理	名	合理
従って	他五	因此，從而，因而，所以
実用	名・他サ	實用
重大	形動	重要的，嚴重的，重大的
順	名・漢造	順序，次序；輪班，輪到；正當，必然，理所當然；順利
既に	副	已經，業已；即將，正值，恰好
即ち	接	即，換言之；即是，正是；則，彼時；乃，於是

説	名・漢造	意見，論點，見解；學說；述說
率直	形動	坦率，直率
蓄える・貯える	他下一	儲蓄，積蓄；保存，儲備；留，留存
知恵	名	智慧，智能；腦筋，主意
知能	名	智能，智力，智慧
的確	形動	正確，準確，恰當
でたらめ	名・形動	荒唐，胡扯，胡說八道，信口開河
照らす	他五	照耀，曬，晴天
謎	名	謎語；暗示，口風；神秘，詭異，莫名其妙，不可思議，想不透（為何）
馬鹿	名・形動	愚蠢，糊塗
否定	名・他サ	否定，否認
捻る	他五	（用手）扭，擰；（俗）打敗，擊敗；別有風趣

練 習

Ⅰ [a～e]の中から適当な言葉を選んで、(　　)に入れなさい。(必要なら形を変えてくだ
さい。)

a. 活用する	b. 吸収する	c. カバーする	d. 気付く	e. 否定する

❶ 老後不安！「毎月4万円赤字」をどう(　　　　　　　　　　)？

❷ これはあらゆる産業に(　　　　　　　　　)いる熱処理技術です。

❸ 道路を横切る子猫に(　　　　　　　　　)、慌ててブレーキを踏んだ。

❹ 会社の再建に失敗し、大手に(　　　　　　　　　)ことになった。

❺ 彼はとても謙虚なので、素晴らしい選手であることを(　　　　　　　　)。

Ⅱ [a～d]の中から適当な言葉を選んで、(　　　)に入れなさい。(必要なら形を変えてくだ
さい。)

a. 重大	b. 明らか	c. 的確	d. 率直

❶ (　　　　　　　　　)に言うと、このパンは値段の割にあまりおいしくない。

❷ 居眠り運転は(　　　　　　　　)な事故につながるので、注意しよう。

❸ 先生の(　　　　　　　)な助言で、希望の大学に進学することができた。

❹ 模擬試験の結果からして、A大学の合格は(　　　　　　　)だ。

Ⅲ [a～e]の中から適当な言葉を選んで、(　　　)に入れなさい。(必要なら形を変えてくだ
さい。)

a. 記憶	b. 知能	c. 原理	d. 回答	e. 謎

❶ 不正経理に揺れるA社に取材を申し入れたが、未だ(　　　　　　　)がない。

❷ 大学では今、民主主義の(　　　　　　　　)について学んでいます。

❸ 人間の脳は、辛い経験を(　　　　　　　　)から消し去ろうとする。

❹ この事件は(　　　　　　　)に包まれている。何年かかろうとも警察には真相を解明

してほしい。

❺ (　　　　　　　)が高い人ほど、よく嘘をつくというのは本当だろうか。

◆ 知識 (2)　知識 (2)

ひょうか **評価**	(名・他サ) 定價，估價；評價
ぶんせき **分析**	(名・他サ)（化）分解，化驗；分析，解剖
ぶんめい **文明**	(名) 文明；物質文化
へん **偏**	(名・漢造) 漢字的（左）偏旁；偏，偏頗
ほんと **本当**	(名・形動) 真實，真心；實在，的確；真正；本來，正常
ほんもの **本物**	(名) 真貨，真的東西
まね **真似**	(名・他サ・自サ) 模仿，裝，仿效；（愚蠢糊塗的）舉止，動作
み つ **身に付く**	(慣) 學到手，掌握
み つ **身に付ける**	(慣)（知識、技術等）學到，掌握到
むじゅん **矛盾**	(名・自サ) 矛盾
めいしん **迷信**	(名) 迷信
めちゃくちゃ	(名・形動) 亂七八糟，胡亂，荒謬絕倫
もと もと もと **元・旧・故**	(名・接尾) 原，從前；原來
ものがた **物語る**	(他五) 談，講述；說明，表明
ものごと **物事**	(名) 事情，事物；一切事情，凡事
もんどう **問答**	(名・自サ) 問答；商量，交談，爭論
ようい **容易**	(形動) 容易，簡單
ようてん **要点**	(名) 要點，要領

ようりょう **要領**	(名) 要領，要點；訣竅，竅門
よき **予期**	(名・自サ) 預期，預料，料想
よそく **予測**	(名・他サ) 預測，預料
りこう **利口**	(名・形動) 聰明，伶俐機靈；巧妙，周到，能言善道
わざ **態と**	(副) 故意，有意，存心；特意地，有意識地

◆ 思考　思考

ある **或いは**	(接・副) 或者，或是，也許；有的，有時
あれこれ	(名) 這個那個，種種
あんい **安易**	(名・形動) 容易，輕而易舉；安逸，舒適，遊手好閒
いだ **抱く**	(他五) 抱；懷有，懷抱
う **浮かぶ**	(自五) 漂，浮起；想起，浮現，露出；（佛）超度；出頭，擺脫困難
おそ **恐らく**	(副) 恐怕，或許，很可能
およ **凡そ**	(名・形動・副) 大概，概略；（一句話之開頭）凡是，所有；大約；完全，全然
かてい **仮定**	(名・字サ) 假定，假設
かてい **過程**	(名) 過程
き か **切っ掛け**	(名) 開端，動機，契機
ぎもん **疑問**	(名) 疑問，疑惑

見当 けんとう	(名) 推想，推測；大體上的方位，方向；(接尾) 表示大致數量，大約，左右	**てっきり**	(副) 一定，必然；果然
		果たして は	(副) 果然，果真
口実 こうじつ	(名) 藉口，理由	**発想** はっそう	(名・自他サ) 構想，主意；表達，表現；(音樂) 表現
思想 しそう	(名) 思想		
創造 そうぞう	(名・他サ) 創造	**理想** りそう	(名) 理想

練 習

Ⅰ [a～e]の中から適当な言葉を選んで、( )に入れなさい。(必要なら形を変えてください。)

a. 予期 よき	b. 本物 ほんもの	c. 見当 けんとう	d. 口実 こうじつ	e. きっかけ

❶ あの二人は同じ工場での研修が( )で恋人になったらしい。

❷ お金がないので、宿題を( )に友だちの誘いを断った。

❸ ( )に反して売り上げは目標に達しなかった。

❹ 彼は生まれつき目が見えないが、ピアノの才能は( )だ。

❺ この仕事がいつ終わるか誰にも( )がつかない。

Ⅱ [a～e]の中から適当な言葉を選んで、( )に入れなさい。(必要なら形を変えてください。)

a. 容易 ようい	b. ほんと	c. 利口 りこう	d. 安易 あんい	e. めちゃくちゃ

❶ 隣の家の盲導犬は( )で、主人の外出を補佐している。

❷ ウォーキングは、誰にでも比較的( )にできる健康法だと言える。

❸ やっと描き上げた絵を、小さな妹に( )にされた。

❹ ( )に新車が欲しいなら、自分のお金で買いなさい。

❺ 部長に( )な仕事だと言われて引き受けたが、実際は辛い仕事だった。

79 思考、言語 (5)
思考、語言 (5)

◆ 言語　語言

アクセント【accent】	⑧ 重音；重點，強調之點；語調；（服裝或圖案設計上）突出點，著眼點
意義	⑧ 意義，意思；價值
英和	⑧ 英日辭典
送り仮名	⑧ 漢字訓讀時，寫在漢字下的假名；用日語讀漢文時，在漢字右下方寫的假名
活字	⑧ 鉛字，活字
仮名遣い	⑧ 假名的拼寫方法
関連	⑧・自サ 關聯，有關係
漢和	⑧ 漢語和日語；漢日辭典（用日文解釋古漢語的辭典）
句読点	⑧ 句號，逗點；標點符號
訓	⑧（日語漢字的）訓讀（音）
形容詞	⑧ 形容詞
形容動詞	⑧ 形容動詞
言語	⑧ 言語
五十音	⑧ 五十音
言葉遣い	⑧ 說法，措辭，表達
諺	⑧ 諺語，俗語，成語，常言
熟語	⑧ 成語，慣用語；（由兩個以上單詞組成）複合詞；（由兩個以上漢字構成的）漢語詞
主語	⑧ 主語；（邏）主詞

述語	⑧ 謂語
接続	⑧・自他サ 連續，連接；（交通工具）接軌，接運
代名詞	⑧ 代名詞，代詞；（以某詞指某物、某事）代名詞
単語	⑧ 單詞
注	⑧・漢造 註解，注釋；注入；注目；註釋
的	造語 …的
動詞	⑧ 動詞
何々	代・感 什麼什麼，某某
ノー【no】	⑧・感・造 表否定；沒有，不；（表示禁止）不必要，禁止
一言	⑧ 一句話；三言兩語
無	漢造 無，沒有，缺乏
副詞	⑧ 副詞
部首	⑧（漢字的）部首
振り仮名	⑧（在漢字旁邊）標註假名
ペラペラ	副・自サ 說話流利貌（特指外語）；單薄不結實貌；連續翻紙頁貌
ぽい	接尾・形型（前接名詞、動詞連用形，構成形容詞）表示有某種成分或傾向
方言	⑧ 方言，地方話，土話
名詞	⑧（語法）名詞

文字 もじ	(名) 字跡，文字，漢字；文章，學問	**読み** よ	(名) 唸，讀；訓讀；判斷，盤算；理解
訳 やく	(名・他サ・漢造) 譯，翻譯；漢字的訓讀	**略する** りゃく	(他サ) 簡略；省略，略去；攻佔，奪取
用語 ようご	(名) 用語，措辭；術語，專業用語	**和英** わえい	(名) 日本和英國；日語和英語；日英辭典的簡稱

79

思考、語言(5)

練習

Ⅰ [a〜e]の中から適当な言葉を選んで、(　　　)に入れなさい。(必要なら形を変えてください。)

a. 訓 くん	b. 読み よ	c. ことわざ	d. 送り仮名 おく がな	e. 言語 げんご

❶「温かい」と漢字で書くときの(　　　　　　)は「かい」です。

❷ この名前の(　　　　　　)を教えてください。

❸「春」という字の(　　　　　　)読みは「はる」で、音読みは「しゅん」です。

❹ (　　　　　　)には、昔の人の生きる知恵がいろいろ含まれている。

❺ インドでは数えきれないぐらいの(　　　　　　)が使われているそうだ。

Ⅱ [a〜e]の中から適当な言葉を選んで、(　　　)に入れなさい。(必要なら形を変えてください。)

a. アクセント	b. 注 ちゅう	c. 訳 やく	d. 活字 かつじ	e. 言葉遣い ことばづか

❶ 英単語の用例に日本語(　　　　　　)をつける。

❷ 彼の(　　　　　　)を聞いて、すぐに関西の人だとわかった。

❸ この専門書は難しかったが、(　　　　　　)を読んで意味を理解した。

❹ 初めて自分の書いたものが(　　　　　　)になったときは嬉しかった。

❺ (　　　　　　)が悪いと、人に悪い感じを与えるだけでなく、信用されない。

80 思考、言語 (6)
しこう　げんご

思考、語言 (6)

◆ 表現 (1)　ひょうげん　表達 (1)

あら	（感）（女性用語。出乎意料或驚訝時發出的聲音）哎呀！哎唷
あれ（っ）	（感）（驚訝、恐怖、出乎意料等場合發出的聲音）呀！哎呀？
あんなに	（副）那麼地，那樣地
あんまり	（形動・副）太，過於，過火
言い出す	（他五）開始說，說出口
言い付ける	（他下一）命令；告狀；說慣，常說
言わば	（副）譬如，打個比方，說起來，打個比方說
所謂	（連體）所謂，一般來說，大家所說的，常說的
云々	（名・他サ）云云，等等；說長道短
えっ	（感）（表示驚訝、懷疑）啊；什麼？
お気の毒に	（連語・感）令人同情；過意不去，給人添麻煩
お元気で	（寒暄）請保重
お目出度い	（形）恭喜，可賀
語る	（他五）說，陳述；演唱，朗讀
必ずしも	（副）不一定，未必
構いません	（寒暄）沒關係，不在乎
乾杯	（名・自サ）乾杯

恐縮	（名・自サ）（對對方的厚意感覺）惶恐（表示感謝或客氣）；（給對方添麻煩表示）對不起，過意不去；（感覺）不好意思，羞愧，慚愧
くれぐれも	（副）反覆，周到
ご苦労様	（名・形動）（表示感謝慰問）辛苦，受累，勞駕
ご馳走様	（連語）承蒙您的款待了，謝謝
言付ける	（他下一）託帶口信，託付
異なる	（自五）不同，不一樣
ご無沙汰	（名・自サ）久疏問候，久未拜訪，久不奉函
今晩は	（寒暄）晚安，你好
さて	（副・接・感）一旦，果真；那麼，卻說，於是；（自言自語，表猶豫）到底，那可…
しかも	（接）而且，並且；而，但，卻；反而，竟然，儘管如此還…
洒落	（名）俏皮話，雙關語；（服裝）亮麗，華麗，好打扮
仕様がない	（慣）沒辦法
折角	（名・副）特意地；好不容易；盡力，努力，拼命的

練習

Ⅰ [a〜e]の中から適当な言葉を選んで、（　　）に入れなさい。（必要なら形を変えてください。）

a. いわゆる　　b. さて　　c. えっ　　d. しかも　　e. あら

❶（　　　　　　　　）、冷蔵庫に入れておいたケーキがなくなっている。

❷ この店の握りずしはおいしくて、（　　　　　　　）そんなに高くない。

❸（　　　　　　　）、日本へ行って富士山に登るの？うらやましいなあ。

❹ 会議はこれで終わりです。（　　　　　　　）、次の会議はいつにしましょう。

❺ 彼女は（　　　　　　）お嬢さん育ちで、のんびりしたところがある。

Ⅱ [a〜e]の中から適当な言葉を選んで、（　　）に入れなさい。（必要なら形を変えてください。）

a. あんなに　　b. くれぐれも　　c. あんまり　　d. 必ずしも　　e. せっかく

❶ 彼女は（　　　　　　）たくさん服を着て、暑くないのかしら。

❷ 老舗だからといって、（　　　　　　）おいしいとは限らない。

❸ 新しく開店した回転寿司に行ったが、（　　　　　　）おいしくなかった。

❹ 失礼致します。お父様に（　　　　　　）よろしくお伝えください。

❺（　　　　　　）大阪に来たのに、たこ焼きを食べないのはもったいない。

Ⅲ [a〜e]の中から適当な言葉を選んで、（　　）に入れなさい。（必要なら形を変えてください。）

a. 異なる　　b. 語る　　c. 言い出す　　d. 言付ける　　e. 言い付ける

❶ 田舎のおばあさんが（　　　　　　）民話をまとめて、出版した。

❷ 弟のいたずらを母に（　　　　　　）ら、弟が泣いてしまった。

❸ 新企画を（　　　　　　）部長だったが、転勤になってしまった。

❹「風邪で学校を休む」と息子の友だちに（　　　　　　）。

❺ これらの米はどれもおいしいが、生産地が（　　　　　　）。

しこう　げんご

Track 81

◆ 表現 (2)　表達 (2)

ひょうげん

是非とも	副（是非的強調說法）一定，無論如何，務必

ぜ ひ

せめて	副（雖然不夠滿意，但…）哪怕是，至少也，最少

そう言えば	他五 這麼說來，這樣一說

い

だが	接 但是，可是，然而

但し	接續 但是，可是

ただ

例える	他下一 比喻，比方

たと

で	接續 那麼；（表示原因）所以

できれば	連語 可以的話，可能的話

ですから	接續 所以

どう致しまして	寒暄 不客氣，不敢當

いた

どうも	副（後接否定詞）怎麼也…；總覺得，似乎；實在是，真是

どころ	接尾（前接動詞連用形）值得…的地方，應該…的地方；生產…的地方

ところで	接續・接助（用於轉變話題）可是，不過；即使，縱使，無論

とにかく	副 總之，無論如何，反正

ともかく	副・接 暫且不論，姑且不談；總之，反正；不管怎樣

なお	副・接 仍然，還，尚；更，還，再；猶如，如；尚且，而且，再者

何しろ	副 不管怎樣，總之，到底；因為，由於

なに

何分	名・副 多少；無奈…

なにぶん

なにも	連語・副（後面常接否定）什麼也…，全都…；並（不），（不）必

なんて	副助 什麼的，…之類的話；說是…；（輕視）叫什麼…來的；等等，之類；表示意外、輕視或不以為然

何でも	副 什麼都，不管什麼；不管怎樣，無論怎樣；據說是，多半是

なん

何とか	副 設法，想盡辦法；好不容易，勉強；（不明確的事情、模糊概念）什麼，某事

なん

述べる	他下一 敘述，陳述，說明，談論

の

はあ	感（應答聲）是，唉；（驚訝聲）嘿

馬鹿らしい	形 愚蠢的，無聊的；划不來，不值得

ば か

はきはき	副・自サ 活潑伶俐的樣子；乾脆，爽快；（動作）俐落

初めまして	寒暄 初次見面

はじ

発表	名・他サ 發表，宣布，聲明；揭曉

はっぴょう

早口	名 說話快

はやくち

万歳	名・感 萬歲；（表示高興）太好了，好極了

ばんざい

独り言	名 自言自語（的話）

ひと　ごと

表現	名・他サ 表現，表達，表示

ひょうげん

吹く	他五・自五（風）颳，吹；（用嘴）吹；吹（笛等）；吹牛，說大話

ふ

ぶつぶつ	名・副 嘮叨，抱怨，嘟囔；煮沸貌；粒狀物，小疙瘩

まあ	副・感 （安撫、勸阻）暫且先，一會；躊躇貌；還算，勉強；制止貌；（女性表示驚訝）哎唷，哎呀	**申し訳** もう わけ	名・他サ 申辯，辯解；道歉；敷衍應付，有名無實
まあまあ	副・感 （催促、撫慰）得了，好了好了，哎哎；（表示程度中等）還算，還過得去；（女性表示驚訝）哎唷，哎呀	**要するに** よう	副・連 總而言之，總之
寧ろ むし	副 與其說…倒不如，寧可，莫如，索性	**漸く** ようや	副 好不容易，勉勉強強，終於；漸漸

練 習

Ⅰ [a～e]の中から適当な言葉を選んで、（　　）に入れなさい。（必要なら形を変えてください。）

a. せめて	b. むしろ	c. ともかく	d. ぜひとも	e. どうも

❶ 売り切れかもしれないが、（　　　　　　　）問い合わせてみよう。

❷ 何もいらないが、（　　　　　　　）お礼ぐらいは言ってほしかった。

❸ 一人暮らしの私は、外食より（　　　　　　　）自炊するほうが多い。

❹ 新製品販売のリーダーは、（　　　　　　　）私にやらせてください。

❺ 弟の様子が（　　　　　　　）変だと思ったら、やはり熱があった。

Ⅱ [a～e]の中から適当な言葉を選んで、（　　）に入れなさい。（必要なら形を変えてください。）

a. 何分 なにぶん	b. はきはき	c. 何でも なん	d. 何も なに	e. まあまあ

❶ 面接試験で、彼女は（　　　　　　　）答えた。

❷ （　　　　　　　）にも日本に来てまだ1か月ですので、うまく話せません。

❸ あそこのとても安いケーキ屋さんのケーキ、（　　　　　　　）おいしかった。

❹ 困ったことがあれば、（　　　　　　　）私に相談してください。

❺ 仕事で疲れて帰ってきたので、家事は（　　　　　　　）したくない。

◆ 文書、出版物　文章文書、出版物
ぶんしょ　しゅっぱんぶつ

いんよう 引用	名・自他サ 引用
えいぶん 英文	名 用英語寫的文章；「英米文学」、「英米文学科」的簡稱
おんちゅう 御中	名 （用於寫給公司、學校、機關團體等的書信）公啟
がいろん 概論	名 概論
けいぞく 継続	名・自他サ 繼續，繼承
げんこう 原稿	名 原稿
こう 校	名 學校；校對
さくいん 索引	名 索引
さくせい 作成	名・他サ 寫，作，造成（表、件、計畫、文件等）；製作，擬制
さくせい 作製	名・他サ 製造
し　あ 仕上がる	自五 做完，完成；做成的情形
した　が 下書き	名・他サ 試寫；草稿，底稿；打草稿；試畫，畫輪廓
した　じ 下敷き	名 墊子；墊板；範本，樣本
しっぴつ 執筆	名・他サ 執筆，書寫，撰稿
しゃせつ 社説	名 社論
しゅう 集	漢造 （詩歌等的）集；聚集
しゅうせい 修正	名・他サ 修改，修正，改正
しゅっぱん 出版	名・他サ 出版
しょう 章	名 （文章，樂章的）章節；紀念章，徽章

しょせき 書籍	名 書籍
シリーズ【series】	名 （書籍等的）彙編，叢書，套；（影片、電影等）系列；（棒球）聯賽
し　りょう 資料	名 資料，材料
ず　かん 図鑑	名 圖鑑
す 刷る	他五 印刷
ぜんしゅう 全集	名 全集
ぞうさつ 増刷	名・他サ 加印，增印
たいしょう 対照	名・他サ 對照，對比
たて　が 縦書き	名 直寫
たんぺん 短編	名 短篇，短篇小說
てんけい 典型	名 典型，模範
の 載せる	他下一 刊登；載運；放到高處；和著音樂拍子
はさ 挟む	他五 夾，夾住；隔；夾進，夾入；插
はっこう 発行	名・自サ （圖書、報紙、紙幣等）發行；發放，發售
ひゃっ　か　じ　てん 百科辞典	名 百科全書
ひょう　し 表紙	名 封面，封皮，書皮
ぶん 文	名・漢造 文學，文章；花紋；修飾外表，華麗；文字，字體；學問和藝術
ぶんけん 文献	名 文獻，參考資料

文体 ぶんたい	名（某時代特有的）文體；（某作家特有的）風格	**目次** もくじ	名（書籍）目錄，目次；（條目、項目）目次
文脈 ぶんみゃく	名 文章的脈絡，上下文的連貫性，前後文的邏輯；（句子、文章的）表現手法	**要旨** ようし	名 大意，要旨，要點
		要約 ようやく	名・他サ 摘要，歸納
編集 へんしゅう	名・他サ（文字）編輯；（電腦）編輯	**横書き** よこがき	名 橫寫
見出し みだし	名（報紙等的）標題；目錄，索引；選拔，拔擢；（字典的）詞目，條目	**論文** ろんぶん	名 論文；學術論文
		話題 わだい	名 話題，談話的主題、材料；引起爭論的人事物
見本 みほん	名 樣品，貨樣；榜樣，典型		

82 思考、語言(8)

練習

Ⅰ [a～e]の中から適当な言葉を選んで、（　　　）に入れなさい。（必要なら形を変えてください。）

a. 表紙（ひょうし）	b. 見出し（みだし）	c. 見本（みほん）	d. 文脈（ぶんみゃく）	e. 要旨（ようし）

❶ 設問1 文章3の（　　　　　　）を簡潔にまとめよ。

❷ 本を（　　　　　　）で判断してはいけない 。

❸ 本を作るのに、どの紙を使うかを決めるために（　　　　　　）を取り寄せた。

❹ （　　　　　　）から意味を読み取る。

❺ 前回の講義を参考に、人の目を引く（　　　　　　）やレイアウトを考えていきました。

Ⅱ [a～e]の中から適当な言葉を選んで、（　　　）に入れなさい。（必要なら形を変えてください。）

a. 下書き（したがき）	b. 縦書き（たてがき）	c. シリーズ	d. 御中（おんちゅう）	e. 下敷き（したじき）

❶ この作者の青春（　　　　　　）は高校生にとても人気がある。

❷ 演説で話す内容の（　　　　　　）を書く。

❸ 最近は、（　　　　　　）で手紙を書く人が減っているらしい。

❹ 去年の失敗を（　　　　　　）にして今年こそ計画を成功させよう。

❺ 会社などに出す手紙には「様」ではなく「（　　　　　　）」と書きます。

第1回

I ①c ②a ③b ④e ⑤d

II ①a ②e ③d ④c ⑤b

第2回

I ①d ②e ③b ④c ⑤a

II ①c ②b ③a ④d ⑤e

III ①a ②d ③c ④b ⑤e

第3回

I ①a ②c ③e ④b ⑤d

II ①e ②d ③a ④b ⑤c

III ①b ②c ③a ④e ⑤d

第4回

I ①d- 帰して ②e- 訪問して ③c- 外出して ④a- 取り壊して ⑤b- 涼みましょう

II ①c ②a ③b ④d ⑤e

III ①a ②b ③d ④e ⑤c

第5回

I ①d ②c ③e ④a ⑤b

II ①b ②a ③e ④c ⑤d

III ①a- 破か ②e- 散らかって ③d- またいで ④c- 敷いた ⑤b- 引っ込んで

第6回

I ①d- しゃぶって ②e- 齧って ③a- 味わった ④b- 酔った ⑤c- 注いで

II ①d ②a ③e ④c ⑤b

第7回

I ①b ②a ③c ④d ⑤e

II ①a- 煎って ②e- 熱した ③d- 偏る ④c- 焙って ⑤b- 焦げて

III ①c- 冷凍した ②e- 薄めた ③a- 加熱す ④d- 注いで ⑤b- 持参して

第8回

I ①b ②c ③e ④d ⑤a

II ①a ②e ③b ④c ⑤d

III ①c- 解いて ②e- 着けて ③b- 吊るす ④a- 膨らんで ⑤d- 裏返して

第9回

I ①e- 転んで ②d- 担いで ③c- しゃがんで ④a- もたれて ⑤b- もんで

II ①a- 飛び跳ねて ②b- 衝えて ③c- 窪んで ④e- 透き通って ⑤d- 探る

第10回

I ①d ②b ③c ④e ⑤a

II ①e- 垂らして ②b- 目立つ ③c- 見上げる ④d- 覗いて ⑤a- 見詰める

第 11 回

Ⅰ ①d ②c ③a ④b ⑤e

Ⅱ ①b- 縮めた ②e- 絶って ③c- 去り ④d- 老けて ⑤a- 係わって

Ⅲ ①a ②c ③e ④d ⑤b

第 12 回

Ⅰ ①c ②e ③d ④a ⑤b

Ⅱ ①a ②b ③d ④c ⑤e

Ⅲ ①b- 崩して ②d- 蘇った ③a- 吐いて ④c- 計った ⑤e- 溢れた

第 13 回

Ⅰ ①d ②a ③e ④c ⑤b

Ⅱ ①e- よる ②d- 痛む ③a- 病んで ④c- 苦しめて ⑤b- 唸って

Ⅲ ①a- 消毒して ②d- 伝染する ③e- 克服 した ④c- 看病して ⑤b- 骨折して

第 14 回

Ⅰ ①c ②b ③e ④a ⑤d

Ⅱ ①e ②c ③b ④a ⑤d

Ⅲ ①d ②c ③a ④e ⑤b

第 15 回

Ⅰ ①e ②d ③a ④b ⑤c

Ⅱ ①a ②c ③d ④b ⑤e

Ⅲ ①b ②a ③c ④d ⑤e

第 16 回

Ⅰ ①d ②e ③c ④b ⑤a

Ⅱ ①c ②d ③e ④a ⑤b

Ⅲ ①b ②c ③e ④a ⑤d

第 17 回

Ⅰ ①e- 素敵な ②a- 醜い ③d- スマート ④c- 平凡な ⑤b- 下品

Ⅱ ①a ②d ③c ④b ⑤e

Ⅲ ①c ②d ③b ④a ⑤e

第 18 回

Ⅰ ①e- 怪しい ②c- 勇ましい ③d- くど く ④b- 賢く ⑤a- かわいらしい

Ⅱ ①c ②b ③a ④e ⑤d

Ⅲ ①a- からかう ②c- 謙遜した ③e- 威 張って ④d- うろうろした ⑤b- かわい がって

第 19 回

I ①b ②a ③c ④d ⑤e

II ①d- 素直な ②c- 頼もしい ③e- 図々しい ④b- 卑怯 ⑤a- そそっかしい

第 20 回

I ①a ②d ③c ④e ⑤b

II ①e- 裂かれて ②c- 接する ③a- 頼ら ④b- 隔てて ⑤d- 見送る

第 21 回

I ①a ②c ③d ④b ⑤e

II ①c- 支えて ②e- 祭って ③d- 甘やかして ④a- 参ります ⑤b- 適して

第 22 回

I ①a ②d ③e ④c ⑤b

II ①c ②d ③a ④e ⑤b

III ①d- 這って ②b- 撫でる ③a- 捕って ④e- 馴れた ⑤c- 跳ねて

第 23 回

I ①e ②c ③a ④d ⑤b

II ①b- 植わって ②c- 蒔いた ③e- 茂った ④a- 刈った ⑤d- 枯れて

第 24 回

I ①a ②d ③c ④b ⑤e

II ①e ②a ③b ④d ⑤c

III ①d ②e ③c ④a ⑤b

第 25 回

I ①c ②d ③a ④b ⑤e

II ①c ②b ③e ④d ⑤a

III ①a ②b ③d ④c ⑤e

第 26 回

I ①c ②a ③d ④b ⑤e

II ①c- 濁って ②e- 輝いて ③b- 満ちて ④d- 曇って ⑤a- 錆びて

第 27 回

I ①a ②d ③c ④e ⑤b

II ①d ②c ③a ④b ⑤e

第 28 回

I ①b ②e ③c ④d ⑤a

II ①e ②d ③a ④c ⑤b

III ①d ②e ③b ④a ⑤c

第 29 回

Ⅰ ①c ②a ③e ④b ⑤d

Ⅱ ①a ②b ③c ④e ⑤d

Ⅲ ①b ②e ③c ④a ⑤d

第 30 回

Ⅰ ①e ②d ③b ④c ⑤a

Ⅱ ①e ②c ③b ④a ⑤d

Ⅲ ①d ②c ③a ④b ⑤e

第 31 回

Ⅰ ①a ②e ③d ④c ⑤b

Ⅱ ①c ②d ③a ④e ⑤b

第 32 回

Ⅰ ①c ②b ③d ④e ⑤a- 沿い（ぞい）

Ⅱ ①e- 逸れ ②d- どいて ③c- 戻して ④a- どけて ⑤b- 遡る

第 33 回

Ⅰ ①b- 小屋（ごや）②e ③a ④d ⑤c

Ⅱ ①e ②d ③b ④c ⑤a

Ⅲ ①d ②c ③a ④b ⑤e

第 34 回

Ⅰ ①a ②b ③e ④c ⑤d

Ⅱ ①b ②a ③c ④e ⑤d

Ⅲ ①e ②d ③c ④a ⑤b

第 35 回

Ⅰ ①c ②d ③b ④a ⑤e

Ⅱ ①d ②c ③e ④a ⑤b

Ⅲ ①d ②a ③c ④e ⑤b

第 36 回

Ⅰ ①b ②d ③a ④e ⑤c

Ⅱ ①a- 運搬する ②b- 下車して ③d- 発車する ④c- 配達して ⑤e- 輸送した

Ⅲ ①c ②a ③b ④d ⑤e

第 37 回

Ⅰ ①e ②a ③c ④d ⑤b

Ⅱ ①b ②c ③e ④d ⑤a

Ⅲ ①b- 往復して ②d- 脱線した ③c- 通り過ぎる ④e- 飛行する ⑤a- 通りかかっている

第 38 回

Ⅰ ①a ②d ③b ④c ⑤e

Ⅱ ①e- 横切る ②b- 轢き ③d- へこんで ④a- 示して ⑤c- 遅刻して

Ⅲ ①d- 横断して ②e- 交差する ③c- 整備されて ④a- 開通した ⑤b- 駐車して

第 39 回

I ① c ② d ③ b ④ a ⑤ e

II ① b- 募集する ② a- 載る ③ c- 放送された ④ d- 解説した ⑤ e- 呼び出して

III ① d ② e ③ c ④ b ⑤ a

第 40 回

I ① c- 狙って ② d- 目指して ③ e- 躍り出た ④ b- 補った ⑤ a- 稼いで

II ① a ② c ③ d ④ b ⑤ e

III ① b ② a ③ c ④ d ⑤ e

第 41 回

I ① d ② b ③ e ④ a ⑤ c

II ① d ② c ③ e ④ b ⑤ a

III ① c- 潜って ② b- 転がして ③ a- 逃げ切って ④ d- 解散させた ⑤ e- 加えて

第 42 回

I ① a ② d ③ b ④ e ⑤ c

II ① d ② c ③ a ④ b ⑤ e

III ① b ② c ③ a ④ e ⑤ d

第 43 回

I ① c ② e ③ a ④ b ⑤ d

II ① b ② c ③ d ④ e ⑤ a

第 44 回

I ① c ② e ③ d ④ b ⑤ a

II ① e ② d ③ c ④ b ⑤ a

III ① b ② a ③ d ④ e ⑤ c

第 45 回

I ① c ② b ③ d ④ e ⑤ a

II ① a ② d ③ e ④ b ⑤ c

III ① e ② a ③ d ④ c ⑤ b- 何百（なんびゃっ）

第 46 回

I ① b ② c ③ a ④ d ⑤ e

II ① d ② e ③ a ④ c ⑤ b

III ① a ② d ③ c ④ b ⑤ e

第 47 回

I ① c ② a ③ e ④ d ⑤ b

II ① e ② d ③ c ④ a ⑤ b

III ① b- 割って ② c- 測量する ③ d- 加わった ④ a- 等分する

第 48 回

I ① a ② c ③ e ④ b ⑤ d

II ① b ② d ③ e ④ c ⑤ a

III ① c- 次いで ② b- ダブって ③ a- 重なった ④ d- 引っくり返して

第 49 回

Ⅰ ①a ②b ③d ④c ⑤e

Ⅱ ①c ②b ③d ④a ⑤e

Ⅲ ①b ②a ③d ④c ⑤e

第 50 回

Ⅰ ①b ②a ③d ④c ⑤e

Ⅱ ①d-専攻して ②e-実習する ③b-倣って ④a-学ぶ ⑤c-しくじって

Ⅲ ①c ②b ③e ④a ⑤d

第 51 回

Ⅰ ①d ②a ③b ④e ⑤c

Ⅱ ①a ②e ③d ④b ⑤c

Ⅲ ①d ②e ③c ④a ⑤b

第 52 回

Ⅰ ①b ②c ③a ④d ⑤e

Ⅱ ①e ②b ③a ④d ⑤c

第 53 回

Ⅰ ①b ②c ③d ④a ⑤e

Ⅱ ①c ②b ③e ④a ⑤d

Ⅲ ①a ②c ③b

第 54 回

Ⅰ ①e ②b ③c ④a ⑤d

Ⅱ ①d ②c ③a ④b ⑤e

Ⅲ ①c ②a ③d ④e ⑤b

第 55 回

Ⅰ ①c ②a ③d ④b ⑤e

Ⅱ ①a ②c ③d ④b ⑤e

Ⅲ ①e ②b ③c ④d ⑤a

第 56 回

Ⅰ ①a ②e ③c ④d ⑤b

Ⅱ ①a ②c ③d ④e ⑤b

第 57 回

Ⅰ ①b-打ち合わせる ②c-優れた ③e-兼ねて ④a-対する ⑤d-締切ります

Ⅱ ①a ②c ③d ④e ⑤b

第 58 回

Ⅰ ①d-放って ②a-務める ③b-潰れた ④e-逃がして ⑤c-採る

Ⅱ ①b ②a ③e ④c ⑤d

Ⅲ ①a ②d ③e ④b ⑤c

第 59 回

Ⅰ ①e ②d ③c ④b ⑤a

Ⅱ ①c- 発展して ②b- 躓いて ③e- 就いた ④a- 命じられて ⑤d- 留まって

Ⅲ ①b- 掃いて ②d- 就任いたしました ③c- リードして ④a- 干して

第 60 回

Ⅰ ①d ②c ③b ④a ⑤e

Ⅱ ①c ②b ③e ④a ⑤d

Ⅲ ①e- 機能する ②a- 製造する ③b- 耕して ④c- 停止させた ⑤d- 経た

第 61 回

Ⅰ ①c ②d ③e ④b ⑤a

Ⅱ ①e ②c ③b ④d ⑤a

Ⅲ ①c- 制作し ②d- 完了し ③b- 掘る ④a- 改造した

第 62 回

Ⅰ ①c ②b ③d ④a ⑤e

Ⅱ ①e- 卸して ②c- 受け取った ③b- 承りました ④d- 開放されて ⑤a- 売れる

Ⅲ ①b- 発売される ②c- 署名させられた ③a- 参入する ④e- 刺激する ⑤d- 売り切れる

第 63 回

Ⅰ ①b- 儲かって ②a- 徹して ③c- 領収いたしました ④d- 背負って ⑤e- 差し引いて

Ⅱ ①d ②b ③c ④a ⑤e

第 64 回

Ⅰ ①d- 寄付されます ②e- 支払った ③b- こしらえて ④a- 省いて ⑤c- 恵まれて

Ⅱ ①b ②c ③d ④a ⑤e

第 65 回

Ⅰ ①a- 治めて ②d- 睨む ③e- 打ち消して ④c- 関する ⑤b- 求めた

Ⅱ ①a ②e ③d ④b ⑤c

第 66 回

Ⅰ ①c- 取り消した ②a- 取り入れた ③b- 傾いた ④e- 設ける ⑤d- 対立して

Ⅱ ①d ②b ③c ④e ⑤a

Ⅲ ①e ②d ③a ④c ⑤b

第 67 回

Ⅰ ① b- 潜水する ② d- 抵抗する ③ c- 解放される ④ a- 保証する ⑤ e- 発射する

Ⅱ ① c ② b ③ e ④ d ⑤ a

第 68 回

Ⅰ ① d- 当てはまる ② c- 怠って ③ b- 基づいて ④ a- 従う ⑤ e- 付け加えて

Ⅱ ① c ② e ③ d ④ a ⑤ b

第 69 回

Ⅰ ① c- 捕らえた ② a- 奪った ③ b- 斬る ④ d- 迫る ⑤ e- 生じた

Ⅱ ① e ② a ③ b ④ d ⑤ c

Ⅲ ① c- 誤って ② a- やっつけた ③ b- 認めて ④ e- 着せて ⑤ d- 侵入されて

第 70 回

Ⅰ ① b- 呆れて ② a- 敬う ③ d- 羨む ④ c- 飢えて ⑤ e- 疑って

Ⅱ ① e ② a ③ b ④ c ⑤ d

Ⅲ ① a- 覚悟して ② b- 狂った ③ d- 思い込んで ④ c- 期待して

第 71 回

Ⅰ ① b- 誇って ② a- 詫びた ③ c- 尖った ④ d- 堪えて ⑤ e- 恨む

Ⅱ ① c- お詫びして ② e- 請う ③ d- 躊躇った ④ a- 澄んで ⑤ b- 膨らませて

第 72 回

Ⅰ ① d- 追う ② c- 改めて ③ b- なす ④ a- 救った ⑤ e- 責める

Ⅱ ① d- 諦めた ② c- 追い掛けて ③ b- 贈る ④ a- 張り切って ⑤ e- 吹き飛ばされて

Ⅲ ① a ② e ③ d ④ b ⑤ c

第 73 回

Ⅰ ① d- 嫌がって ② e- 好んで ③ b- 抱えて ④ a- 裏切られて ⑤ c- 慰める

Ⅱ ① c ② e ③ a ④ d ⑤ b

第 74 回

Ⅰ ① b ② e ③ a ④ d ⑤ c

Ⅱ ① b- 招く ② c- 怖がって ③ a- 憎む ④ e- 怒鳴られた ⑤ d- 暴れる

Ⅲ ① d ② c ③ b ④ e ⑤ a

第 75 回

I ①b ②c ③a ④e ⑤d

II ①d- 用いて ②c- 試す ③e- 断った ④
b- よし ⑤a- 応じて

III ①e ②a ③b ④c ⑤d

第 76 回

I ①c ②b ③e ④a ⑤d

II ①c ②a ③b ④e ⑤d

III ①a ②e ③b ④c ⑤d

第 77 回

I ①c- カバーする ②a- 活用されて ③d-
気付いて ④b- 吸収される ⑤e- 否定した

II ①d ②a ③c ④b

III ①d ②c ③a ④e ⑤b

第 78 回

I ①e ②d ③a ④b ⑤c

II ①c ②a ③e ④b ⑤d

第 79 回

I ①d ②b ③a ④c ⑤e

II ①c ②a ③b ④d ⑤e

第 80 回

I ①e ②d ③c ④b ⑤a

II ①a ②d ③c ④b ⑤e

III ①b- 語る ②e- 言い付けた ③c- 言い
出した ④d- 言付けた ⑤a- 異なる

第 81 回

I ①c ②a ③b ④d ⑤e

II ①b ②a ③e ④c ⑤d

第 82 回

I ①e ②a ③c ④d ⑤b

II ①c ②a ③b ④e ⑤d

MEMO

き

く

ひ

ふ

へ

日檢滿點
04

絕對合格！
日檢分類單字 **N2**
測驗問題集

（16K+MP3）

發行人	林德勝
著者	吉松由美・田中陽子・西村惠子・千田晴夫・ 山田社日檢題庫小組
出版發行	山田社文化事業有限公司 地址　臺北市大安區安和路一段112巷17號7樓 電話　02-2755-7622　02-2755-7628 傳真　02-2700-1887
郵政劃撥	19867160號　大原文化事業有限公司
總經銷	聯合發行股份有限公司 地址　新北市新店區寶橋路235巷6弄6號2樓 電話　02-2917-8022 傳真　02-2915-6275
印刷	上鎰數位科技印刷有限公司
法律顧問	林長振法律事務所　林長振律師
定價+MP3	新台幣360元
初版	2021年3月

ISBN : 978-986-246-603-2
© 2021, Shan Tian She Culture Co. , Ltd.